My Best Friend Looks Like an Island
男孩與海龜的冒險日記

詞彙 填填看

My Best Friend Looks like an Island
男孩與海龜的冒險日記

Published by Bookman Books, Ltd.
3F, 60, Roosevelt Rd. Sec. 4, Taipei 100, Taiwan

作　　　　者	Michael Angelou
執 行 編 輯	劉怡君
校　　　　對	Lynn Sauvé　Rebecca Lee
插　　　　畫	Tom Liao
出 版 者	書林出版有限公司
	100 台北市羅斯福路四段 60 號 3 樓
	電話 (02) 2368-4938．2365-8617
	傳真 (02) 2368-8929．2363-6630
台北書林書店	106 台北市新生南路三段 88 號 2 樓之 5
	Tel (02) 2365-8617
學 校 業 務 部	Tel (02) 2368-7226．(04) 2376-3799．(07) 229-0300
經 銷 業 務 部	Tel (02) 2368-4938
發 行 人	蘇正隆
郵　　　　撥	15743873．書林出版有限公司
網　　　　址	http://www.bookman.com.tw
登 記 證	局版臺業字第一八三一號
出 版 日 期	2017 年 2 月
定　　　　價	360 元
I　S　B　N	978-957-445-717-5

欲利用本書全部或部份內容者，
須徵得作者及書林出版有限公司同意或書面授權。

我的 ► __ __

最好的 ► b __ __ __ __

朋友 ► __ r __ e __ d

(它)長得 ► __ __ ok __ __

像 ► l __ __ e

島 ► __ s __ and

老婆 ► w __ __ e

愛(進行式) ► lo __ __ ng

我(受詞) ► __ __

讓,允許(進行式)
► __ __ __ tin __

找,尋找 ► __ in __

答案(複數)
► a __ __ we __ __

海 ► __ __ __

青少年的 ► t __ en __ __ __ __

男生 ► __ __ __ __

幾乎,快 ► __ l __ ost

十六(歲) ► __ i __ t __ __

被拋棄(過去式)
► __ b __ __ __ one __

他的 ► __ i __

父母 ► pa __ __ n __ __

(她/他)住 ► __ i __ __ s

跟,和,與 ► w __ __ __ __

爺爺 ►
g __ a __ __ __ __ __ t __ e __

附近 ► __ ea __

這(個),那(個)(冠詞)
► __ __ __ __

海灘 ► b __ __ __ __ h

縣 ► co __ __ t __ __

短/矮 ► __ ho __ __ __

縮寫成
► f __ __ s __ __ __ __

烏龜 ► t __ __ t __ __ __

教(過去式) ► __ a __ __ __ __ t

他(受詞) ► __ i __

怎麼,如何 ► __ __ w

衝浪 ► __ __ __ __ f

這個,這 ► __ hi __

故事 ► __ t o __ y

他們的 ► __ h __ i __

冒險 ► __ __ vent __ __ __ __ __

一起 ► __ __ get __ __ __ __

第一 ► __ __ __ s __

初戀 ► fir __ __ l __ __ __ __

人生 ► __ if __

日課,教訓 ► __ e ss __ __ __

(他)學 ► l __ a __ __ s

沿著 ► a __ __ __ __ __ __

路,方式 ► __ __ y

過程當中(在路上)
► along __ __ __ way

第一章

章 ► c __ ap __ __

星期天 ► S __ __ __ __ ay

我們 ► __ __

都,全部 ► __ __ l

必定 ► h __ __ __ __ t __

來 ► __ __ me

從 ► __ ro __

來自 ► c __ __ __ __ f __ __ __

真的 ► __ __ all __

介意(腦海) ► __ in __

如果 ► __ __

(它)下雨 ► __ a __ __ s

當然 ► __ f c __ __ __ __ __ __

比較好 ► __ e __ e __

當……時候 ► __ he __

太陽 ► __ u __

但是 ► __ __ t

雨天的 ► ra __ __ y

這樣可以 ► __ hat' ok __ __ __

現在 ► __ __ w

有風的,風大的
► w __ __ d __

不一樣
► d __ f __ e __ e __ t

不是 ► __ __ __ __

瘋了 ► cr __ __ y

關於 ► __ __ out

超喜歡 ► b __ c __ __ __ __ __
a __ __ __ __ __

風 ► __ __ __ d

玩 ► p __ __ __ __

到處 ► a __ __ __ __ nd

在 ► i __

你的/妳的/您的 ► __ ou __

耳朵(複數) ► __ ar __

丟,扔,投 ► __ __ ro __

灰塵 ► d __ __ t

眼睛(複數) ► e __ __ s

有時候 ► so __ __ __ __ i __ es

也是 ► __ ls __

讓(作) ► m __ __ e

生氣(形容詞) ► a __ __ r __

然後 ► __ __ en

水 ► __ at __ __

(它)開始 ► __ ta __ __ s

跳舞 ► __ a __ __ e

瘋了 ► m __ d

男人 ► m __ n

瘋子 ► m __ __ m __ n

(化學的)分子(複數)
► mo __ e __ __ le __

反叛(進行式)
► re __ __ lt __ __ g

扭彎(進行式)
► tw __ __ ti __ __

轉(進行式) ► __ ur __ i __ __

吐出(進行式) ► s __ i __ __ in __

東西(複數) ► t __ i __ g __

到外面,出 ► o __ __ __

吐出來 ► to s＿i＿ o＿＿

在……上面 ► o＿＿＿o

海岸 ► s＿o＿e

總是；永遠 ► ＿l＿＿ys

好 ► ＿o＿d

也 ► ＿it＿e＿

在上面 ► o＿＿＿r

那裡 ► t＿e＿e

應該 ► s＿ou＿＿＿

這裡 ► ＿e＿＿

分鐘 ► mi＿＿t＿

很快地 ► ＿na mi＿u＿e

叫做（過去分詞）
► c＿ll＿＿

因為 ► b＿c＿＿＿se

很多（不可數）
► m＿＿＿＿

幾乎跟……一樣多
► al＿os＿ a＿
mu＿h a＿

果凍 ► ＿e＿＿y

魚 ► fi＿＿＿

水母 ► ＿ell＿f＿＿h

他們 ► t＿＿y

硬；難 ► h＿＿＿d

殼 ► s＿e＿＿＿

其他 ► ot＿＿＿r

反而，反倒 ► in＿t＿＿＿d

背部（複數）► b＿c＿＿＿

感覺 ► ＿ee＿

柔軟的 ► s＿＿＿t

比較多 ► m＿＿e

像；喜歡 l＿＿e

牛皮 ► l＿＿t＿er

橡皮 ► ＿u＿＿e＿

（他）一直都是 ► ha＿
al＿ay＿ b＿＿n

非常 ► v＿＿y

聰明 ► ＿le＿＿＿r

字（複數）► w＿＿＿ds

事實上 ► ＿n fa＿＿＿

相當 ► qui＿＿＿

名人／名流
► c＿l＿br＿t＿＿

村 ► v＿l＿＿ge

創造新詞（進行式）
► c＿＿n＿＿＿

數以百計的
► h＿n＿red＿＿f

新的 ► n＿＿

專門名詞，術語（複數）
► t＿r＿s

沒有人 ► ＿o o＿e

能 ► c＿＿

用 ► ＿s＿

開車：逼迫（過去分詞）
► dr＿＿e＿

很多 ► l＿＿＿s o＿

老 ► ＿l＿

人（複數）► p＿＿p＿＿＿

讓某人失控／生氣 ► to
d＿＿ve so＿e＿ne
c＿a＿y

這些 ► th＿s＿

通常，平常 ► u＿＿al＿y

他們（受詞）► the＿

更老，比較老 ► ol＿e＿

年級較大的，年長的，
上了年紀的 ► e＿de＿l＿

聽到（過去式）► h＿＿r＿

很多（可數物品）
► m＿＿＿y

她 ► ＿＿＿＿

完全地
► c＿＿p＿et＿l＿

不能夠（過去式）
► co＿＿ld＿'t

處理，管理 ► h＿＿＿d＿e

受不了，無法處理
► c＿＿＿ldn'＿ ha＿＿le

去（過去式）► ＿en＿

廟 ► t＿＿＿＿le

偷（過去式）► st＿l＿

水果 ► ＿r＿＿＿t

供奉物，祭品（名詞）
► o＿＿＿eri＿＿

那一個 ► w＿i＿h

其實 ► a＿＿＿＿al＿y

表示……的意思（過去式）
► me＿＿n＿

特別要給／適合某人
► m＿＿n＿ f＿r
so＿＿＿o＿e

神 ► g＿d

紅，紅色 ► ＿ed

臉 ► fa＿＿

結束了（過去式）
► ＿nd＿＿

往上 ► ＿p

結果成為（過去式）
► e＿＿＿ed＿p

瘋子
► l＿＿at＿＿＿

精神病院 ► as＿h＿＿＿

以後 ► af＿＿er＿＿＿rds

全部 ► ＿ho＿e

罵，批評（過去式）
► s＿＿＿r＿＿d

結果成為，後來成為（進行式）
► ＿ndi＿＿＿u＿

偷（進行式）
► s＿e＿＿ing

水梨（複數）► p＿＿rs

吃（進行式）► ＿＿tin＿

浪費掉 ► to w＿s＿＿＿

擔心（動詞）► w＿r＿＿＿

說（過去式）► s＿＿d

弄完，吃完（做完，結束）
► f＿n＿＿h

地獄 ► ＿e＿l

殘餘的，吃剩的
► le＿＿o＿e＿

食物 ► f＿＿d
好吃，美味 ► ＿ um ＿ ＿
反正 ► a ＿ ＿ w ＿ ＿
能（表示假設／可能性）► c ＿ ＿ ld
什麼 ► w ＿ ＿ t
其他，另外 ► e ＿ s ＿
所有其他人 ► e ＿ ＿ ＿ yone el ＿ ＿
給（過去式）► ＿ ＿ ve
名字 ► n ＿ ＿ e
就是 ► j ＿ ＿ t
相信 ► t ＿ ＿ s ＿
某個東西，某一件事情 ► s ＿ met ＿ ＿ ng
重要 ► i ＿ p ＿ ＿ t ＿ nt
試著（過去時）► tr ＿ ＿ ＿
甜 ► s ＿ ＿ et
馬鈴薯 ► po ＿ ＿ t ＿
地瓜（複數）► s ＿ ＿ et pot ＿ ＿ o ＿ ＿
（他）無法接受（過去式）► w ＿ ＿ n't h ＿ ＿ ing any ＿ f th ＿ ＿
想像 ► ＿ ＿ ag ＿ ＿ e
15 ► f ＿ ＿ t ＿ ＿ n
快 16 歲 ► g ＿ ＿ ng ＿ n 16
走（現在分詞）► ＿ al ＿ ing
到處走（進行式）► w ＿ l ＿ ing ar ＿ ＿ nd
叫做（進行式）► ca ＿ ＿ ing
他自己 ► h ＿ ＿ s ＿ l ＿
（它）聽起來 ► s ＿ ＿ nd ＿
小孩子（複數）► k ＿ ＿
學校 ► s ＿ ＿ o ＿ ＿
死掉 ► ＿ ＿ e
笑（進行式）► l ＿ ＿ g ＿ ing
死亡（名詞）► d ＿ ＿ t ＿
弄糊塗 ► c ＿ ＿ f ＿ se

理論（複數）► ＿ ＿ eor ＿ ＿ ＿ ＿
餓死（動詞）► s ＿ ＿ r ＿ e
（她）令人生氣 ► an ＿ o ＿ ＿ ＿
慢 ► sl ＿ ＿
一般的；將軍 ► ＿ en ＿ r ＿
一般來說 ► ＿ n ge ＿ ＿ ra ＿
相處 ► g ＿ t ＿ n
房子 ► ＿ ＿ ＿ ＿ se
著火了 ► ＿ n f ＿ ＿ e
很快就變成好朋友 ► ＿ et on l ＿ ke a hou ＿ e ＿ n f ＿ ＿ e
講話（進行式）► s ＿ e ＿ ＿ ing
小的 ► s ＿ ＿ l ＿
木頭的 ► w ＿ ＿ de ＿
小木屋 ► ＿ a ＿ ＿ n
東邊 ► e ＿ ＿ t
海岸 ► ＿ o ＿ ＿ ＿ ＿
出生 ► ＿ ＿ rn
農舍，小屋 ► c ＿ ＿ ta ＿ e
城市 ► c ＿ ＿ ＿ ＿
燒了（過去式）► b ＿ rn ＿
下面 ► d ＿ ＿ n
燒掉了 ► b ＿ rn ＿ d ＿ ＿ n
5 ► ＿ ＿ ＿ ＿ ＿
知道 ► ＿ n ＿ ＿
哪裡 ► wh ＿ ＿ ＿
7 ► s ＿ v ＿ ＿
錯的 ► ＿ ＿ ＿ ng
轉彎（名詞）► t ＿ ＿ n
在……外面 ► ＿ ＿ t ＿ ＿ de
我們的 ► ＿ ＿ r
帶著，引導（過去式）► l ＿ d
幾次（複數）► a f ＿ ＿ t ＿ m ＿ ＿
展現（過去式）► sh ＿ w ＿ ＿
正確的；右邊 ► r ＿ ＿ ＿ t

持續／留著（過去式）► k ＿ ＿ t
繼續來（過去式）► k ＿ ＿ t co ＿ ＿ ng
某個 ► ＿ ＿ ＿ ＿ e
原因 ► r ＿ ＿ s ＿ n
猜 ► g ＿ e ＿ ＿
一直從……以來 ► e ＿ ＿ r s ＿ n ＿ ＿
甚至 ► ＿ v ＿ n
不可思議，超棒的 ► ＿ m ＿ ＿ ing
等一下 ► w ＿ ＿ t a mi ＿ ＿ te
各一，每一 ► ＿ ＿ ch
已經 ► ＿ lre ＿ ＿ y
給（進行式）► g ＿ v ＿ ＿ g
洩露（秘密）► g ＿ ve a ＿ ＿ y
秘密（複數）► ＿ ＿ ＿ r ＿ ts
陷阱 ► tr ＿ ＿
陷入陷阱 ► f ＿ ll ＿ ＿ to a t ＿ ＿ p
留；救 ► s ＿ ve
至少 ► ＿ t l ＿ ＿ st
下一個 ► n ＿ ＿ ＿
告訴 ► ＿ ＿ ＿ l
很少 ► li ＿ ＿ l ＿
報告 ► re ＿ ＿ rt
一陣子 ► a w ＿ ＿ l ＿ ＿
還，還沒 ► ＿ ＿ t
之前 ► b ＿ ＿ o ＿ ＿
還有一段時間到 ► a w ＿ ＿ l ＿ y ＿ t be ＿ ＿ re
達到 ► r ＿ ＿ ＿ ＿ h
那麼…… ► w ＿ ll
分享 ► s ＿ ＿ re
蓋（房子等等）（過去式）► ＿ ＿ ＿ ＿ lt
以後 ► a ＿ t ＿ r

家人，家庭 ▶ f __ m __ l __
家 ▶ __ __ m __
老家 ▶ fa __ __ ly ho __ e
10 ▶ t __ __
十年前
▶ t __ n y __ a __ s a __ __
唯一 ▶ __ __ l __
誰 ▶ __ h __
起火 ▶ to s __ a __ __ a
f __ __ e
從來沒有 ▶ n __ e __ __
告訴（過去式）▶ t __ __ d
和藹可親 ▶ __ i __ d
勤勞，用功
▶ d __ l __ g __ __ t
在意，在乎（過去式）
▶ c __ __ e __
蔬菜 ▶ __ __ g __ t __ __ __ e
菜園 ▶ v __ g __ t __ __ __ e
ga __ __ en
尤其是
▶ e __ p __ __ __ __ l __ y
葉子（複數）▶ l __ a __ __ s
金色的 ▶ g __ __ d
片（複數）▶ f __ ak __ __ __
餓 ▶ h __ ng __ __
說 ▶ s __ __
開心，高興 ▶ __ __ __ __ py
園丁（複數）
▶ g __ rd __ n __ __ s
有罪 ▶ g __ __ l __ y
內疚，有罪惡感
▶ f __ __ l gu __ __ t __
分開的 ▶ __ p __ __ t
除了……之外
▶ __ p __ rt f __ __ m
任何人 ▶ __ __ y o __ y
工作，上班 ▶ __ __ __ r __
北美 ▶ N __ r __ h
A __ __ ri __ __

留著，放著；離開（進行式）
▶ l __ __ __ __ ing
祖父母（複數）
▶ gr __ n __ __ a __ __ nts
一定要，必須 ▶ m __ __ __ __
風景很好
▶ __ i __ t __ __ es __ __ e
超棒的 ▶ __ __ es __ __ e
健忘的 ▶ f __ rg __ __ f __ __
忘記（過去式）▶ f __ rg __ t
明信片 ▶ __ o __ tc __ __ d
奶奶 ▶ __ ra __ d __ __
忘記 ▶ f __ rg __ t
船 ▶ __ o __ t
(它)拿走 ▶ __ a __ e __
相信 ▶ b __ l __ __ __ __ e
溫柔親切，充滿深情的
▶ a __ __ __ __ ctio __ a __ __
人（單數）▶ __ __ __ __ s __ n
小姐 ▶ M __ __ s
晚上（複數）▶ n __ __ h __ __
夢（複數）▶ __ re __ __
請（拜託）▶ __ l __ __ se
過去 ▶ p __ __ t
改變 ▶ c __ a __ __ e
任何東西 / 事情
▶ __ __ __ y __ __ ing
實話，事實（名詞）
▶ tr __ __ __ __
難過（形容詞）▶ __ __ d
要，想要 ▶ w __ __ __ __
哭著（進行式）▶ c __ __ ing
不禮貌 ▶ r __ __ e
小孩 ▶ __ h __ __ d
道理，意義（點，指著）
▶ p __ __ nt
何必；沒有道理／意義
▶ t __ __ re's no
__ __ i __ t

誤導（進行式）
▶ m __ s __ e __ __ ing
3 ▶ __ __ re __
容易 ▶ e __ __ __ __
思考，考慮 ▶ t __ i __ __
不知怎的，用某種方法
▶ so __ e __ __ w
待在，暫時住 ▶ s __ a __
一樣，一模一樣 ▶ s __ m __
都不變 ▶ s __ __ y the
s __ m __
雖然 ▶ __ h __ __ g __
離開，拋棄 ▶ l __ __ ve
很優秀／厲害
▶ ex __ __ e __ l __ nt
記性，回憶 ▶（名詞）
▶ __ e __ __ ry
早上（複數）
▶ m __ r __ __ ng __
最愛的（美語）
▶ fa __ __ ri __ e
和平的，安靜 ▶ p __ a __ eful
事情，問題，物質
▶ m __ __ ter
不論，不管 ▶ __ o __ at __ er
好了（確定）▶ s __ r __
幫忙 ▶ __ e __ p
田，菜園 ▶ p __ __ __ h
需要 ▶ __ ee __
早餐 ▶ br __ __ kf __ st
大部分地 ▶ __ __ st __ y
早上 ▶ m __ __ n __ ng
的確 ▶ d __ __ __ n __ tely
時間 ▶ __ __ m __
消費（進行式）
▶ c __ __ s __ __ ing
很花時間的 ▶ t __ __ e-
co __ s __ __ ing
無聊，乏味，使人厭煩
▶ t __ d __ __ __ us
作業，功課
▶ h __ me __ o __ __

第二章

週一 ► _ _ _ day
海豹 ► s _ _ l
最偉大的 ► g _ _ at _ st
之一 ► _ ne o _
出口品(複數) ► _ _ p _ rts
腳踏車(複數)
► b _ c _ c _ es
地理,地理學
► g _ _ gr _ _ hy
考試 ► t _ _ t
晚一點 ► _ at _ _
今天 ► t _ d _ _
抬頭看(過去式)
► lo _ ked _ p
課本 ► t _ xtb _ o _
花 ► _ _ o _ er
想睡的 ► dr _ _ s _
爬著(進行式)
► c _ a _ ling
門 ► d _ _ r
不理會(進行式)
► _ _ n ring
(他)醒來,起來 ► _ ake _
側邊 ► s _ de
床 ► _ _ d
(他)一醒來就心情不好
► to w _ ke _ p on the
w _ _ ng si _ e of the
b _ d
(它)發生 ► h _ p _ _ ns
頻繁地,屢次地
► fr _ _ _ en _ ly
順便提起 ► b _ the w _ _
常常 ► _ f _ en
一旦,已經(一次) ► o _ c _
追到,抓到(完成式)
► c _ _ _ gh _
浪(揮手) ► _ a _ e

麻煩,打擾 ► b _ t _ _ r
不過 ► h _ _ ev _ r
乾脆,簡直 ► s _ m _ ly
我自己 ► m _ s _ lf
我忍不住 ► I c _ _ _ ldn't
h _ lp m _ s _ lf
得到,拿到(過去式)
► g _ t
唱(過去式) ► s _ ng
搞笑的 ► s _ _ ly
做鬼臉(複數) ► m _ _ e
silly f _ ce _
偷笑 ► ch _ ck _ _ ng
了不起的,極大的
► tr _ _ e _ dous
毅力(名詞)
► p _ _ s _ st _ nce
在某方面有福 ► _ e
bl _ s _ _ d w _ _ h
付帳(進行式) ► p _ _ ing
注意,專心 ► to p _ y
a _ _ _ ntion
2 ► t _ _
進步 ► pr _ gr _ _ _
似乎,好像(過去式)
► se _ _ ed
口香糖 ► ch _ _ ing
g _ _
好像,看來(出現)
► ap _ e _ _
蟲 ► _ _ g
還是,仍然 ► _ _ _ _ ll
咯咯笑著(進行式)
► g _ g _ ling
待到,等到……時
► _ y the t _ me
前,前面 ► fr _ _ t
門階 ► do _ _ s _ _ p
分成 ► d _ v _ _ _ ed
部分(複數) ► p _ _ ts

上面的 ► t _ p
下面,底部 ► b _ _ to _
一半 ► h _ l _
打開 ► _ pe _
分開地,一個一個地
► s _ p _ _ a _ ely
平常,通常 ► n _ _ _ _ ally
部分 ► s _ _ _ tio _
能夠 ► _ _ le
拿,握住(過去式) ► h _ _ _ d
莖,梗 ► s _ a _ k
嘴巴,口 ► m _ _ th
看(過去式) ► w _ _ _ c _ ed
想著(進行式) ► _ hi _ _ ing
最(最多的) ► m _ s _
有趣的 ► _ nt _ _ _ e _ _ ing
世界 ► w _ r _ d
最新的,最近的 ► l _ test
興趣(名詞) ► i _ te _ est
植物學 ► b _ t _ ny
迷人的,極有趣的
► f _ s _ in _ ting
吊,掛 ► h _ ng
再撐一下!
► h _ ng _ _ !
咬(過去式) ► b _ t
一點點,有一點 ► a b _ t
陸地 ► l _ _ _ _
切,剪 ► c _ t
捷徑,近路 ► _ _ _ rt c _ t
作曲(過去式
► c _ _ _ ose _
由……組成
► c _ _ po _ e _ o _
長的 ► _ _ _ _ g
厚粗的 ► t _ _ c _
樹木 ► _ _ e _
樹幹(複數)(後車廂,象鼻)
► tr _ nk _

山（複數）▶__o___ta__ns
砍▶ch__p
放置（過去式）▶p___ced
另外一個▶a___t__er
排，列▶l__ne
放▶p__t
石頭（複數）▶s___ne_
維持▶__e__p
固定，堅定▶s__e___y
用鏟子挖（過去式）▶sh___e__ed
沙▶___nd
間隔，缺口（複數）▶g__p_
在……中間▶b__t__e__n
額外的▶__d___tion__
支持▶s__p___rt
最後，終於▶___na___y
挖空（過去式）▶h__l_o__ed
製作，形成（時尚）▶f____i_n
巨大的▶g___nt
滑▶s___de
看見▶s___
兒童遊戲場（複數）▶___a___r__u__ds
主題▶t__e_e
公園（複數）▶p__r__s
遊樂園▶t___me p__rk
不過，但是（除了……之外）▶e__c__p__
比較酷（比較涼）▶c___ler
獨木舟▶ca__o__
一些，幾個（一對）▶a c__u__le o__
公尺（複數）▶___t__rs
爬，爬上去（動詞）▶__l__m__
古董的▶ant____e

溜冰▶__k__te
板子▶__o__rd
滑板▶__k__teb___rd
騎▶r_____
空心的，挖空的▶h__l_o_
樂趣，好玩（名詞）▶_____
兩次▶t___ce
不幸的是，可惜……▶__nf__r___nat__ly
高科技的▶h___h-t__c_
拖，拉▶dr___
在……後面▶__e__i__d
壞掉了▶br__k___
綁上，貼上▶at___che_
交通工具，運輸▶t__a__sp__rt__tion
火箭▶r__c___t
科學▶__c___nce
其實很簡單▶n__t be r__c__et s___enc_
粗糙的，原始的▶pr__m__tive
雪橇，平底雪橇▶sl___
奇事，奇蹟（複數）▶__nd__rs
有奇效，創奇蹟▶d____on__ers
加上（加）▶_l__s
（他）似乎，好像▶se___s
享受▶__nj___
拖（過去分詞）▶t___e__
國王▶k__ng
皇室的▶__o__a__
馬車▶__har__o__
可動的，手機▶m__b___e
汽車▶___tom__b____

驕傲▶p__o___
設計（進行式）▶d__si___ing
兩個都▶b__th
省了（過去式）▶s___e__
（他）提醒▶__e__i__ds
常常，屢次▶t__me ___ter t___e
拿回來，收回去▶g__t b__c__
迅速低頭，躲避（過去式）▶d__cke_
以下，在……下面▶__n__er
部分▶p__r_
滑（完成式）▶s___d
從……掉下，從……脫落▶of__
濕濕的▶w__t
多沙的▶s__nd_
跑（過去式）▶r__n
過，經過，越過（副詞）▶p___t
準備好了（形容詞）▶r__ad_
卓越的，著名的▶d__st__n___is__ed
設計師▶d__s____er
大聲叫（過去式）▶__ho___e_
大吼（過去式）▶__e___ed
正在做（事情）▶__e__p to s___et__ing
腳趾頭（複數）▶to___
碰到（過去式）▶to___hed
涼涼的▶c___l
粒（複數）▶__ra__ns
暗暗的▶d__r_
突然間▶__ll o__a s__d__en
知道（過去式）▶__n__w

更確切地說（常與 or 連用）
▶ r __ t __ er

直直地躺著（進行式）
▶ l __ __ ng str __ __ ched
__ __ t

動著（進行式）▶ mo __ __ ng

被……圍繞的
▶ __ ur __ __ __ unde __ b __

十億 ▶ b __ l __ __ on

慢慢地 ▶ sl __ w __ __ __

摳，掏 ▶ __ __ ooped

無生命的，死的
▶ li __ el __ ss

生物 ▶ cr __ __ t __ re

降下，放低，放下
▶ l __ we __ ed

頭 ▶ __ __ __ d

溫柔地 ▶ g __ n __ l __

死掉的，過世的 ▶ __ e __ d

動物 ▶ __ ni __ a

奇怪的 ▶ __ t __ a __ ge

來（過去式）▶ c __ me

喉嚨 ▶ t __ r __ __ t

類似 ▶ s __ __ il __ r

明白，發現（過去式）
▶ r __ al __ __ ed

也許 ▶ m __ yb __

較容易 ▶ __ __ s __ er

記得 ▶ r __ me __ __ er

想（過去式）▶ t __ __ ug __ t

不小心地，意外地
▶ a __ __ __ __ de __ tally

放開 ▶ l __ t __ o

氣球 ▶ b __ l __ o __ n

（它）漂流 ▶ dr __ __ ts

大氣（氣氛）
▶ a __ m __ s __ __ er __

小時（複數）▶ h __ __ rs

去（完成式）▶ g __ ne

飛著（進行式）▶ fl __ __ ng

感覺（過去式）▶ f __ __ t

有罪惡感，後悔
▶ to fe __ __ b __ d

挑逗，逗弄，取笑（進行式）
▶ t __ a __ ing

知道（完成式）▶ kn __ __ __ __

應該更明白 ▶ __ ho __ ld' e
k __ o __ n b __ t __ er

分心的，心不在焉的
▶ __ i __ tracte __

專心 ▶ c __ n __ entr __ te

還好，幸運地，幸好
▶ l __ ck __ __ __ __

結果，後果
▶ c __ n __ e __ __ en __ e

老師 ▶ __ __ a __ __ er

丟（過去式）▶ t __ r __ w

黑板 ▶ bl __ c __ b __ ard

橡皮擦
▶ e __ __ s __ r

見到（過去式）（鋸子）
▶ __ __ w

在別處，在另外一個地方
▶ __ lse __ he __ e

突然間 ▶ s __ __ __ __ enly

問（過去式）▶ __ s __ e __

下定義，解釋
▶ d __ __ __ ne

人工的 ▶ a __ t __ fi __ __ al

智慧（名詞）
▶ __ nt __ ll __ __ en __ e

完全，十分 ▶ t __ t __ l __ y

驚訝（形容詞）
▶ s __ __ pr __ se __

問題 ▶ __ __ __ stion

針對，指向（過去式）
▶ d __ r __ cte __

（突然地）出現（過去式）
▶ p __ p __ __ d

意謂，提到（過去式）
▶ __ ef __ __ __ ed

假裝（進行式）
▶ pr __ t __ n __ ing

丟（完成式）▶ thr __ w __

示範 ▶ d __ m __ nstr __ te

基本的 ▶ b __ s __ c

法測，法律（複數）
▶ l __ w __

物理學 ▶ __ __ ys __ __ s

薄（形容詞）▶ th __ n

冰 ▶ __ __ e

在講 / 做可能會引起麻煩的
事 ▶ s __ ating __ n
th __ n __ ce

聽著（進行式）
▶ l __ s __ ening

班級 ▶ cl __ __ __ __

老師（複數）▶ t __ __ ch __ rs

徵象，前兆 ▶ s __ __ n

翹課，懶惰的 ▶ tr __ __ nt

傾向，癖性 （複數）
▶ t __ n __ __ __ nc __ __ s

海豹（複數）▶ __ __ als

東西，事情 ▶ s __ __ ff

猜，覺得
▶ s __ p __ o __ __

漫遊，流浪，徘徊（進行式）
▶ w __ nd __ __ ing

類似 ▶ k __ nd o __

在場的，出席的（禮物，目前
▶ __ r __ s __ nt

拿著（進行式）▶ t __ king

聽進去，瞭解 ▶ t __ ke in

頭腦 ▶ __ ra __ n

兩者都不（是）
▶ __ e __ __ her

還好，幸運地，幸好
▶ f __ rt __ __ __ at __ ly

事件，事故（複數）
▶ __ nci __ ents

好幾個 ▶ s __ ve __ al

停止 ▶ __ __ __ __ p

公平（形容詞）▶ f __ __ r

角落（名詞）▶ c __ r __ er

即將來臨 ► a __ o __ nd the next co __ __ er

孤單，落寞 ► al __ n __

更不用說 ► __ __ t __ lon __

箱，盒，事實，實情 ► c __ se

以防萬一 ► __ n c __ __ __ e

挖（過去式）► d __ g

墓穴，埋葬處（名詞）► gr __ __ e

附近，接近 ► cl __ __ e

香蕉（單數）► b __ n __ n __

開花著（進行式）► bl __ __ __ ing

較遠的，遠 ► f __ r

院子，庭院 ► __ __ rd

很好的 ► n __ __ e

衣服 ► c __ o __ __ __ __ s

穿，戴 ► __ e __ r

西裝，一套衣服 ► s __ __ t

水上運動用的防寒衣，潛水衣 ► w __ ts __ __ t

最黑的 ► bl __ ck __ __ __ __

領帶（名詞）► t __ __

夾克，外套 ► __ __ c __ __ t

在……期間 ► d __ r __ ng

埋葬，葬禮（名詞）► b __ r __ __ l

嚴肅的，莊嚴的 ► s __ l __ m __

埋（過去式）► b __ r __ __ d

情緒化，情深的，多情的 ► s __ n __ i __ e __ t __ l

傢伙 ► g __ __

第三章

禮拜二 ► __ __ __ __ sday

希望（動詞）► __ o __ e

最後一，剛剛 ► l __ st

不是故意（過去式）► d __ __ n't m __ an to

悲哀，悲傷（名詞）► s __ dn __ __ s

傳染性的 ► c __ __ ta __ __ ous

避免（動詞）► a __ __ id

講話（進行式）► t __ l __ ing

很快就 ► __ oon

先處理某件事 ► g __ t so __ e __ __ ing o __ t o __ the way

可能，有可能 ► pos __ __ __ le

儘快，愈快愈好 ► a __ s __ __ n a __ p __ ss __ ble (ASAP)

介紹 ► __ ntr __ duce

第二（秒鐘）► s __ c __ nd

年紀 ► ag __

相似點，類似點（複數）► s __ m __ lar __ t __ __ s

媽 ► m __ __

飲料（喝）► __ rin __

店 ► __ h __ p

因此，結果 ► h __ nce

暱稱 ► n __ __ kna __ e

錢 ► __ on __ y

成人的，大人的 ► __ d __ lt

皮包（複數）► __ al __ __ ts

公事包 ► br __ __ fc __ se

銀行 ► __ __ n __

帳戶（複數）► a __ __ ou __ ts

股票（複數）► __ h __ res

矽 ► s __ l __ c __ n

公司 ► c __ __ p __ ny

寫著（進行式）► __ ri __ __ ng

書 ► b __ __ k

投資（動詞）► in __ __ st

口袋 ► __ __ ck __ t

畸形的人 ► f __ e __ k

（他）穿著（洋裝複數）► dre __ s __ s

經濟學者 ► e __ __ n __ mist

（他）聽 ► l __ s __ ens

爵士 ► ja __ __

音樂 ► m __ __ ic

有一天 ► __ ne d __ y

部長 ► __ i __ __ ster

經濟學 ► __ c __ nomi __ __ __

建立 ► e __ ta __ li __ h

店（複數）► s __ __ ps

自己的 ► o __ n

建立，裝造（進行式）► se __ __ __ ing __ p

網站（複數）► we __ s __ tes

考試（複數）► __ __ __ __ ms

漫畫（複數）► c __ mi __ s

累計（進行式）► ac __ __ __ __ __ ul __ ting

個人的，私人的 ► pe __ s __ na __

存款（名詞）► s __ __ ings

全世界的，全球的 ► __ lo __ al

倒（進行式）► __ o __ ring

珍珠（單數）► pe __ __ __ l

牛奶，奶 ► m __ l __

下午（複數）► af __ e __ no __ ns

裝載量（複數）► l __ ads

口味，味道（美語）► fl __ v __ r

昨天 ► __ e __ ter __ ay

（他）想 ► th __ nks

實驗室 ► l __ b __ r __ tory

好奇（形容詞）► c __ ri __ __ __ s

拿 ▶ t __ __ e
捻（過去式）▶ s __ ap __ e __
手指頭（複數）▶ f __ n __ e __ s
趕時間 ▶ h __ r __ y
催我 ▶ h __ r __ y me __ __ __
空白的 ▶ __ lan __
繼續，繼續講（過去式）▶ co __ t __ n __ ed
不耐煩地 ▶ i __ pat __ __ ntly
薑 ▶ g __ n __ er
茶 ▶ t __ a
公佈（過去式）▶ an __ o __ nce __
偉大的 ▶ g __ __ at
驕傲（名詞）▶ pr __ __ d
自信（名詞）▶ __ __ nf __ d __ nce
機器 ▶ m __ __ hine
回答（過去式）▶ repl __ __ d
驚訝，驚愕的（形容詞）▶ __ st __ ni __ hed
假裝（過去式）▶ pr __ t __ nde __
熱情的，熱烈的 ▶ __ nt __ __ si __ stic
答覆 ▶ __ esp __ nse __
值得 ▶ __ ort __ wh __ __ e
意見，反饋（名詞）▶ fe __ db __ c __
擔任，負責（動詞）（肩膀）▶ __ __ ou __ der
負擔（名詞）▶ b __ rde __
改進，改善（進行式）▶ i __ pr __ __ ing
品味，眼光（名詞）；品嚐（動詞）▶ t __ ste
聽起來 ▶ so __ n __
吹毛求疵的 ▶ __ r __ tical
無知的，不學無術的 ▶ i __ nor __ nt

關於，講到，提到 ▶ wh __ __ it c __ me __ to
給／加調味（進行式）▶ fla __ __ ring
數字，人物，身材 ▶ f __ gu __ e
想出，算出，想好 ▶ f __ g __ re o __ __
雄辯（術），辯才, 辭令 ▶ __ __ et __ ric
反問句，修辭性疑問句 ▶ r __ __ tor __ cal __ ue __ tion
可能 ▶ m __ __ ht
解讀，解釋（過去分詞）▶ __ nter __ __ eted
批評（名詞）▶ cr __ tic __ s __
例子 ▶ exa __ __ le
比如說 ▶ f __ __ ex __ mple
香草 ▶ __ an __ lla
發現（完成式）▶ d __ sco __ e __ __ d
番茄醬 ▶ k __ tc __ u __
乾酪，起士 ▶ che __ __ e
補充（複數）▶ c __ __ __ ple __ ents
道／盤（飯或菜）▶ d __ sh
地球 ▶ __ a __ th
大概 ▶ __ rob __ __ ly
亂塞，推 ▶ sh __ ve
偏僻 ▶ re __ __ te
可食的，食用的 ▶ __ d __ __ le
否認（動詞）▶ d __ n __
無知，愚昧 ▶ __ __ no __ a __ ce
偏見，偏心 ▶ b __ __ s
胃口 ▶ ap __ __ ti __ e
夢 ▶ __ re __ m
連想都不會想 ▶ __ ouldn't dr __ am o __

結合（進行式）▶ co __ b __ ning
杏仁 ▶ a __ m __ nd
豆子 ▶ b __ a __
核桃 ▶ w __ ln __ t
蘋果 ▶ __ __ __ le
沾／侵一下（進行式）▶ d __ p __ ing
糖 ▶ s __ g __ r
進步（名詞）▶ i __ pr __ __ __ ment
淋（毛毛雨）▶ d __ i __ __ le
醋 ▶ __ ine __ ar
奶油 ▶ cr __ a __
冰淇淋 ▶ __ ce c __ ea __
褲子 ▶ p __ __ ts
搖（顫抖）（過去式）▶ sh __ ok
深刻地，強烈地 ▶ de __ pl __
失望 ▶ dis __ ppo __ nte __
可惜（名詞）▶ p __ ty
真正地，真誠地 ▶ __ ru __ y
賞識，欣賞（感恩）▶ ap __ r __ c __ ate
天份 ▶ t __ l __ nt
專門知識，專門技術 ▶ exp __ __ t __ se
悲劇的 ▶ tr __ gi __
結結巴巴的講（過去式）▶ st __ m __ ere __
吹 ▶ __ __ __ w
喇叭 ▶ tr __ __ p __ t
吹牛 ▶ bl __ w one's o __ n tr __ __ pet
讚美（進行式）▶ pr __ __ sing
寂寞的，孤單的 ▶ l __ n __ s __ me
怎麼，這樣 ▶ s __ __ h
討人厭的事（人）▶ b __ re
有雄心的，野心勃勃的 ▶ a __ b __ t __ o __ s

My Best Friend Looks Like an Island

魔法師 ► m __ gi __ __ an

未來的（形容詞）
► __ __ tu __ e

支柱（脊柱）► b __ ckb __ ne

當地的 ► l __ c __ l

尷尬，不好意思
► e __ ba __ __ as __ ed

給 ► g __ ve

印象（名詞）
► i __ pr __ s __ ion

不重要 ► __ n __ mp __ rtant

搔，抓（過去式）
► s __ ra __ __ hed

膝蓋（單數）► __ n __ e

問（進行式）► __ s __ ing

很好吃，很美味
► d __ l __ c __ ous

地平線 ► __ ori __ __ n

嚴肅地，認真
► s __ r __ __ __ usly

想知道（進行式）
► __ o __ d __ ring

秘密（名詞）s __ c __ et

看（進行式）► __ o __ king

往前 ► __ or __ __ rd

答應（動詞）► pr __ m __ se

提到 ► __ e __ tion

靈魂 ► __ o __ l

等（過去式）► w __ __ te __

夠了 ► __ nou __ __

渴望（動詞）► d __ s __ r __

橡皮 ► r __ b __ e __

下巴 ► __ h __ n

聰明的，明智的
► __ nte __ l __ __ ent

向前 ► __ he __ d

揭發，透露，公開
► d __ s __ los __ re

發明家（複數）
► in __ ent __ rs

靈感（名詞）
► i __ sp __ r __ tion

哲學家 ► __ __ il __ sop __ er

石頭（名詞）► __ t __ ne

魔法師，點金石
► __ hil __ sop __ er's
st __ ne

無／沒有 ► w __ __ ho __ t

算不了什麼 ► __ __ t
a __ ou __ t to m __ __ h

帶有靈感的，鼓舞人心的
► i __ sp __ __ ation __ __

發明家 ► in __ __ nt __ r

量（名詞）（金額）► a __ o __ nt

如魔法般地 ► ma __ ical __ y

發明 ► inv __ nt

需要（動詞）► __ e __ u __ re

（它）鼓舞，激勵
► __ __ sp __ re __

不同地，相異地
► __ if __ er __ __ tly

普通的 ► __ rd __ n __ ry

非凡的，特別的
► extr __ __ __ rd __ nary

創新，革新（名詞）
► i __ __ o __ ation

特別的 ► sp __ __ ial

人，人類（複數）
► __ __ m __ n __

專攻（事）
► spec __ al __ __ __ e

鼓舞，激勵（過去式）
► i __ s __ ir __ __

人的，人 ► __ __ __ __ an

種族，賽跑 ► r __ __ __ e

人類 ► h __ m __ __ n r __ ce

絕種的 ► ext __ __ n __ t

存在（動詞）► ex __ __ __ t

創新的，革新的
► i __ __ __ ovat __ ve

更有智慧的，較有智慧的
► w __ __ ser

講（過去式）► __ p __ __ e

尋找（進行式）
► s __ ar __ hing

很大的 ► l __ r __ e

白色（形容詞）
► w __ i __ e

船 ► __ h __ p

方向 ► d __ re __ tion

真誠的，非偽造的
► __ en __ __ ne

真誠地，誠實地
► g __ __ __ n __ ly

嘴唇（複數）► l __ ps

破壞（進行式）
► __ __ e __ king

笑容（名詞）► s __ __ le

微光，閃光 ► g __ e __ m

眼睛 ► e __ e

飯，米 ► r __ __ e

悄聲地說，私下告訴（過去式）
w __ __ __ sp __ red

冷靜地 ► c __ l __ ly

低估（過去式）
► __ nd __ r __ st __ mated

點頭 ► n __ d

重覆（過去式）► r __ pe __ te __

英文 ► __ n __ li __ __

複數 ► __ __ ur __ l

激動，弄醒／叫醒，激起
► r __ __ __ se

來源（名詞）► __ our __ e

澱粉 ► s __ ar __ h

午餐（名詞）► __ __ n __ h

盒子，箱子（名詞）（打拳擊）
► b __ x

便當 ► l __ n __ hbo __

大為驚奇的，非常驚訝的
► __ ma __ e __

形狀（複數）► __ ha __ es

圖案（複數）► pa __ __ e __ ns

雲（複數）► __ l __ uds
指著（過去式）► p __ inte __
天空 ► s __ __
誘惑（名詞）（引誘物）► t __ m __ __ ation
強，壯（形容詞）► __ tr __ ng
瞥了一眼（過去式）► gl __ n __ ed
舉起，抬起（過去式）► r __ __ sed
英吋（名詞）► i __ c __
寬恕的，有耐性的 ► t __ l __ __ ant
胖胖的，肥嘟嘟的 ► f __ __ __
片，薄片，切片 ► sl __ __ e
完美的 ► __ er __ ect
混合物，混合品（名詞）► bl __ n __
口感 ► te __ t __ re
香料 ► sp __ __ e
大規模的，巨大的 ► m __ s __ ive
被發現的事物，發現（名詞）► __ is __ __ very
理論 ► th __ __ ry
有前途的，大有可為的 ► __ ro __ i __ ing
坐（過去式）► s __ t
深思，反省（反射）（進行式）► re __ le __ __ ing
了不起的，引起轟動的 ► s __ ns __ tion __ l
對話 ► d __ alo __ __ e
成人，大人（複數）► __ d __ lts
設想，假定 ► as __ __ __ __ ption
青少年（複數）► ad __ l __ s __ ents
明確的，確定的 ► d __ f __ n __ te

不喜愛，厭惡（名詞）► __ __ sl __ ke
深思，反省（名詞）（反射）► __ efl __ ction
一定，無疑地 ► __ er __ a __ nly
深思，反省（反射）► __ e __ lect
瞥見（過去式）► __ li __ __ sed
奇才，高手（男巫）► w __ __ ard
仔細看，細察（過去式）► st __ d __ __ d
海關 ► im __ __ gr __ tion
公務員，官員（複數）► of __ __ cers
仔細看，細察 ► st __ d __
護照（複數）► p __ s __ ports
電影（複數）► __ o __ ies
拉著（進行式）► p __ l __ ing
腳 ► __ __ g
耍弄我，取笑我（進行式）► to p __ l __ someone's l __ g
認真（嚴肅）► s __ ri __ __ s
關係 ► __ el __ tion __ hip
碳水化合物（複數）► __ arb __ __ __ y __ rate __
創意（名詞）► c __ e __ tiv __ ty
要（過去式）► __ __ nte __
很笨，愚蠢的 ► stupid
麵（複數）► n __ __ __ dle __
笑（過去式）► la __ g __ ed
很大聲 ► l __ __ d
一直到 ► __ nt __ l
椰子 ► c __ con __ t
椰子形的 ► cocon __ t-sh __ p __ __
使發出咯咯聲 ► r __ t __ le

爆炸，破裂 ► b __ r __ t
突然間大笑起來了 ► to b __ __ st o __ __ lau __ hing
懷疑（過去式）► q __ __ stione __
權威 ► __ ut __ or __ ty
這一方面，主題 ► s __ bj __ __ t
再，再一次 ► __ gai __
答應（過去式）► __ ro __ ised
機會，良機（名詞）► ch __ n __ e
地瓜 ► y __ m
發現（接到，抓到）► ca __ ch
很小心地 ► __ ar __ f __ lly
斑點（複數）► __ p __ t __
變成 ► t __ rn __ nto

第四章

週三 ► __ e __ ne __ day
週四 ► __ h __ rsday
週五 ► __ r __ day
週六 ► S __ t __ rday
控制（名詞）► co __ tr __ l
哀痛，哀悼，服喪（過去式）► m __ ur __ ed
完整 ► f __ ll
最長的 ► long __ __ __ __
海洋 ► __ __ ean
親自 ► p __ rsona __ ly
想念著（進行式）► __ is __ ing
憂鬱的，很沮喪 ► d __ pre __ sed
肺臟 ► l __ ng
容量（名詞）► __ ap __ c __ ty
很容易地 ► eas __ __ __ y
潛水 ► d __ __ __ e

深度（複數）► d __ pt __ s

干 ► t __ o __ san __

成就（名詞）
► __ ch __ __ vement

最低的 ► l __ w __ st

較低 ► lo __ e __

比，比較 ► th __ n

在水底下 ► __ n __ er w __ ter

峽谷（複數）► ca __ y __ ns

山谷（複數）► v __ lle __ s

探索（過去式）► __ xpl __ re __

情緒上地 ► e __ otio __ ally

出現（名詞）
► ap __ ea __ ance

鬆一口氣（名詞）► reli __ __ __

海浪（複數）► __ a __ es

閃爍，閃光（名詞）
► fl __ __ h

瞬間，轉眼
► __ n a __ la __ h

看（進行式）► w __ t __ hing

十五 ► fi __ __ een

分鐘（複數）► min __ tes

分類（進行式）► s __ __ __ ting

洗衣服 ► l __ un __ ry

做白日夢（進行式）
► d __ ydrea __ ing

移動 ► m __ __ __ e

抓，拿 ► gr __ __ __

板子 ► b __ __ rd

蠟 ► wa __

女孩子 ► g __ rl

店 ► __ to __ e

害怕（形容詞）
► te __ rif __ __ __ d

搭乘（進行式）► ri __ __ ng

第三 ► __ h __ r __

陸龜 ► t __ rt __ __ se

寓言 ► f __ bl __

黎明，日出（名詞）
► d __ y __ reak

（它）治療 ► __ e __ ls

憂鬱症，沮喪
► d __ pr __ __ __ sion

壓力 ► str __ __ __ s

使成孤兒（過去式）
► __ rp __ ane __

終極的
► __ ltim __ te

療法 ► c __ re

快速地 ► q __ __ __ ckly

划水（過去式）► pad __ __ ed

加入 ► j __ __ __ n

興奮地 ► ex __ it __ dly

比較近，近一點 ► __ lose __

極好的 ► w __ nderf __ __

聞到（動詞）► sm __ ll

鹹的 ► s __ lt __

憂傷的，令人悲傷的
► m __ u __ nful

出現 ► tu __ n u __

除非 ► __ nl __ ss

呼吸（進行式）
► __ rea __ __ ing

很美 ► be __ ut __ ful

三月 ► __ a __ ch

乾燥的（形容詞）► d __ __ __

陽光充足（形容詞）
► s __ nn __

橫跨 ► a __ r __ ss

海灣 ► b __ y

閃閃發光（進行式）
► __ liste __ ing

水晶 ► cr __ st __ l

水晶球 ► __ r __ stal b __ ll

液體 ► l __ q __ __ d

混合物 ► m __ xture

氫 ► h __ dr __ gen

氧 ► __ x __ gen

鹽 ► s __ lt

雄偉的，浩瀚的
► maj __ sti __

奇蹟 ► m __ ra __ le

化學 ► __ hem __ stry

溫度 ► t __ mpe __ __ ture

醒來 ► w __ ke __ p

寒冷 ► __ __ ld

活力充沛（形容詞）
► al __ __ __ e

誠實（形容詞）► __ on __ st

老實說 ► __ o __ eh __ nest

情況（複數）
► c __ rc __ __ __ stances

星期 ► w __ __ k

打算計劃（動詞）
► p __ __ __ n

快死了（進行式）► d __ __ ng

窘，難堪（名詞）
► __ m __ arr __ __ __ sment

發生 ► __ __ p __ en

當季的 ► se __ so __ al

水果（複數）► fr __ __ t __

買得到，找得到（有空）
► __ vail __ ble

鎮 ► t __ __ __ n

最多汁的 ► ju __ c __ __ st

草莓（複數）
► str __ __ __ ber __ ies

冬天 ► w __ n __ __ __ r

最喜愛的（美語）（複數）
► __ a __ orites

最甜的 ► __ __ eet __ st

西瓜 ► w __ te __ m __ lon

櫻桃（複數）
► ch __ rr __ __ s

夏天 ► s __ __ __ __ er

選擇（名詞）
► __ lte __ n __ tive

（她）笑著 ► sm __ __ es

客人（複數）
► c __ st __ mers

特別（地），尤其
► __ artic __ l __ rly

經濟上的 ► ec __ no __ ic

道理（名詞）► sen __ e

講的有道理
► a __ ood p __ __ nt

做白日夢（動詞）
► d __ y __ ream

笑（過去式）► __ __ __ le __

百萬 ► m __ __ lion

漂亮（形容詞）► pr __ t __ y

言辭，談論，評論（名詞）
► r __ mar __

蒙蔽（進行式）
► clo __ d __ ng

判斷力 ► ju __ __ __ ment

不可能的 ► i __ p __ ss __ ble

使不透水，使防水
► __ a __ er __ roo __

網球 ► te __ __ is

（網球或羽毛球用的）球拍
► r __ ck __ t

作（完成式）► d __ __ e

（他）堅持，主張，斷言
► m __ __ n __ ains

完全，根本
► __ lt __ g __ ther

哇 ► wo __

享受（進行式）
► e __ jo __ __ ng

濺，潑（進行式）
► s __ la __ __ ing

海豚（單數）
► d __ __ ph __ n

美人魚 ► m __ rm __ id

自由的，免費的 ► fr __ __

世紀（複數）
► c __ nt __ r __ es

不可缺少的
► n __ ces __ __ ry

半（複數）► hal __ e __

無法弄破的，無法散開的
► u __ brea __ a __ le

佔地位，取得支配地位
► d __ m __ nate

競爭（進行式）
► co __ p __ ting

流動（進行式）
► fl __ w __ ng

在旁邊，沿著
► __ l __ ngside

同盟（名詞）► al __ __ __ ance

嫉妒，羨慕 ► __ e __ lous

嫉妒，羨慕（名詞）
► j __ alous __

打賭（動詞）► b __ t

思考，想法（複數）
► th __ __ ght __

第五章

心 ► __ __ a __ t

（它）唱 ► si __ __ s

大聲地 ► lo __ d __ y

年輕的 ► __ o __ ng

（他）想要 ► w __ nt __

土地（名詞）► __ rou __ d

嘲弄的，取笑的
► m __ cking

目光，注視 ► g __ __ e

到達（過去式）
► ar __ __ ve __

睡過頭（過去式）
► __ versl __ __ t

穿過，經過 ► th __ ou __ h

珍貴的 ► pr __ c __ ous

危急的，絕望的
► d __ sp __ __ ate

手段（複數）► m __ as __ res

殺 ► k __ ll

選擇（名詞）► __ p __ ion

引發 ► l __ ad __ o

一連串，相關聯的一組
► s __ __ u __ nce

古怪的，奇異的
► b __ __ ar __ e

事件，大事（複數）
► __ ven __ s

偶然，意外地 ► __ y __ hance

整個 ► __ nt __ re

慣常的程序 ► r __ __ tine

搞亂，打擾（完成式）
► disr __ pte __

結果（名詞）► res __ __ t

結果，因此 ► a __ a __ es __ lt

碰巧，剛好
► h __ pp __ ned to

影子（名詞）► sh __ d __ w

拳擊（動名詞）► bo __ __ ng

太極拳 ► sh __ do __ bo __ ing

時刻 ► __ om __ nt

退休了（形容詞）► r __ tire __

工程師 ► __ ng __ neer

動作（複數）► m __ v __ ments

優雅（形容詞）► __ le __ __ nt

有節奏地 ► r __ __ thy __ ically

想像中的（虛構的）
► i __ aginar __

桌子 ► __ __ ble

旁邊 ► b __ s __ __ e

看到（過去式）（有斑點的）
► sp __ __ ted

躡手躡腳地走（進行式）
► t __ pt __ __ ing

速度（名詞）► s __ ee __

假裝（動詞）► __ re __ end

專心的，集中精力的
► f __ c __ sed

忽略（動詞）► i __ n __ re

要不然 ► __ ther __ ise

應該 ► s __ ppose __ to

注意到（動詞）▶ n _ t _ ce

馬上，立刻
　▶ im _ edi _ tely

希望（進行式）▶ ho _ _ ng

接觸，聯絡 ▶ co _ ta _ t

對到眼 ▶ to ma _ e eye c _ nta _ t

假裝者 ▶ pr _ te _ _ er

臭臭的 ▶ s _ in _ y

鬼（名詞）▶ _ _ ost

威脅（進行式）
　▶ t _ _ eat _ ning

嚇倒（過去式）
　▶ s _ _ rt _ ed

血 ▶ bl _ _ d

冷凍，結冰（過去式）
　▶ fr _ _ e

警告（完成式）▶ w _ r _ ed

跑（進行式）▶ _ u _ _ ing

微小的 ▶ t _ n _

片（複數）▶ p _ _ _ ces

廚房 ▶ k _ _ ch _ n

刀子，菜刀 ▶ _ n _ fe

炸彈 ▶ b _ _ _ b

殼（貝殼）▶ sh _ ll

炸彈 ▶ bo _ b _ h _ ll

歌劇的 ▶ _ p _ r _ tic

聲音 ▶ _ o _ ce

妖怪 ▶ m _ n _ ter

使爆裂，使破裂 ▶ cr _ c _

臭臭的 ▶ s _ in _ in _

骨頭（單數）▶ b _ ne

身體 ▶ bo _ _

烹煮 ▶ bo _ _

磚塊（單數）▶ _ r _ ck

陽台 ▶ _ a _ c _ ny

掩埋（動詞）▶ b _ _ _ y

淺（形容詞）▶ sh _ l _ _ w

沼澤，泥塘 ▶ b _ g

矮胖的，肥胖的 ▶ s _ o _ t

赤腳 ▶ b _ ref _ _ t

憤怒的 ▶ f _ r _ ous

使住院治療
　▶ h _ spital _ _ _ ed

稻草（吸管）▶ str _ w

失敗或垮掉前的最後一擊 ▶ the l _ st str _ _

有名（形容詞）▶ fa _ o _ s

口才（名詞）
　▶ _ lo _ u _ nce

句子 ▶ s _ nt _ nce

更差，更不好 ▶ w _ r _ e

衝，奔，闖（過去式）
　▶ r _ she _

手（複數）▶ h _ nd _

咆哮，嗥（進行式）
　▶ sna _ _ ing

野生的 ▶ w _ ld

熊 ▶ _ _ ar

爭鬥，戰鬥 ▶ b _ ttle

撕開，撕裂（眼淚）
　▶ _ e _ r

臉龐（複數）▶ ch _ e _ s

搖動，震動，抖動（進行式）
　▶ sha _ ing

地震 ▶ e _ rth _ u _ ke

肯定，確定 ▶ _ ert _ _ n

爆發 ▶ er _ p _

火山 ▶ v _ _ cano

雖然，儘管 ▶ d _ sp _ te

發現（過去式）▶ f _ _ nd

理性的 ▶ r _ tion _ l

根據……來判斷，看這樣……
　▶ ju _ _ _ ing b _

打太極拳（過去式）
　▶ sh _ dow bo _ _ d

五十 ▶ _ _ fty

六十 ▶ s _ _ t _

因此，所以 ▶ th _ ref _ r _

推斷出結論，斷定（過去式）
　▶ c _ ncl _ de _

活下來，倖存，殘留
　▶ sur _ _ ve

熱烈的 （燃燒著的）
　▶ f _ _ _ ry

爆發，突發（名詞）
　▶ _ r _ ption

疑問，疑慮（名詞）
　▶ d _ u _ t

忍受，遭受（動詞）
　▶ s _ f _ er

無法想像的
　▶ _ ni _ agi _ able

痛，痛苦（名詞）▶ _ ai _

結束（名詞）▶ e _ _

最後，後來，結果 ▶ _ n the _ nd

決定（過去式）▶ _ e _ ided

逃走，快速移動 ▶ b _ lt

安全，平安（名詞）
　▶ sa _ _ t _

考慮到，想到
　▶ con _ id _ ring

情況 ▶ si _ _ ation

明智的，合情理的
　▶ s _ ns _ ble

輕巧地蹦蹦跳跳
　▶ s _ i _ _ ed

紅蘿蔔，胡蘿蔔（複數）
　▶ _ arr _ ts

高麗菜 ▶ ca _ _ age

方言 ▶ d _ _ lect

跟著（過去式）▶ f _ llowe _

衝刺（過去式）▶ s _ ri _ ted

路 ▶ _ _ _ _ d

兔子 ▶ r _ _ _ _ it

紫色的 ▶ p _ r _ le

蛋 ▶ _ _ _ _

植物 ▶ pl _ nt

茄子 ▶ _ gg _ lant

洋蔥 ►__ n __ on

攻擊 ►__ ttac __

武器（複數）►__ eap __ ns

大量 ► m __ ss

消化（名詞）► di __ e __ tion

發動（過去式）► l __ __ __ nched

游擊隊的 ► g __ err __ ll __

風格 ► st __ le

攻擊，襲擊 ►__ ssa __ lt

上課用的袋子
► s __ hoolb __ g

盾牌 ► sh __ __ ld

保護，保衛（過去式）
► sh __ lde __

飛彈（複數）
► m __ ss __ le __

如雨下（進行式）
► r __ i __ ing

蔬菜（複數）
► v __ g __ ta __ les

躲避（過去式）► d __ dg __ d

擺動的，搖晃的
► w __ b __ __ y

目前 ►__ or the m __ m __ nt

消失（進行式）
►__ is __ ppe __ ring

追（動詞）►__ h __ se

安全（形容詞）► sa __ __

看（動詞）（手錶）►__ at __ h

要特別小心，留心自己的安全
►__ atch one's b __ ck

報仇，報復（名詞）
► r __ v __ n __ e

太棒了（諷刺地）
► t __ r __ if __ c

提到……
► s __ ea __ ing o __ which, …

電鈴 ► b __ ll

響（完成式）► r __ ng

大門 ► g __ t __

減少速度（過去式）
► s __ owed d __ wn

群，團體 ►__ ro __ p

學生（複數）► st __ d __ nts

聚在一起，成群（過去式）
► h __ __ ded

牛（複數）► c __ __ tle

中間 ► m __ dd __ e

草地，草坪 ► l __ __ n

擠，擁擠（過去式）
► cr __ __ ded

國家的 ► n __ ti __ __ al

旗子，國旗 ► fl __ g

剩下的（休息）► r __ st

小孩（複數）►__ ild __ en

集會，集合（名詞）
►__ as __ e __ b __ y

躡手躡腳地走（過去式）
► t __ pt __ ed

躲（過去式）► h __ d

聊天（進行式）
► ch __ t __ ing

不斷地 ► no __ -s __ op

少數，一些 ► h __ ndf __ l

安家，定居（解決）
► s __ t __ le

使冷靜下來，使安頓下來
►__ e __ tle (sb.) do __ n

積聚，集合 ► ga __ h __ red

原住民的 ► a __ __ rig __ nal

婚姻 ► w __ dding

專心（進行式）
► co __ c __ ntr __ ting

中間 ►__ __ nte __

圈，圓圈 ► c __ rcl __

加入（進行式）► jo __ __ ing

注意到（過去式）
►__ o __ iced

保持（進行式）►__ ee __ ing

默默地 ► s __ le __ tly

偷溜（過去式）►__ n __ ck

混合（過去式）
► bl __ n __ __ d

外面的，遠離中心的 ►__ ute __

圈（戒指）► r __ __ g

學生（複數）（瞳孔）► p __ p __ ls

面對著（進行式）►__ a __ ing

主要的 ► m __ __ n

大樓（建築物）►__ u __ lding

呼吸，氣息（名詞）
► b __ ea __ h

我喘一口氣（過去式）
► I c __ __ ght my __ rea __ h

突然地或迅速地往上行動，來
（過去式）► pop __ __ d up

吐司 ► t __ as __

烤麵包機，烤箱
►__ oast

一個都沒有 ► n __ ne

集合，聚集（過去式）
►__ sse __ ble __

付錢（過去式）► p __ __ d

毫不，一點都沒有
► wh __ __ soe __ er

嘆氣 ► s __ gh

肉嘟嘟的，圓乎乎的
► ch __ b __ y

第七 ►__ __ ven __ __

七年級生
► sev __ nt __ grade __

戳（名詞）► p __ k __

肋骨（複數）► r __ __ s

胳膊 ►__ lb __ w

偽君子 ► h __ pocr __ te

控制，遏制（容納）►
c __ nt __ in

好奇心（名詞）► c __ ri __ s __ ty

喂，嗨 ► h __ y

老兄，兄弟（男人）
► d __ __ e

撕開（過去式）► t __ re

他勉強不看 ► t __ re his eyes __ w __ y from

焦點 ► fo __ al __ oint

戳或捅的人（撲克牌）► __ ok __ __

暈倒（過去式）► fa __ nte __

第九 ► ni __ __ h

國歌 ► __ nt __ e __

吐口水（過去式）► sp __ t

牙齒矯正器（複數）► br __ ce __

參加（進行式）► a __ __ en __ i __ g

搖滾（大石頭）► r __ ck

音樂會 ► c __ n __ ert

極端地，非常 ► __ __ tr __ __ ely

開心 ► p __ e __ sed

傳遞（短語動詞）► p __ ss __ n

昏倒了（過去式）► __ __ ssed o __ t

提供（完成式）► p __ o __ i __ ed

出乎意料 ► __ ne __ pe __ ted

娛樂 ► __ ntert __ __ nment

鸚鵡 ► p __ rr __ t

無尾熊 ► __ __ al __

痘痘，痤瘡 ► __ c __ e

深查（探險）► __ xpl __ re

現象 ► p __ enom __ __ on

潛力的 ► p __ ten __ __ al

暈倒者（複數）► f __ inte __ s

握住 ► h __ ld

忍耐，忍得住（堅持，維持）► h __ ld o __ __

比較久（比較長）► l __ n __ er

再也不 ► an __ l __ nger

青少年（名詞）► ad __ l __ __ cen __ e

必定，必然地 ► n __ ces __ ar __ ly

耐心 ► pa __ __ ence

大 ► b __ __

鼻子 ► __ __ __ e

鳳梨 ► p __ nea __ ple

髮型 ► ha __ __ sty __ e

補充（過去式）► ad __ e __

模樣 ► __ mag __

魔法師 ► magi __ i __ n

閃過去（過去式）► __ la __ he __

土壤 ► s __ __ l

袋子 ► b __ g

查問（過去式）► __ n __ u __ red

進一步考慮後 ► __ n sec __ nd t __ ou __ ht

指控，控告（名詞）► acc __ s __ tion

詢問，打聽（名詞）► __ n __ u __ ry

轟炸（完成式）► b __ m __ arded

留在某處，等待 ► h __ ng ar __ __ nd

連珠砲似地被問到許多問題 ► b __ m __ arded with __ uestions

神秘地 ► m __ st __ riously

不會吧，應該不是 ► s __ rely n __ t

推（名詞）► p __ sh

最後，終於 ► __ ven __ __ ally

取得（過去式）► __ a __ ned

進入的機會權利 ► ac __ __ __ ss

裡面的 ► in __ er

年輕的，青年的 ► yo __ t __ ful

尖尖的 ► sh __ __ p

指著（進行式）► __ oi __ ting

直，挺直地 ► str __ ig __ t

天空（複數）► __ ea __ ens

擦亮（擦亮劑）► p __ l __ sh

擦得亮晶晶 ► w __ ll-p __ li __ hed

鞋子（複數）► __ hoe __

跪下來（進行式）► __ nee __ ing

草 ► gr __ s __

首字母（複數）► in __ ti __ ls

站著 ► s __ a __ d

代表 ► st __ nd f __ __

生物學 ► b __ olog __

優秀的，傑出的 ► __ __ ne

運動員 ► a __ hl __ te

乒乓球 ► p __ ng-p __ ng

桌球 ► t __ ble te __ nis

冠軍 ► cha __ pi __ n

贏了（過去式）► w __ n

公開賽 ► ch __ m __ ion __ hip

八 ► __ ig __ t

列，排 ► r __ w

一排 ► __ n a __ ow

去年 ► l __ st y __ ar

打敗了，勝過（過去式）► __ eat

決賽 ► f __ na __

沒有人，沒人 ► __ o __ ody

敢（過去式）► __ are __

對著 ► __ ga __ __ __ st

丟下，落下（過去式）► dr __ p __ ed

跪或蹲下去（過去式）► __ ro __ ped __ o __ n

閃閃發亮的 ► __ hi __ y

禿頭 ▸ b _ _ d

往 ▸ t _ w _ rds

只是，僅是，不過，……而已 ▸ m _ r _ ly

空間（房間）▸ _ o _ m

恢復（動詞）▸ _ e _ o _ er

他（需要）▸ _ ee _ s

呼吸（動詞）▸ _ reath

新鮮的 ▸ f _ es _

空氣 ▸ _ ir

發出，發散（進行式）▸ gi _ _ ng o _ f

難受的，令人作嘔的，臭的 ▸ n _ sty

大聲叫（進行式）▸ s _ rea _ ing

有幫助的，有用的 ▸ _ elpf _ l

是（對）▸ y _ _

老師（先生）▸ s _ r

仔細考慮（進行式）▸ p _ nde _ ing

診斷結論 ▸ d _ _ gnos _ s

逼著（過去式）▸ f _ rc _ d

跟隨 ▸ f _ llo _

指示（複數）（命令，操作指南）▸ _ nstru _ tions

聽從他的指示 ▸ f _ llow his _ ns _ r _ ctions

往後退（過去式）▸ re _ re _ ted

深 ▸ d _ _ p

沉思 ▸ be d _ ep _ n thought

拿著（過去式）▸ t _ _ k

過了一陣子後我才 ▸ it t _ _ k me a wh _ _ e

手 ▸ _ _ nd

左邊的，左 ▸ l _ f _

捏弄，撥弄（進行式）▸ fi _ d _ ing

小馬 ▸ p _ ny

尾巴 ▸ ta _ l

馬尾髮型（馬尾）▸ p _ ny _ ail

寬的 ▸ b _ o _ d

額頭 ▸ for _ _ ead

睫毛（複數）▸ _ el _ she _

長頸鹿 ▸ gir _ ff _

幼稚園 ▸ kin _ ergar _ en

卡片，牌子 ▸ c _ r _

成績單 ▸ repor _ car _

書法 ▸ c _ lli _ ra _ hy

數學 ▸ m _ h

隨便你選，都是 ▸ _ ou na _ e it

敵得過，比得上 ▸ ma _ ch

身體的，肉體的 ▸ p _ _ sical

教育 ▸ e _ u _ ation

體育課 ▸ Phy _ ical E _ ucation (PE)

成績 ▸ _ _ ad _ s

換算成 ▸ co _ ver _

攝氏 ▸ _ els _ _ s

華氏 ▸ _ a _ renh _ _ t

記憶 ▸ me _ ori _ e

地理上的 ▸ g _ ogra _ hical

資料 ▸ da _ _

平均的 ▸ av _ r _ ge

一年的 ▸ _ nn _ al

降雨量 ▸ r _ inf _ ll

捷運 ▸ M _ T

迅速的 ▸ _ ap _ d

運輸 ▸ _ rans _ t

蝙蝠（複數）▸ b _ t _

哺乳動物（複數）▸ ma _ _ _ als

飛 ▸ _ l _

原因（複數）▸ r _ as _ ns

突然失敗（倒塌）▸ c _ ll _ pse

帝國 ▸ _ mp _ re

常見的 ▸ c _ m _ on

症狀（複數）▸ s _ m _ to _ s

肺炎 ▸ _ ne _ mo _ ia

英鎊（複數）（磅，動物收容所，汽車扣押場）▸ p _ _ _ nd _

之前有 ▸ us _ d _ o

等於 ▸ e _ u _ l

先令（之前的英國貨幣單位）（複數）▸ _ hi _ lings

一百 ▸ h _ ndr _ d

便士（複數）▸ p _ nn _ es

圖片，照片，想像 ▸ _ i _ ture

這樣明白了吧 ▸ you g _ t the _ ic _ ure

更重要的是 ▸ _ ore i _ porta _ tly

教室 ▸ clas _ r _ om

隨時 ▸ _ ny _ ime

依靠（完成式）▸ rel _ _ _ d _ n

有關的，切題的 ▸ r _ l _ vant

描述，形容（複數）▸ des _ r _ ptions

最新的信息或報道（複數）▸ _ pda _ es

私人，個人 ▸ pr _ v _ t _

偵探 ▸ _ n _ esti _ gator

中央 ▸ c _ nt _ al

氣象 ▸ w _ _ ther

局 ▸ b _ re _ u

懷疑，不信（名詞）▸ d _ sbel _ e _

美德 ▸ v _ r _ ue

倒塌（過去式）▸ c _ ll _ psed

粗布袋，麻袋 ▸ s _ c _

019

南瓜（複數）
► p __ __ pk __ ns

醒過來（拜訪，來找）
► c __ me __ ro __ nd

沈默，寂靜，無聲（名詞）
► __ __ l __ nce

背誦，朗誦（動詞）
► r __ c __ te

布道 ► s __ rm __ n

最大的 ► __ ig __ __ st

購買（動詞）► p __ rch __ se

拍賣（名詞）► __ u __ tion

忙著（進行式）► bus __ __ ng

颳風（進行式）
► f __ n __ ing

球拍 ► pad __ __ e

後者 ► __ at __ er

掏出來，拿出來（過去式）
► pr __ duce __

長褲口袋 ► tr __ __ ser
p __ cket

必不可少的
► __ nd __ spen __ able

可動的，手機 ► m __ b __ le

電話，打電話 ► ph __ n __

手機 ► m __ __ __ ile ph __ ne

安靜 ► qui __ __ __

低語聲（複數）
► m __ rm __ r __ __

低語，耳語（複數）
► wh __ s __ ers

慢慢地消失，變小聲（進行式）
► d __ __ ng __ o __ n

完全的，徹底的
► co __ pl __ te

失去知覺的，不省人事的
► __ nco __ cious

觀眾，聽眾 ► __ ud __ ence

期望（進行式）（預期，預料）
► __ nt __ cip __ ting

非凡的，值得注意到的
► re __ ar __ able

難忘的，值得懷念的
► m __ m __ rable

手機 ► c __ llph __ ne

照相機（複數）► ca __ __ ras

預備
► __ n __ tand __ y

拍攝，留存，記錄
► __ __ pture

永遠 ► fo __ __ ver

照片 ► __ __ ot __ gr __ ph

鄉下 ► c __ untry __ ide

傾身（過去式）► l __ __ ned

跌倒（進行式）
► f __ lling o __ er

固定（修好）（過去式）
► fi __ __ d

閉著 ► __ l __ se __

肯定 ► af __ ir __

閃電 ► l __ ght __ ing

抓住，抓取（過去式）
► __ rab __ __ d

橘色 ► or __ ng __

條紋的 ► str __ ped

橘色條紋的 ► __ rang __
-str __ ped

領帶 ► n __ ckt __ e

拉（過去式）► p __ lled

樂趣 ► __ njoy __ ent

觀眾（複數）
► sp __ __ tat __ rs

碰到（進行式）
► t __ u __ hing

有趣的，使人得到娛樂的
► __ ntert __ __ ning

給（完成式）► giv __ __

熱烈地拍手 ► g __ ve
a __ ig h __ nd

完全地 ► f __ l __ __

有知覺，清醒的
► c __ n __ __ ious

猛拉（複數）► t __ gs

上半部（上面的）► __ pper

好像，就像……一樣
► __ s __ f

繩子 ► r __ pe

漿硬的，硬挺的
► st __ r __ hed

衣領 ► c __ l __ ar

上升，升起（進行式）
► __ __ sing

閉著 ► sh __ t

緊緊地 ► ti __ __ t

發誓 ► s __ e __ r

蒼白的 ► p __ l __

勒住（過去分詞）
► str __ n __ led

相當不錯的（相當好）
► pr __ tty __ ood

觀念，意識 ► sen __ e __ f

幽默（美語）► h __ m __ r

幽默感（美語）
► sen __ e of __ um __ r

停頓（名詞）► p __ __ se

懸掛的 ► s __ sp __ __ ded

微弱的，小聲的 ► f __ __ nt

嘶啞的，粗啞的
► h __ __ rse

漏出（進行式）（逃避）
► __ s __ aping

愛慕，熱愛 ► ad __ re

第六章

香蕉（複數）► ba __ a __ as

書（複數）► __ __ ok __

骨頭（複數）► b __ n __ __

提到 ► me __ tione __

畫畫（過去分詞）
► p __ __ nted

兄弟 ► __ __ __ ther

衝浪店 ► sur __ sh __ p

在這條路上
► u __ the r __ ad

幫忙（完成式）► __ __ lpe __

畫畫 ► pa __ n __

個性，人物，中國字 ► char __ __ t __ r

真有個性 ► be q __ __ te a char __ __ t __ r

四分之一 ► qua __ t __ r

原族民 ► ab __ ri __ ine

(他)告訴 ► __ __ lls

下來，下降 ► d __ s __ ende

為……的後裔 ► d __ s __ ended __ ro __

酋長，族長 (複數) ► ch __ __ fs

小腿（小牛）► ca __ __

肌肉 ► m __ s __ le

寵物 ► __ __ t

喙，鳥嘴 ► be __ __

小貓 ► kit __ __ n

爪子 ► cl __ __

怪異的，怪癖的 ► w __ ird

酒鬼（喝醉了，「喝」的完成式）► dr __ nk

艙口（孵出）► h __ __ ch

乾杯！► __ o __ n the ha __ ch

珍貴的，有價值的 ► v __ lu __ ble

財物，所有物 ► po __ __ ession

有插圖的 ► __ l __ ustrated

海洋的 ► __ ar __ ne

動物（複數）► __ nim __ ls

圖書館館長 ► l __ br __ __ ian

阿姨 ► aunt __ __

秋天 ► __ ut __ __ n

打掃，潔淨 ► __ lea __

圖書館 ► l __ b __ ary

地下室 ► b __ sem __ nt

增加兩倍（過去式）► d __ ub __ ed

詞彙 ► v __ cabu __ ary

插圖，圖片（複數）► __ llustr __ tion

電腦（複數）► comp __ t __ rs

作嗶嗶聲 ► __ ee __

跑 ► r __ n

用光了，用完了 ► r __ n o __ t o __

電池 ► b __ tt __ ry

力氣，力量 ► po __ er

問 ► __ __ k

很嚴格 ► str __ ct

很合理 ► r __ aso __ able

令人滿意地，謹慎地 ► ni __ __ ly

很客氣地問，很禮貌地問 ► __ sk n __ cely

借給別人 ► l __ n __

辦公室 ► __ ff __ ce

分類（進行式）► cl __ ssif __ __ ng

差不多 ► v __ __ t __ ally

王國 ► __ ingd __ __

與……戰鬥，反對 ► c __ mb __ t

無聊（名詞）► b __ re __ __ m

不再去想這件事情 ► t __ ke one's m __ nd o __ f s __ me __ hing

壓碎，壓壞 ► cr __ __ __ h

喜歡某一個人 ► to have a cr __ sh __ n some __ ne

好好照顧 ► t __ ke __ ood c __ re o __

最容易的 ► eas __ __ st

因為（because 縮寫）► c __ __ se

客人，訪客 ► g __ es __

是啊，……（答對了）► th __ __ 's r __ ght, ...

把……認為，把……看作 ► __ e __ ard

看成為 ► __ eg __ rd __ s

會員 ► __ em __ er

家庭成員 ► f __ m __ ly m __ m __ er

時期，期間 （複數）► p __ ri __ ds

根據，按照 ► ac __ or __ ing

入門書，簡介（導遊，帶領）► g __ __ __ de

長大 ► gr __ w

最多 ► u __ __ o

長度 ► l __ ngt __

行過（路程）（覆蓋）► c __ ve __

距離（複數）► __ ist __ nce __

游泳（進行式）► sw __ __ ming

星球 ► p __ an __ t

打獵（進行式）► h __ nting

陪伴（名詞）（公司）► co __ pa __ y

海灣 ► g __ __ f

海角 （披肩，斗篷）► __ __ pe

界線，障礙物 ► barr __ __ r

珊瑚，礁 ► ree __

越過（渡過）► cr __ ssed

緯度 ► lat __ t __ de

確定（正性，樂觀）► p __ s __ tive

經度 ► l __ ng __ t __ de

看書（過去式）► __ __ ad

公尺 ► m __ t __ r

害怕的 ► a __ rai __

風暴（複數）► st __ r __ s

鯊魚（複數）► __ h __ rks

021

恐懼 ▶ __ __ ar

忍受（動詞）（天氣）
▶ w __ __ ther

風暴 ▶ st __ r __

野獸 ▶ __ e __ st

大自然 ▶ __ at __ re

來挑戰他，來考他
▶ t __ ro __ a __ him

颱風（複數）▶ ty __ __ oons

嚇到，驚嚇 ▶ sc __ re

短吻鱷（複數）
▶ all __ gat __ rs

精明的，伶俐的 ▶ s __ ar __

旅行，漫遊（複數）
▶ __ rav __ ls

緊張 ▶ ne __ __ ous

塑膠 ▶ pl __ st __ c

塑膠袋（複數）▶ __ l __ sti __
b __ gs

兄弟姐妹（複數）
▶ s __ __ lings

人類 ▶ m __ n __ ind

危險的 ▶ da __ g __ rous

令人震驚，極壞的，糟糕的
▶ __ h __ cking

吐 ▶ sp __ __

害怕的，擔心的 ▶ fe __ rful

及時地，來得及 ▶ __ n
ti __ e

扔，丟，擲（進行式）
▶ t __ ro __ ing

生態系統（複數）
▶ __ c __ syste __ s

變成廢墟 ▶ in r __ __ ns

管教他們，教訓他們 ▶ s __ t
someone str __ __ ght

承認 ▶ __ d __ it

熱愛（過去式）▶ ad __ red

這就清楚顯示 ▶ it just
__ ho __ s you

情緒（複數）▶ e __ otion __

冰山（複數）▶ __ ce __ er __ s

表面（複數）▶ s __ rfa __ es

這蠻嚴重 ▶ This w __ s
s __ r __ ous.

樂觀 ▶ __ pt __ m __ stic

每日的，日常的 ▶ d __ ily

基礎，根據，準則
▶ ba __ __ s

一貫，逐日 ▶ __ n a
dail __ __ asis

不時，常常 ▶ __ ll t __ e
__ ime

覺得無聊 ▶ b __ red

基本上 ▶ __ as __ cally

冰山 ▶ __ ce __ er __

融化 ▶ m __ __ t

恢復正常 ▶ b __ ck to
n __ rma __

這樣一定，這樣應該
▶ sure __ __

邏輯的 ▶ l __ __ ical

結論 ▶ concl __ __ ion

輕微的，微小的
▶ s __ igh __

耽擱，延遲 ▶ d __ la __

計劃（複數）▶ pl __ n __

待會再講 ▶ we'll g __ t __ o
that

摩托車 ▶ s __ __ oter

巷弄 ▶ all __ __

缺陷，瑕疵（複數）▶ fla __ __

一則，一來 ▶ __ or o __ e
thing

惡名昭彰的，聲名狼藉的
▶ n __ __ o __ ious

打盹（進行式）▶ n __ p __ ing

每當 ▶ wh __ __ ever

無論，不管 ▶
r __ gar __ l __ ss

習慣 ▶ h __ b __ __ __

豬 ▶ __ __ __ __

和尚 ▶ __ __ nk

猴子 ▶ m __ nk __ y

包含（過去式）▶ __ nclu __ ed

對……上癮 ▶ __ dd __ cted

檳榔 ▶ bet __ l n __ t

堅果（複數）▶ n __ t __

香煙（複數）
▶ c __ __ ar __ ttes

電視 ▶ __ __

最糟糕的，最不好的
▶ __ or __ t

喝醉（進行式）▶ g __ __ ting
dr __ nk

睡著的 ▶ __ sle __ p

睡著了（進行式）▶ f __ lling
__ slee __

睡覺 ▶ __ le __ p

不需要 ▶ ne __ d __ ess

不必說 ▶ n __ edl __ ss
to s __ y

睡衣 ▶ pa __ a __ as

癢癢的 ▶ __ tch __

雞 ▶ ch __ c __ en

水痘 ▶ chi __ k __ np __ x

寧可，比較喜歡（過去式）
▶ p __ efe __ red

裸體的 ▶ n __ ked

畫畫技術（幅畫）
▶ __ ai __ ting

問題（報刊期號）
▶ i __ s __ e

清醒沒喝酒的 ▶ s __ be __

法官（判斷）▶ ju __ ge

不可思議的是 ▶ __ ma __ ingly
__ no __ gh

午睡（複數）▶ n __ ps

疤痕（複數）▶ sc __ rs

各處 ▶ __ ere and t __ ere

地方（複數）▶ pl __ __ es

致命地 ▶ __ __ tally

受傷了 ▶ __ nj __ red

魯莽的，不顧後果的
▶ r __ ckl __ ss

行為（名詞）▶ co __ d __ ct

更不用說 ▶ n __ t to __ en __ ion

損害 ▶ dam __ g __

近鄰地區
▶ n __ __ ghb __ rhood

沒有人知道 ▶ __ __ one
k __ ow __

還好是這樣 ▶ __ ust __ s
w __ ll

敢 ▶ d __ re

賣（進行式）▶ __ __ lling

保險（名詞）
▶ i __ sur __ nce

恐怖的 ▶ h __ rr __ ble

西瓜（複數）
▶ __ atermel __ ns

吃 ▶ __ at

切絲 ▶ __ hr __ d

(水果)皮（複數）▶ __ eels

肥料 ▶ fert __ li __ e __

百合花（複數）▶ lil __ es

玫瑰（複數）▶ roses

何況，再加上 ▶ b __ sid __ __

成某種形狀的 ▶ __ ha __ ed

櫻桃 ▶ che __ __ y

星星 ▶ st __ r

隨便你選，不管什麼
▶ wh __ __ ever

很難 ▶ d __ ff __ c __ lt

令人很尷尬的
▶ e __ bar __ __ ssing

比基尼（複數）▶ b __ kin __ s

幾乎，差不多 ▶ n __ a __ ly

第七章

校長 ▶ pr __ nc __ pal

木瓜 ▶ pa __ a __ a

口紅 ▶ __ ip __ tick

龍 ▶ dr __ g __ n

節日 ▶ __ est __ val

快到了，接近
▶ co __ __ ng up

月份（複數）▶ mont __ __

划船（進行式）▶ __ owing

隊 ▶ tea __

參加 ▶ t __ ke __ art

比賽，跑賽 （複數）
▶ __ a __ es

遇見 ▶ m __ __ t

丈夫，老公 ▶ h __ s __ and

網球場（法院）▶ co __ __ t

簡單 ▶ s __ mpl __

公佈（名詞）
▶ an __ __ unc __ ment

之前的 ▶ for __ er

軍人的，軍隊的
▶ m __ l __ tary

指揮官，司令官，中校
▶ c __ mm __ nder

警官 ▶ p __ lice __ ff __ cer

跋扈的，愛指揮他人的
▶ bo __ s __

弄髒，弄亂 ▶ m __ ss

強調（名詞）▶ __ mph __ si __

配偶 ▶ sp __ __ se

暴力的 ▶ __ iol __ nt

脾氣 ▶ t __ mp __ r

忍受，寬恕 ▶ tol __ __ ate

行為（美語）（名詞）
▶ b __ hav __ __ r

字典 ▶ d __ ctiona __ y

定義 ▶ d __ fin __ tion

藍色 ▶ __ l __ e

制服 ▶ __ n __ form

四 ▶ f __ __ __

強調（進新式）
▶ __ igh __ igh __ __ ng

慈悲，憐憫，寬容
▶ m __ rc __

討厭（過去式）▶ __ ate __

總數／金額／算術題 ▶ su __

很吵，喧鬧的 ▶ no __ s __

義工（複數）
▶ __ ol __ n __ eers

傻瓜 ▶ f __ __ l

發射，開場 ▶ __ hoo __

手槍 ▶ p __ st __ l

二十 ▶ __ we __ ty

鞭打，抽打 （複數）
▶ __ a __ he __

鞭子 ▶ wh __ __ __

溺死 ▶ __ __ own

河流 ▶ r __ ver

交戰的，相爭的 ▶ w __ __ ring

國，國家（複數）▶ s __ ate __

皇帝的，帝國的 ▶ i __ per __ al

顧問，勸告者 ▶ __ dvis __ r

詩人 ▶ po __ t

取消 ▶ __ all o __ f

公佈（進行式）
▶ an __ oun __ ing

強調（進行式）
▶ __ mphasi __ ing

警告（進行式）▶ __ ar __ ing

麥克風 ▶ m __ c __ ophone

停息，消失（過去式）
▶ s __ b __ ided

掙扎（過去式）▶ __ att __ ed

懂，瞭解 ▶ un __ er __ tand

警察 ▶ c __ p

課外的 ▶ e __ trac __ rric __ lar

取消（進行式）▶ ca __ c __ lling

射擊 ▶ sh __ t

鞭笞，抽打（過去分詞）
▶ __ hip __ ed

爆炸／破裂（進行式）
▶ __ ur __ ting

興奮（名詞）▶ e __ cit __ ment

扒手 ▶ p __ ckp __ ck __ t

火車 ▶ __ rai __

車站 ▶ st __ tion

精彩的部分（複數）
▶ __ ighli __ hts

陰曆 ▶ l __ n __ r

日曆 ▶ cal __ nd __ r

農曆，陰曆 ▶ l __ nar cal __ nd __ r

無論誰 ▶ w __ oev __ r

新的，新奇的（小說）
▶ nov __ l

點子，想法 ▶ __ d __ __ __

和……競賽（進行式）
▶ ra __ ing

五彩繽紛，多彩的（美語）
▶ __ ol __ rful

獨木船（複數）▶ c __ n __ es

真正的 ▶ __ eal

天才 ▶ g __ ni __ s

很擔心 ▶ c __ ncer __ ed

（強烈）反對 ▶ __ pp __ sed

頭腦，智力（複數）
▶ m __ nd __

父親 ▶ f __ ther

結婚 ▶ m __ rr __

傳統 ▶ tr __ d __ tion

日期，約會（複數）
▶ __ ate __

起源於 ▶ dat __ s __ ack to

早期的，早先的 ▶ __ arly

保守祕密 ▶ __ et __ een ou and __ e

拿開 ▶ __ em __ ve

變色龍 ▶ cha __ el __ __ n

肩膀 ▶ sh __ uld __ r

公園 ▶ par __

龍蝦（複數）▶ l __ __ sters

蜻蜓（複數）
▶ drag __ nfl __ __ s

龍捲風（複數）
▶ t __ rn __ do __ s

恐龍（複數）
▶ d __ nos __ __ rs

數數 ▶ __ ou __ t

解釋 ▶ expl __ __ n

宇宙 ▶ __ ni __ erse

錯誤 ▶ er __ __ r

章節（複數）▶ cha __ t __ rs

把很難說的東西講出來了
▶ sp __ t it ou __

馬桶 ▶ t __ __ let

紙 ▶ p __ p __ r

衛生紙 ▶ to __ l __ t pap __ r

超市場 ▶ s __ per __ a __ ket

走廊，走道 ▶ a __ __ le

巧克力 ▶ c __ ocol __ te

包裝紙 ▶ __ rap __ ing paper

假的 ▶ f __ __ e

浪漫的人（浪漫）
▶ rom __ nti __

浪漫（名詞）▶ __ oman __ e

可能地 ▶ po __ si __ ly

場地 ▶ __ en __ e

專家 ▶ e __ p __ rt

不浪漫 ▶ __ nroma __ tic

新娘 ▶ __ r __ de

愛上某個人（互相愛上）
▶ f __ ll __ n lo __ e

（它）裝造 ▶ __ re __ tes

強大的，效力大的
▶ p __ w __ rf __ l

反重力的 ▶ __ ntigr __ __ ity

領域，田野 ▶ f __ __ ld

謝了 ▶ th __ nk __

真是謝謝你（諷刺）
▶ t __ an __ s for no __ hing

細節（複數）▶ __ eta __ ls

六 ▶ s __ __

命運（負面的）▶ f __ te

殘酷的 ▶ cr __ __ __ l

之前的 ▶ pr __ v __ ous

提醒 ▶ __ em __ nd

只能祈求好運 ▶ __ eep one's f __ n __ ers c __ ossed that

創造；造謠 ▶ m __ __ e up

紫蘿蘭，紫色的 ▶ __ iol __ t

箱子（複數）▶ bo __ __ s

附近 ▶ __ ear __ y

命運（正面的）▶ d __ st __ ny

未來時 ▶ __ own the l __ ne

目前 ▶ f __ r __ ow

牽著（進行式）▶ h __ l __ ing

思忖，仔細考慮
▶ c __ nt __ __ plate

匿名的 ▶ __ non __ __ ous

信（字母）▶ l __ tter

詩 ▶ p __ e __

概述，概括（進行式）
▶ __ um __ ari __ ing

愛，情愛 ▶ af __ ec __ ion

勇敢（名詞）▶ cour __ ge

寄（信）▶ p __ st

使疼痛 ▶ h __ r __

疼痛的／引起痛苦的
▶ p __ __ nful

等著（進行式）▶ __ a __ ting

發現（明白）▶ r __ __ lize

十足的，完全的 ▶ __ bsol __ te

折磨（名詞）▶ t __ rt __ re

腳（複數）▶ f __ __ t

癱瘓（過去分詞）
▶ t __ c __ led

家禽 ▶ f __ __ l

羽毛 ► f ＿ ＿ ther
最親愛的 ► de ＿ r ＿ st
唱 ► s ＿ ng
承認，坦白 ► conf ＿ ＿ s
村民（複數）► ＿ ill ＿ g ＿ rs
同意／協定（名詞）
► a ＿ ree ＿ ent
同意／一致
► ＿ n ＿ gr ＿ e ＿ ent
團聚（複數）► ＿ eu ＿ i ＿ ns
種類，品種（複數）► s ＿ rts
藉口 ► exc ＿ ＿ e
知識，學識 ► ＿ nowle ＿ ge
常識 ► com ＿ on ＿ nowl ＿ dge
(他)恨，討厭 ► ＿ ate ＿
親戚（複數）
► r ＿ la ＿ ive ＿
剝奪 ► ＿ epr ＿ ve
機會 ► o ＿ p ＿ rt ＿ nity
成本，支出（複數）► co ＿ ts
不惜代價，無論如何
► a ＿ all co ＿ ts
免疫的，免於……的
► ＿ mm ＿ ne
公眾的，公共，公用的
► p ＿ blic
輿論 ► ＿ ubli ＿ opi ＿ ion
八卦 ► g ＿ ssi ＿
懷偏見的 ► prej ＿ d ＿ ce ＿
偏見，歧視
► ＿ re ＿ u ＿ ice
毒藥 ► p ＿ ＿ son
(它)影響；侵襲 ► ＿ f ＿ ects
理智；感官（複數）
► s ＿ n ＿ es
中毒（完成式）► ＿ ois ＿ ned
高 ► t ＿ ＿ ＿
瘦巴巴 ► s ＿ inn ＿
法老王 ► ph ＿ ra ＿ ＿

竿，柱 ► p ＿ ＿ e
猩猩 ► ch ＿ mp ＿ n ＿ e ＿
報導（複數）► repo ＿ ts
嗜好 ► ＿ o ＿ by
吹牛（進行式）► b ＿ as ＿ ing
降低（進行式）► ＿ rin ＿ ＿ ng
犯罪 ► cr ＿ ＿ e
率 ► r ＿ te
零 ► ＿ ＿ ro
開罰單（進行式）► f ＿ ning
停車（進行式）► ＿ ar ＿ ing
生鏽的 ► ru ＿ ty
吉普車 ► ＿ e ＿ p
職業，工作
► occ ＿ p ＿ tion
懲罰（進行式）
► p ＿ ni ＿ hing
侵犯者，違背者
► viol ＿ t ＿ rs
運載工具 ► ve ＿ ＿ ＿ cle
承擔責任的，需負責任的
► re ＿ pons ＿ ble
違反，違背，違犯（名詞）
► ＿ iol ＿ tion
老鷹 ► ＿ a ＿ le
作為目標或對象（進行式）
► t ＿ rge ＿ ing
拳擊手 ► bo ＿ ＿ r
懷疑，疑心（名詞）
► s ＿ spic ＿ on
畢竟 ► all ＿ n all
傲慢的 ► ar ＿ ＿ ＿ gant
法律 ► l ＿ w
實施，執行（名詞）
► ＿ nfor ＿ ement
很興奮 ► ＿ xc ＿ ted
仍然，然而
► n ＿ ver ＿ ＿ eless
超級 ► s ＿ per
錯覺，幻覺 ► ＿ ll ＿ sion

全隊選手 ► cr ＿ ＿
自動地 ► a ＿ to ＿ atically
變成 ► ＿ ec ＿ me
防火的 ► f ＿ reproo ＿
很迷信
► su ＿ erst ＿ t ＿ ous

第八章

拋棄 ► a ＿ ＿ nd ＿ n
偏愛，偏好
► prefe ＿ en ＿ e
融化（過去式）► m ＿ lte ＿
以為，假定為（進行式）
► ＿ ssu ＿ ing
僥倖成功，沒有被發現
► g ＿ t ＿ way w ＿ th
something
永久地，長期不變地
► perm ＿ n ＿ ntly
阻礙，阻止（進行式）
► st ＿ n ＿ ing
發展，發育，生長
► grow ＿
特別的 ► p ＿ rticul ＿ r
臥房 ► b ＿ dr ＿ ＿ m
窗戶 ► ＿ ind ＿ w
發出，發射（過去式）
► s ＿ nt
掃興，寒心（名詞）► ＿ h ＿ ll
脊柱，脊椎 ► sp ＿ n ＿
令人毛骨悚然（過去式）
► s ＿ nd a c ＿ ＿ ll down
someone's ＿ p ＿ ne
農夫 ► fa ＿ ＿ ＿ er
大踏步走過（進行式）
► ＿ tr ＿ ding
嚴峻的，嚴厲的 ► st ＿ r ＿
政治家 ► stat ＿ ＿ ＿ m ＿ n
純樸的，謙虛的 ► h ＿ m ＿ le
陷入困境的，無法逃避的
► tr ＿ p ＿ ed

沒有什麼地方 ▶ n __ w __ ere

躲起來 ▶ h __ de

比較近 ▶ __ ear __ __

一步 ▶ st __ p

皺眉頭（進行式）
▶ fr __ w __ ing

心情 ▶ __ ood

通常的，平常的 ▶ u __ u __ l

武裝的，裝甲的 ▶ ar __ ed

平的，平坦的 ▶ fl __ t

籃球 ▶ ba __ k __ tball

沾到土 ▶ s __ il-st __ __ ned

威脅的 ▶ m __ na __ ing

的確 ▶ __ nd __ ed

堅定的 ▶ det __ rm __ ned

穩定的（公司）▶ f __ rm

大步走（名詞）▶ st __ i __ e

對……有過敏 ▶ be
al __ __ rg __ c to ____

猶豫（過去式）
▶ hes __ t __ ted

稍微地 ▶ __ ligh __ ly

曬太陽（進行式）
▶ s __ nb __ thing

榮譽，讚揚（賒帳）
▶ __ red __ t

恢復（過去式）
▶ re __ a __ ned

鎮靜（名詞）
▶ co __ p __ s __ re

階梯（複數）▶ st __ ps

敲門聲 ▶ __ no __ k

阻止，預防 ▶ pr __ v __ nt

持續（進行式）▶ __ ta __ ing

嚇呆的，呆板的（解凍）
▶ fr __ z __ n

椅子 ▶ __ h __ ir

驚奇，詫異（名詞）
▶ s __ rp __ __ se

擺動（過去式）▶ __ w __ ng

有皺紋 ▶ w __ ink __ ed

番石榴色的／芭樂色的
▶ __ u __ __ a-colored

認為 ▶ co __ side __ ed

斯文的 ▶ __ ef __ ned

紳士 ▶ __ ent __ em __ n

(他)打招呼 ▶ gr __ __ ts

有外交手腕的，圓滑的
▶ di __ __ omatic

魅力（名詞）▶ ch __ r __

禮貌（名詞）▶ __ an __ ers

外交官 ▶ __ ipl __ mat

自動的 ▶ __ uto __ atic

粗糙地 ▶ ro __ __ hly

修飾好，圓滿結束（過去式）▶
ro __ n __ ed o __ f

招呼（名詞）▶ __ r __ eting

正式 ▶ __ or __ al

曬黑的 ▶ w __ ll- __ an __ ed

站（過去式）▶ st __ __ d

皮帶 ▶ b __ l __

帶釦 ▶ b __ __ kle

春天（彈簧／泉／跳躍）
▶ s __ r __ ng

貓頭鷹 ▶ __ w __

脖子 ▶ n __ ck

清（嗓子）（過去式）
▶ __ le __ red

尷尬地 ▶ __ __ kwardly

吞下去 ▶ sw __ ll __ __ ed

針 ▶ __ eed __ e

打擾，麻煩（動詞）
▶ t __ ou __ le

人們 ▶ f __ lks

喃喃自語，咕噥（過去式）
▶ m __ tte __ ed

打擾，麻煩（進行式）
▶ t __ ou __ ling

你的，你們的 ▶ __ ours

發音（進行式）
▶ pr __ no __ n ing

體貼 ▶ th __ ug __ tf __ l

謝謝 ▶ th __ nk

日晒雨淋後褪色的，風化的
▶ w __ __ there __

懷疑地 ▶ s __ e __ tically

握緊（進行式）
▶ g __ i __ ping

緊緊地，穩固地
▶ f __ r __ ly

鬆餅，薄煎餅 ▶ p __ nca __ e

眉毛（複數）
▶ __ yebr __ __ s

期待地，期望地
▶ ex __ e __ ta __ tly

推（過去式）▶ p __ she __

合乎，滿足（進行式）
▶ __ ns __ ering

臉的 ▶ f __ c __ al

呼籲，懇求 ▶ __ ppe __ l

炎熱 ▶ h __ __

損傷過的，留有痕跡的
▶ sc __ rred

心理上 ▶ m __ nt __ lly

身體上 ▶ ph __ s __ cally

殘廢，使成跛子
▶ __ r __ ppled

剩下的 ▶ re __ ai __ ing

暈倒（進行式）
▶ f __ __ nting

公佈（進行式）
▶ __ ecl __ ring

流汗 ▶ s __ ea __

突然開始流汗（過去式）
▶ br __ ke out __ nto a
s __ eat

忘記（完成式）
▶ forg __ tt __ n

表現，行為舉止
▶ b __ h __ ve

很有耐心地 ▶ __ at __ ently

訪客 ▶ v __ sit __ r

回音（過去式）▶ e __ __ oed

設法做到 ▶ __ an __ ged

不情願 ▶ rel __ ct __ nt

提高，舉，升（名詞）▶ r __ __ se

駱駝 ▶ __ am __ l

濫用（動詞）▶ __ b __ se

面對困難，承認錯誤 ▶ f __ ce the m __ si __

發展（進行式）▶ dev __ l __ ping

結結巴巴地說 ▶ s __ __ tter

焦慮（名詞）▶ __ nx __ __ ty

使痛苦（過去式）▶ p __ ined

腎 ▶ k __ dn __ y

移植（名詞）▶ tr __ ns __ lant

開玩笑（過去式 ▶ __ o __ ed

對不起，抱歉 ▶ s __ rr __

忙著（形容詞）▶ b __ sy

看（書）（進行式）▶ r __ a __ ing

孔子的 ▶ Conf __ __ ian

論語 ▶ an __ l __ ct __

非看不可，非讀不可 ▶ couldn't p __ t it dow __

失去 ▶ l __ __ e

行動路線，思路 ▶ __ ra __ k

記不清 ▶ l __ se tr __ ck o __

確切地 ▶ ex __ c __ ly

哲學的 ▶ p __ il __ s __ p __ ical

智慧（名詞）▶ __ isd __ m

讚美（過去式）▶ co __ pl __ __ ented

選擇（名詞）▶ __ __ oice

原料，材料，織物 ▶ m __ t __ r __ al

好客 ▶ h __ sp __ t __ ble

仙人掌 ▶ c __ ct __ s

潘趣酒 (飲料名)（用拳猛擊）▶ p __ nc __

非常開心 ▶ pleas __ __ as p __ nch

無憂無慮 ▶ c __ refr __ e

整理，佈置（進行式）▶ a __ r __ nging

娃娃（複數）▶ d __ ll __

主持（進行式）▶ pr __ s __ ding

玩時間，娛樂時間 ▶ pla __ ti __ e

派對 ▶ __ art __

舒適的，令人愉快的 ▶ p __ eas __ nt

持續的，不斷的 ▶ co __ st __ nt

堅持不懈，毅力（名詞）▶ pers __ v __ __ ance

用功，專心（名詞）(應用／申請)▶ __ ppl __ c __ tion

愉快的，令人高興 ▶ d __ lig __ tful

探望（進行式）▶ v __ si __ ing

遙遠的 ▶ f __ r-o __ f

國土（複數）(田地／降落) ▶ l __ nd __

引用（過去式）▶ __ uo __ __ d

懼怕的，驚恐的 ▶ __ erri __ __ ed

提及，涉及（名詞）▶ re __ er __ nce

聰明，伶俐（名詞）▶ cl __ ve __ ness

給，奉獻 ▶ __ f __ er

年紀最大的 ▶ ol __ e __ t

使勁，掙扎（進行式）▶ __ tr __ ggling

再現（繁殖）▶ r __ prod __ ce

引語，引文（名詞）▶ quo __ __

敏感，體貼 ▶ s __ ns __ tive

其他人 ▶ __ th __ rs

使勁，掙扎（複數）▶ str __ g __ les

解救（過去式）▶ __ es __ ued

選，採，摘，剝 ▶ p __ c __

食品雜貨（複數）▶ gr __ ce __ __ es

議價（進行式）▶ ba __ g __ ining

特價品，廉價 ▶ __ ar __ ain

(它)持有，保有 ▶ __ e __ ps

精力 ▶ __ ne __ gy

器官（複數）(管風琴，風琴) ▶ __ r __ ans

移植（過去分詞）▶ tr __ ns __ l __ nted

回答（動詞）▶ __ e __ ly

泡（茶）▶ br __ __

左邊的 ▶ l __ ft-h __ nd

櫥櫃（櫃子）▶ c __ b __ net

很重 ▶ __ e __ vy

錨 ▶ an __ __ or

沈下去（過去式）▶ s __ nk

懦夫 ▶ co __ a __ d

小時 ▶ __ o __ r

打斷（過去式）▶ i __ ter __ __ pted

提醒（過去式）▶ __ em __ nded

優點（正面，確定）▶ __ os __ tive

折磨（假設式）▶ t __ rt __ red

隱士 ▶ __ erm __ t

斜線號，加(砍擊，砍傷) ▶ __ l __ sh

園丁 ▶ __ ard __ ner

屋頂 ► r __ o __

身心交瘁的，極為震驚的
► __ ev __ stated

懦弱地 ► __ owar __ ly

放鬆 rel __ x

數量很多，引起注意
► si __ ni __ icant __ y

盼望的事物 ► pr __ sp __ ct

接受，歡迎（名詞）
► ac __ __ pt __ nce

豆漿 ► so __ mil __

迷人的 ► ch __ r __ ing

舉止，方式，態度
► ma __ ne __

雜貨的 ► gro __ er __

買東西，逛街（動名詞）
► s __ op __ ing

點頭（過去式）
► n __ d __ ed

盟友 ► a __ l __

倖存，殘存 ►（名詞）
► s __ rviv __ l

證人，目擊者 ► __ itn __ ss

邪惡的 ► __ v __ l

謀殺 ► m __ rde __

發生 ► __ cc __ r

發出咯咯吱吱聲（進行式）
► cr __ a __ ing

下沉（進行式）► s __ n __ ing

救生艇 ► li __ ebo __ t

航行（完成式）► sa __ le __

瞪著（進行式）► __ ta __ ing

業餘的 ► __ mat __ ur

象棋，西洋棋 ► ch __ ss

選手（複數）► pla __ __ rs

打量一番，估計（進行式）
► s __ __ ing up

對方 ► __ pp __ nent

策略（複數）
► str __ teg __ es

（腦海裡面的）畫面（複數）
► __ m __ ges

處理掉（進行式）
► d __ sp __ sing of

屍體 ► c __ rps __

人跡罕至的，偏僻的（落寞）
► l __ n __ ly

溪，小河 ► __ ree __

工具 ► t __ __ l

棚，小屋 ► sh __ d

旋轉（進行式）
► sp __ n __ ing

直升機 ► h __ lic __ __ ter

螺旋槳 ► prop __ l __ er

裝上彈藥 ► lo __ de __

來福槍 ► r __ __ le

撲過去 ► __ tr __ ke

眼鏡蛇 ► cob __ __

眨眼（過去式）► __ l __ nked

再出現（過去式）
► r __ ap __ eared

打斷，破壞 ► br __ __ k

髒髒的 ► d __ rt __

骨瘦如柴 ► b __ ny

餵烏龜的人 ► t __ rt __ e-
fee __ er

固定，決定，修理（進行式）
► fi __ ing

垃圾，廢金屬 ► __ cra __

胸部 ► b __ eas __

釣魚的，釣魚用的
► __ is __ ing

背心 ► v __ st

地址 ► __ ddr __ ss

認得（過去式）
► reco __ ni __ ed

第九章

幫忙（美語）（名詞）
► __ av __ r

灌木（複數）► b __ sh __ s

無辜地 ► __ nn __ cently

啃著（進行式）
► n __ b __ ling

飛機 ► ai __ plan __

餅乾（複數）► coo __ __ es

看管，注意（進行式）
► __ in __ ing

事情（生意）► b __ s __ ness

管自己的事，別管閒事
► __ o m __ nd one's own
b __ sine __ s

對某人說話（過去式）
► __ ddre __ sed

幾乎沒，幾乎不 ► h __ rdl __

口哨（複數）► __ his __ les

謠言（美語）（複數）
► r __ m __ rs

出席，到場
► att __ nd __ nce

紀錄，狀況 ► re __ __ rd

蹺班 ► c __ t cl __ ss

躲起來了（過去式）
► h __ d a __ ay

局外人，門外漢 ► __ utside __

避免（過去式）► a __ o __ ded

毒性的，有毒的 ► t __ __ ic

熱帶的 ► t __ op __ cal

病毒 ► __ ir __ s

路線，路程（複數）
► ro __ te __

不可思議的 ► i __ cred __ ble

正確，準確性（名詞）
► __ cc __ racy

時間的安排，時機 ► ti __ ing

導致，產生（完成式）
► __ es __ lted

爆炸（進行式）
► e __ pl __ ding

鞭炮 ► firec __ ac __ e __

終止，停止（進行式）
▶ __ ea __ ing

自然而然 ▶ n __ t __ rally

同情……（過去式）▶ fe __ l
s __ rry f __ r someone

大嘴巴 ▶ h __ ve a big
mout __

開玩笑，取笑（過去式）
▶ m __ __ e f __ n of
someone

肚子痛（名詞）
▶ stoma __ __ ac __ e

嗆到（過去式）▶ ch __ ked

餅乾 ▶ bisc __ __ t

救護車 ▶ a __ bulan __ e

指節（複數）▶ __ nuck __ es

逃跑，逃脫 ▶ __ scap __

忍受 ▶ p __ t up w __ th

滾動 ▶ r __ ll

玉（礦物）▶ j __ de

山 ▶ mou __ t __ in

內衣 ▶ __ nde __ w __ ar

坐 ▶ __ __ __ t

烤肉架 ▶ barb __ c __ e

智商（縮寫）▶ __ __

小石頭 ▶ p __ b __ le

漫不經心的，隨便的
▶ __ as __ al

暗地 ▶ se __ r __ tly

預期，期望（名詞）
▶ a __ tic __ pation

藝術 ▶ __ rt

功課（專案，計劃）
▶ pr __ j __ ct

作業 ▶ assi __ nm __ nt

流動的 ▶ s __ rea __ ing

頭髮 ▶ h __ ir

絲綢 ▶ s __ lk

圍巾 ▶ sc __ r __

（他）有，擁有 ▶ o __ ns

理髮室 ▶ b __ rb __ rshop

水準（複數）▶ st __ ndard __

胸部 ▶ __ h __ st

詼諧的，好笑 ▶ w __ __ ty

白癡 ▶ id __ o __

魯蛇 ▶ los __ __

男性的，陽性的
▶ ma __ cu __ ine

雄辯，有說服力
▶ el __ qu __ nt

詩人（複數）▶ p __ __ ts

河（複數）▶ __ __ ve __ s

充滿詩意 ▶ po __ ti __

隨機地，任意地
▶ ra __ do __ ly

用（進行式）▶ __ __ ing

佩服 ▶ a __ m __ re

當模特兒 mod __ __

佩服（過去式）
▶ __ dm __ re __

實際上，在心底
▶ de __ p do __ n

不敢相信美夢成真 ▶ too
__ ood to be t __ __ e

做夢（進行式）
▶ __ re __ __ ing

唱（進行式）▶ sin __ i __ g

喜悅，歡樂 ▶ jo __

短暫的 ▶ br __ __ f

秒鐘（複數）▶ s __ c __ nds

渴望（進行式）▶ __ on __ ing

非常 ▶ b __ dl __

指定，分配（過去式）
▶ as __ __ gned

工作，任務，作業 ▶ t __ s __

充滿 ▶ f __ lle __ with

龐大的 ▶ __ nor __ ous

尺寸 ▶ __ __ ze

害羞地 ▶ sh __ __ y

閃爍，閃現（名詞）
▶ fl __ c __ er

欣喜，愉快（名詞）
▶ d __ ligh __

期待，期望（名詞）
▶ __ xpe __ tation

尷尬（名詞）
▶ a __ kw __ rdness

懷念，想念（過去式）
▶ __ iss __ d

笑聲 ▶ l __ ug __ ter

藥 ▶ m __ dic __ ne

蒜頭 ▶ __ arli __

閃耀，炯炯有神（名詞）
▶ s __ ark __ e

回歸，返回（完成式）
▶ retu __ ne __

素描（動詞）▶ __ ke __ ch

肖像 ▶ p __ rtr __ it

預計……可能發生（進行式）
▶ __ xp __ cting

最近 ▶ lat __ __ y

顯示（進行式）（證明）
▶ pr __ __ ing

驚奇，詫異（複數）
▶ su __ p __ ses

震驚的，驚駭的
▶ __ ho __ ked

眨眼（進行式）▶ win __ ing

眼色（名詞）▶ w __ nk

約定（動詞）▶ s __ h __ dule

開會（名詞）▶ m __ eting

下午 ▶ __ fter __ oon

第十章

訪客，客人（複數）
▶ vi __ it __ rs

星期（複數）▶ w __ __ ks

完全不知道 ▶ to h __ __ e
no i __ ea

單元 ▶ l __ ss __ n

029

練習簿 ▶ __ rk __ ook

桌子 ▶ de __ k

X 光 ▶ X-r __ y

植物（名詞）▶ pl __ n __

根 ▶ __ o __ t

系統 ▶ s __ ste __

圖表（複數）▶ c __ a __ ts

系統（複數）▶ syste __ __

頭（複數）▶ __ ea __ s

害怕 ▶ __ fr __ id

恐怕……▶ I' __
a __ raid...

有藝術天份 ▶ arti __ ti __

天使 ▶ a __ g __ l

丟下，扔下（進行式）
▶ d __ op __ ing

順路拜訪（進行式）
▶ d __ op __ ing by

素描（進行式）
▶ sk __ __ ching

開車；迫使（進行式）
▶ dri __ ing

使我瘋狂（進行式）
▶ dri __ ing __ e crazy

粉絲（電風扇，風扇）
▶ f __ n

多種，多樣的
▶ m __ __ ti __ le

棘手的 ▶ t __ o __ ny

問題（複數）▶ is __ __ es

累積（過去式）
▶ p __ l __ d __ p

（雨）傾盆而降 ▶ p __ __ rs

關於，說到 ▶ __ eg __ rding

拜訪，探望（名詞）
▶ __ is __ t

幫個忙，提供幫助
▶ g __ ve ／ l __ nd a
helping ha __ d

帶來，拿來 ▶ br __ ng

極度地，非常地 ▶ __ __ fully

著急的 ▶ an __ __ ous

肌肉（複數）▶ mu __ __ les

糾纏的，混亂的
▶ t __ n __ led

峽谷 ▶ go __ ge

無限的 ▶ __ nd __ ess

回音（複數）▶ __ ch __ es

頭暈的 ▶ d __ z __ y

清空，清除（動詞）
▶ __ le __ r

聲音（複數）▶ voi __ __ s

不耐煩 ▶ i __ pa __ __ ence

洗 ▶ w __ __ __

同時地
▶ sim __ __ ta __ eously

很冰，極冷的
▶ f __ ee __ ing

海水 ▶ s __ aw __ ter

聞起來（過去式）▶ __ m __ lt

呼吸的一口氣（複數）
▶ br __ __ ths

划水（過去式）▶ p __ ddled

距離 ▶ d __ st __ nce

離這裡很遠 ▶ __ n the
__ istan __ e

船（複數）▶ bo __ ts

觀光客 ▶ tou __ __ st

渡船（複數）▶ f __ rr __ es

滑行（進行式）▶ gl __ ding

展現，伸展 （過去式）（躺，騙）
▶ la __

背景 ▶ b __ ck __ round

壯麗的，宏偉的
▶ m __ gn __ ific __ nt

大象 ▶ __ lep __ ant

蛇 ▶ sn __ ke

畫，描寫（過去分詞）
▶ dr __ wn

外星人 ▶ al __ __ n

別緻的，花俏的 ▶ f __ ncy

平日（複數）▶ we __ kday __

特備，非常（副詞）（額外的）
▶ ext __ __

幸運的 ▶ l __ cky

滑翔翼，滑翔翼者（複數）
▶ h __ ng-gl __ __ ers

高 ▶ __ __ gh

分享（進行式）▶ s __ a __ ing

正確地，恰當地
▶ p __ op __ rly

可允許的，可接受的
▶ perm __ s __ __ ble

很自私 ▶ s __ lf __ sh

凸出來了（進行式）
▶ s __ icking out o __

三十 ▶ thi __ __ y

比較快 ▶ fa __ te __

很滑 ▶ sm __ ot __

上漲，凸塊（名詞）
▶ __ ul __ e

出現（過去式）
▶ __ pp __ ared

表面 ▶ __ ur __ ace

靠近，接近（進行式）
▶ ap __ ro __ ching

快速地 ▶ r __ p __ dly

完美地，完全地
▶ __ erf __ ctly

保持，仍是（過去式）
▶ r __ m __ ined

在……上面 ▶ a __ o __ e

觀看，眺望 ▶ vi __ w

撿起來（過去式）
▶ p __ c __ ed

舉起，抬起（過去式）
▶ l __ __ ted

裂開的，劈開的 ▶ s __ l __ t

剎那，霎時（複數）
▶ s __ lit s __ co __ ds

泡沫 ▶ fo __ __

浪花，水花 ▶ s __ ra __

精密，精確（名詞）
▶ pr __ c __ sion

出現，鑽出來（過去式）
▶ e __ erge __

很陡 ▶ ste __ __

藍綠，青色 ▶ b __ ue-
__ reen

窗簾 ▶ curt __ __ n

愛玩的 ▶ __ la __ f __ l

划動（複數）▶ str __ k __ s

敏捷的，迅速的
▶ q __ __ ck

優雅地 ▶ __ le __ antly

翻過來，快速翻動
▶ __ lip __ ed

捲曲，蜷曲（動詞）▶ c __ r __

想睡覺的，入眠的
▶ slee __ __

花瓣 ▶ p __ t __ l

仿皮革的 ▶ __ eat __ __ ry

平衡 ▶ bal __ n __ e

肉桂控 ▶ cin __ __ mon-
loving

掠過，滑過（進行式）
▶ __ ki __ ming

刻，切（過去式）▶ __ ar __ ed

乾淨俐落的，乾脆的
▶ cr __ s __

線（複數）▶ li __ es

棱，脊 ▶ ri __ __ es

捲曲，蜷曲（進行式）
▶ c __ r __ ing

雖然 ▶ a __ tho __ gh

跟……比起來
▶ co __ par __ d

牆壁 ▶ w __ ll

倒下，墜落（進行式）
▶ __ r __ shing d __ __ n

逆時針方向的
▶ cou __ ter __ lockw __ se

旋轉（複數）▶ r __ __ ations

敏銳地，微妙地
▶ su __ __ ly

歪向一邊，傾斜（過去式）
▶ t __ lt __ __

角度 ▶ an __ __ e

消失（進行式）
▶ v __ n __ shing

綠色 ▶ __ r __ en

隧道 ▶ t __ nn __ l

裡面 ▶ __ nsi __ e

（它）停，停下來 ▶ st __ p __

（它）消失 ▶ dis __ ppe __ rs

有……的能力 ▶ ca __ able

耳朵 ▶ __ ar

第十一章

餌 ▶ b __ __ t

固執 ▶ st __ __ born

場合 ▶ oc __ __ sion

方塊 ▶ c __ be

魔術方塊 ▶ __ ubik's C __ be

超越 ▶ b __ __ ond

無法修理 ▶ b __ __ ond
__ ep __ ir

鎚子 ▶ __ am __ er

固執，頑固（名詞）
▶ s __ ub __ rness

被縛住的，受束縛的
▶ b __ __ nd

很可能會，一定會
▶ bo __ nd __ o

窒息，悶死（進行式）
▶ suf __ __ cating

成熟 ▶ m __ t __ re

開放 ▶ o __ en-m __ nded

好處 ▶ ad __ ant __ ge

目的（可觀的）
▶ __ bj __ ctive

懷疑（過去式）
▶ s __ spe __ ted

次要的，較小的 ▶ min __ r

複雜，混亂（名詞）
▶ co __ pl __ cation

毀滅，弄壞（動詞）▶ __ uin

友誼（名詞）
▶ fr __ __ nd __ hip

解決 ▶ s __ __ ve

事件，事情，問題（複數）
▶ m __ tter

黑色 ▶ bl __ ck

港（美語）▶ h __ r __ or

推心置腹，真誠坦率（名詞）
▶ hea __ t to __ eart

方法，門徑（名詞）
▶ appro __ __ h

（它）有效，行得通，起作用
▶ w __ __ ks

傢伙（複數）▶ g __ ys

橋 ▶ b __ id __ e

男的，公的 ▶ m __ l __

值得 ▶ w __ __ th

值得試試看 ▶ w __ rth a tr __

星期二（複數）▶ T __ __ sdays

幫忙，幫忙做 ▶ h __ lp __ ut

可能，希望（複數）（機會）
▶ ch __ nce __

還是冒了這個險 ▶ t __ __ e
one's ch __ nces

等我一下！▶ __ ait __ p

川流，流動，潮流（名詞）（溪）
▶ str __ a __

趕時間，衝（進行式）
▶ r __ s __ ing

明顯地 ▶ ob __ __ ously

收拾，塞進，擠進（進行式）
▶ __ ac __ ing into

古代的 ▶ a __ c __ ent

詩歌，韻文 ▶ __ oetr __

裝作，帶著，採納（進行式）
▶ pu __ __ ing on

友善的 ▶ f __ ie __ dly

不由自主地移動（過去式）
（流浪）▶ st __ a __ ed

現實的（逼真的）
▶ __ eal __ stic

邀請（進行式）▶ i __ __ __ iting

約時間（進行式）
▶ __ __ hed __ ling

打架（名詞）▶ fi __ h __

狗 ▶ d __ g

嘮叨，唸（進行式）
▶ __ a __ ging

時代（複數）（年齡）▶ a __ es

很長的時間 ▶ __ or a __ es

洗髮精 ▶ sha __ p __ __

漁夫（複數）▶ fish __ __ m __ n

船塢，碼頭 ▶ d __ c __

開玩笑（進行式）▶ j __ king

沒有牙齒的
▶ t __ __ thle __ __

灰色 ▶ __ r __ y

調皮 ▶ n __ __ ghty

露營（動名詞）▶ __ a __ ping

旅行，旅遊（名詞）tr __ p

男童軍（複數）▶ b __ y
__ couts

胸罩 ▶ br __

森林 ▶ __ oods

輕的（燈）▶ l __ g __ t

毛毛雨 ▶ dri __ __ le

比較開心 ▶ hap __ __ er

螞蟻（複數）▶ __ nts

汽水 ▶ sod __

十年期（複數）
▶ d __ ca __ es

散步（名詞）▶ __ tro __ l

碼頭，防波堤 ▶ p __ __ r

回答（過去式）
▶ __ __ sw __ re __

魚（複數）▶ fi __ __

用力拉（過去式）
▶ t __ g __ ed

蝙蝠俠 ▶ B __ tm __ n

T-血 ▶ T-s __ __ rt

用拇指弄一弄（進行式）
▶ thu __ __ ing

較好的，優秀的
▶ s __ per __ __ r

漁人，漁夫
▶ __ __ sh __ __ man

靠碼頭（進行式）
▶ d __ cking

適當的，合適的
▶ s __ __ table

地方，場所（斑點，汙點，發現）
▶ sp __ t

邊緣（名詞）▶ __ dg __

摺疊（過去式）▶ __ olded
o __ t

種類（複數）▶ k __ nd __

設備，裝置，工具 ▶ __ e __ r

置餌於（過去式）▶ ba __ ted

鉤（複數）▶ h __ __ ks

花（時間）（過去式）▶ sp __ __ t

時刻（複數）▶ m __ me __ ts

俯瞰，眺望（進行式）
▶ surve __ __ ng

湖 ▶ l __ ke

船塢，碼頭（複數）▶ d __ cks

漂浮（進行式）▶ __ lo __ ting

魚缸 ▶ fi __ hb __ wl

反映，映出（過去式）
▶ m __ r __ __ red

安靜（形容詞）▶ c __ l __

模糊的 ▶ bl __ __ ry

有鱗的 ▶ __ c __ ly

迅速移動，猛衝（進行式）
▶ da __ ting

在……之下 ▶ b __ n __ ath

投，擲，拋（完成式）▶ c __ st

安坐下（過去式）（定居）
▶ s __ t __ led

可摺疊的 ▶ fo __ da __ le

休息（過去式）▶ r __ ste __

停放在……上（過去式）
▶ r __ sted __ n

魚竿（複數）▶ __ ods

膝蓋（複數）▶ __ n __ es

男人（複數）▶ m __ n

喋喋不休（進行式）
▶ __ hat __ __ ring

歡樂地，愉快地
▶ __ hee __ fully

海鷗（複數）▶ seag __ __ ls

盤旋（進行式）
▶ h __ ve __ ing

在上頭地 ▶ __ ver __ ead

仔細看，調查，研究（進行式）
▶ i __ vest __ __ ating

帶來，拿來（完成式）
▶ __ rou __ ht

音箱 ▶ r __ di __

古典的 ▶ cl __ ssi __

歌（複數）▶ s __ ngs

播（進行式）（玩）
▶ __ la __ ing

消磨時間（過去式）
▶ w __ __ led

八卦（進行式）
▶ g __ ss __ ping

海鷗 ▶ s __ ag __ ll

無畏的，不顧後果的
▶ __ ear __ ess

鳥 ▶ b __ rd

冒險，大膽前進（過去式）
▶ v __ n __ ured

拍手（進行式）▶ cl __ p __ ing

大聲叫（進行式）
▶ __ ho __ ting

受到威嚇的，害怕的
▶ i __ tim __ __ ated

前進，向前動（進行式）
▸ __ dv __ ncing

跳（過去式）▸ j __ mpe __

腳（複數）▸ l __ gs

揮著（進行式）▸ w __ __ ing

手臂（複數）▸ ar __ s

指揮（列車長，導體）
▸ cond __ ct __ r

試圖，企圖（進行式）
▸ at __ __ m __ ting

交響曲 ▸ s __ mph __ ny

兩倍 ▸ d __ __ ble

非常快地，使勁加速地
▸ __ n dou __ le t __ me

猿 ▸ a __ e

成功 ▸ su __ __ eed

把鳥嚇走（進行式）
▸ s __ a __ ing the __ __ __ d
a __ ay

魚竿 ▸ r __ d

暴力地 ▸ __ iol __ ntly

用力刺，猛然刺去 ▸ thr __ s __

驚恐到，嚇到 ▸ frig __ te __

海鷗 ▸ __ ull

可憐的（窮）▸ po __ __ __

用力刺，猛然刺去（進行式）
▸ __ hr __ sting

無目的地，盲目地
▸ bl __ n __ ly

馬上，立刻 ▸ i __ st __ ntly

彎曲（過去式）▸ b __ c __ led

在……下面 ▸ __ nder __ eath

笨拙，笨手笨腳 ▸ cl __ __ __ sy

順時針方向的
▸ cloc __ w __ se

芭蕾舞 ▸ b __ ll __ t

旋轉（名詞）▸ sp __ n

敲門（過去式）▸ __ n __ cked

打翻，撞倒（過去式）
▸ __ n __ cked o __ __ __ r

小型的，小規模的
▸ m __ ni __ ture

颶風 ▸ h __ r __ ica __ e

消遣的，娛樂的
▸ re __ reati __ nal

設備，工具
▸ e __ ui __ ment

未受傷的，無恙的
▸ u __ har __ ed

自鳴得意地歡呼（過去式）
▸ __ row __ d

得意洋洋地，大獲全勝地
▸ tri __ mph __ ntly

高度 ▸ h __ __ ght

勇士，武士，鬥士 ▸ __ ar __ ior

很糟糕的，很恐怖的
▸ ter __ __ ble

糾結，混亂（名詞）
▸ t __ n __ le

控制不住地，無法控制地
▸ __ nco __ tr __ lla __ ly

歇斯底里地 ▸ __ ys __ erically

社會的，在社會上
▸ soc __ al __ y

可以接受的，可忍受的
▸ ac __ ept __ ble

極壞的，極糟的 ▸ __ __ ful

故意地 ▸ d __ lib __ rately

嘲弄，逗弄（動詞）
▸ t __ __ nt

紳士（複數）
▸ g __ n __ __ em __ n

道歉（複數）
▸ apol __ g __ es

辯稱，辯護（進行式）
▸ pl __ __ ding

無罪，無辜（名詞）
▸ in __ oc __ nce

匆忙地抓住（進行式）
gr __ b __ ing

敢勇於……（進行式）
▸ d __ ring

投降（過去式）
▸ s __ rr __ ndered

猶豫（名詞）▸ __ es __ tatio __

逃走，逃跑（過去式）▸ fl __ d

快 ▸ f __ st

運送，運載（背，提）
▸ c __ r __ y

支出 ▸ e __ pen __ e

提著（進行式）▸ ca __ r __ ing

任何一個（單身的）
▸ sin __ __ e

獵物（名詞）▸ ca __ ch

海綿（複數）▸ sp __ ng __ __

桶子（複數）▸ b __ ck __ ts

水龍頭 ▸ t __ p

使很丟臉，羞辱（過去分詞）▸
hum __ l __ __ ted

鄰居（複數）
▸ n __ __ g __ bors

收買（動詞）▸ br __ __ e

誇張的 ▸ outra __ __ ous

開始，著手（過去式）
▸ com __ en __ ed

抓狂的，狂暴的 ▸ __ r __ ntic

尋找，搜尋（名詞）
▸ se __ __ __ ch

映象，倒影 ▸ refl __ ction

離……最近的 ▸ nea __ __ st

鏡子 ▸ __ irr __ r

鱷魚 ▸ croc __ d __ le

伸出，突出 ▸ st __ ck

交換（動詞）（貿易）▸ tr __ de

事實（複數）▸ __ a __ ts

生物學的，生物的
▸ b __ ol __ gical

好勝，競爭心強的
▸ co __ p __ t __ tive

久遠的，遠離的 ▸ __ ist __ nt

癩蛤蟆（複數）▸ __ o __ ds

皮膚 ▸ sk __ n

餅乾（複數）▶ b __ sc __ __ __ ts

背部按摩（名詞）（複數）
▶ b __ ck r __ bs

同意（過去式）▶ __ gr __ ed

難得享受的食物（複數）
▶ tr __ at __

愛撫（複數）▶ c __ r __ s __ es

由於，託……的福
▶ th __ nks __ o

收到（過去式）▶ rec __ __ ved

過程 ▶ pr __ c __ ss

忍耐，忍受（過去式）
▶ __ nd __ red

洗（進行式）▶ w __ shing

尊嚴（名詞）▶ di __ n __ ty

寵壞（進行式）▶ s __ o __ ling

糖尿病 ▶ d __ __ bet __ s

賄賂 ▶ br __ b __

患（發展）▶ d __ v __ lop

紊亂症，失調 ▶ diso __ de __

飲食失調，飲食紊亂症
▶ __ ating d __ sor __ er

暫停，停頓一下（過去式）
▶ p __ use __

服從，順從（名詞）
▶ ob __ d __ __ nce

取回，去拿___給 ▶ f __ __ ch

嬰兒 ▶ b __ b __

胡蘿蔔 ▶ ca __ r __ t

條狀物（複數）▶ __ t __ cks

小胡蘿蔔條（複數）▶ bab __
car __ ot st __ cks

嗥叫（進行式）▶ gr __ w __ ng

靴子（複數）▶ __ oots

開玩笑的吧 ▶ Y __ u can't
__ e ser __ ous.

小氣，吝嗇（形容詞）
▶ __ ting __

乞丐（動詞）▶ b __ g

游泳池
▶ swi __ __ ing __ oo __

浸泡（進行式）▶ s __ __ king

充（饑）（進行式）（使滿足）
▶ sa __ isf __ ing

飢餓（名詞）▶ h __ ng __ r

曬太陽（進行式）
（烘，烤）▶ b __ __ __ ing

比喻，比較，對照（名詞）
▶ co __ p __ rison

低於……的，遜色
▶ inf __ ri __ r

蜥蜴 ▶ l __ __ ard

實際上，差不多
▶ pr __ ct __ cally

爬行動物 ▶ re __ t __ le

飯店 ▶ __ ot __ l

難怪 ▶ no w __ nd __ r

爭辯，爭論 ▶ __ rg __ e

最大的 ▶ l __ rg __ __ t

讓自己享受一下
▶ i __ d __ lge in

奢侈品（複數）
▶ l __ __ ur __ es

吠叫 ▶ ba __ k

贊成，同意（名詞）（認可）
▶ appr __ v __ l

毛絨絨的，毛皮的 ▶ f __ r __ y

覆蓋（過去分詞）
▶ c __ ve __ ed

提到 ▶ b __ ing u __

沾滿肥皂的 ▶ so __ p __ __

機智，得體，圓滑 ▶ t __ __ t

腳爪，爪子（複數）▶ pa __ __ __

動物的軟毛 ▶ f __ r

口哨，汽笛 ▶ w __ is __ le

超乾淨，非常清潔 ▶ as clean
as a w __ is __ le

擦洗，擦亮（進行式）
▶ s __ r __ b __ ing

豎立 ▶ __ re __ t

嗅出，聞到 ▶ __ c __ nt

有意義的，意味深長的
▶ __ eani __ gful

是否 ▶ w __ __ ther

主人（複數）（師傅）
▶ ma __ te __ s

友誼，伴侶關係
▶ co __ pa __ ion __ hip

帶點 ▶ a t __ __ ch of

扭曲（過去式）
▶ scre __ ed u __

苦的 ▶ b __ __ ter

瓜類 ▶ m __ lon

苦瓜 ▶ b __ tter m __ lon

對，是（口語）▶ y __ __ h

（他）需要 ▶ re __ u __ res

女性 ▶ f __ m __ le

同伴，伴侶 ▶ co __ pa __ ion

較高的 ▶ high __ __

取笑地，嘲弄地
▶ m __ cking __ y

會話，談話
▶ co __ v __ __ rsation

意味著，暗指（進行式）
▶ i __ pl __ ing

露出，顯示（秀）▶ __ how

水龍頭 ▶ fa __ c __ t

軟管，水龍帶 ▶ h __ se

沖水（進行式）▶ ri __ sing

肩膀（複數）▶ sho __ ld __ rs

逐漸地，緩慢而平穩地
▶ slo __ ly bu __ s __ rely

一袱，一大包，一捆
▶ b __ n __ le

聽話的，服從的
▶ ob __ d __ __ nt

養得肥胖的，吃得好的
▶ w __ ll-f __ d

下決心（過去式）▶ m __ __ e
up one's m __ __ d

非做不可
▶ n __ w or ne __ er

花很多時間 ► t __ ke ag __ s
訂購（動詞）► __ rd __ r
郵遞，郵政（名詞）► __ ail
診所 ► cl __ __ ic
噴灑（過去式）► s __ ra __ ed
地板，地上 ► __ lo __ r
使和藹，使溫柔，使較軟 ► sof __ e __
一擊，毆打（名詞）► bl __ w
降低打擊程度，安慰 ► so __ t __ n the b __ ow
徹底地 ► th __ rou __ hly
肥皂 ► __ oap
氣泡（複數）► b __ bble
本來想到，本來想要 ► have __ n m __ nd
無所謂，不在乎的，不關心的 ► i __ di __ __ erent
擦乾，烘乾（動名詞） ► dr __ __ ng

第十二章

晚上 ► e __ e __ ing
故事（複數）► st __ r __ es
襯衫 ► sh __ __ t
釦子（複數）► __ utt __ ns
即溶的，速食的 ► i __ stan __
泡麵 ► __ __ stant n __ __ dle
包裝紙（複數） ► wr __ pp __ rs
玩具 ► __ o __
輪胎（複數）► __ he __ ls
螃蟹（複數）► cra __ s

第十三章

舌頭（複數）► t __ ng __ es
運氣 ► l __ ck
黃色 ► y __ ll __ w

雨傘（複數）► u __ br __ l __ as
醒來了（過去式）► w __ ke up
幾乎沒 ► b __ rely
睡覺（完成式）► sl __ __ t
逼真的，生動的 ► v __ __ __ id
衣夾，夾子（複數）► p __ gs
夾起來，夾在（過去式） ► __ eg __ ed
恐怖（形容詞）► s __ ar __
很擔心 ► w __ rr __ ed
緊急情況 ► __ mer __ enc __
準備 ► pr __ p __ re
講話 ► s __ ea __
奇怪的，罕見的 ► p __ c __ l __ ar
個人（名詞）► i __ __ ivi __ ual
重視，珍視（過去式） ► v __ l __ ed
擁抱，抱抱（進行式） ► hu __ ging
輕拍（複數）► t __ ps
溫暖的 ► war __
蒸過的 ► s __ ea __ ed
小圓麵包，圓形麵包（複數） ► b __ ns
饅頭（複數） ► st __ am __ d buns
風險 ► r __ s __
抄近路（進行式）► c __ __ ting
完成（完成式） ► ac __ __ mpl __ shed
任務 ► m __ s __ ion
房地 ► p __ op __ rty
嚴厲地，嚴格地 ► s __ ric __ ly
邊界（複數）► bo __ nds
不可進入的，界外的 ► out of b __ unds
趕上（過去式） ► ov __ rt __ __ k

麵包店 ► __ ak __ ry
（他）經營（跑）► r __ ns
五金店（硬體）► __ ardw __ re
（它）含有，由……組成的 ► co __ s __ sts
豬肉 ► __ o __ k
牙線 ► fl __ ss
肉鬆 ► p __ rk fl __ ss
蛋餅（鬆餅）► p __ nca __ e
杯 ► c __ p
眼淚（複數）► __ ears
急速去，迅速前進（過去式） ► sp __ d
行人 ► p __ dest __ __ an
交叉點，十字路口 ► cr __ s __ ing
斑馬線，人行橫道，行人穿越道 ► p __ dest __ __ an __ r __ ssing
不守交通規則橫穿馬路（動名詞） ► j __ ywa __ king
打亂，弄亂（過去式）（打擾）► dist __ r __ ed
假髮 ► w __ g
愛漂亮，虛榮，愛面子 ► v __ n __ ty
梳理（過去分詞） ► co __ b __ d
龐大的 ► h __ ge
均勻的（制服）► __ nifor __
頂端，尖端（小費，提示） ► t __ p
懷疑 ► s __ sp __ cts
牙刷 ► t __ __ thbr __ sh
驚嚇（名詞）► f __ ig __ t
突然轉過身來（過去式） ► sw __ ng ariund
抓住（進行式） ► cl __ tc __ ing
看到（進行式）► __ e __ ing
短暫地 ► br __ __ fly

035

把鎖打開（進行式）
► __ nl __ cking

穿著 ► __ re __ sed in

很時髦的 ► f __ shion __ ble

粉紅色 ► p __ nk

女襯衫 ► bl __ __ se

裙子 ► __ k __ rt

披著（過去式 ► dr __ pe __

很苗條 ► sl __ nd __ r

電視新聞女主播
► an __ h __ rwom __ n

喘不過氣的
► out o __ brea __ __

接近，靠近（過去式）
► __ ppr __ ached

奔馳，飛跑（名詞）
► __ all __ p

諮詢，請教 ► __ ons __ lt

病發（名詞）► f __ t

門口 ► __ oorw __ y

責備，指責，責任（名詞）►
bl __ __ e

手掌（複數）► p __ __ ms

喘著大氣（進行式）►
br __ __ thing h __ av __ ly

輕拍（進行式）► p __ tting

認真的（恰當的）
► pr __ p __ r

努力，盡力（名詞）
► __ ff __ rt

流汗（進行式）► s __ ea __ ing

水壺 ► k __ t __ le

同時 ► __ n the m __ a __
time

消失（過去式）
► __ is __ ppeared

熟悉的 ► __ am __ liar

打招呼（過去式）
► gr __ __ ted

進去，進入（過去式）
► __ nte __ ed

冷靜一點，比較安靜
► c __ lme __

親愛的 ► __ __ ar

攪拌，混在一起 ► m __ x

咖啡 ► cof __ __ e

天啊，這是什麼……？
► Wh __ __ on ea __ th…

飲料 ► b __ v __ r __ ge

眨眼示意（過去式）
► wi __ ke __

手指頭 ► __ in __ er

指示，暗示 ► i __ dic __ te

混合，結合，組合（名詞）
► co __ bin __ tion

保持（留下，剩下）
► r __ main

意想不到的真相，被揭露的
真相 ► __ ev __ lation

機密的 ► conf __ de __ tial

比較想要 ► pr __ fe __

聳（肩膀）（過去式）
► __ hr __ gged

選，挑 ► ch __ __ se

木乃伊 ► m __ mm __

滾（過去式）► __ ol __ ed

合為一體，兼於一身
► a __ l r __ lled __ n __ o
one

家庭 ► hous __ h __ ld

電器，器具，用具
► ap __ l __ __ nces

數位視訊影碟（縮寫）
► D __ D

收藏品
► c __ ll __ ction

光碟（縮寫）► __ D

唱機（運動員，選手）
► pla __ e __

很爛的，卑鄙的 ► lo __ __ __ y

廚師（煮飯）► c __ __ k

造成，引起（過去式）（擺姿勢）
► __ o __ ed

挑戰（名詞）► ch __ ll __ nge

打字機 ► t __ p __ writ __ r

編輯 ► ed __ t __ r

報紙 ► new __ pap __ r

離職（放棄）► qu __ __ __

獨有的，獨特的
► __ xcl __ sive

社論（複數）► __ dit __ rials

大部分都 ► la __ g __ ly

人口 ► __ op __ lation

（她）調音，調整頻率
► t __ n __ s

（她）收聽某個電台或節目
► t __ n __ s into

古典（形容詞）► cl __ ss __ cal

廣播（名詞）► bro __ dc __ st

鋼琴 ► p __ a __ o

音符（複數）► __ ote __

很香的 ► fr __ g __ ant

油炸的 ► fr __ __ __ d

蘿蔔 ► r __ d __ sh

蘿蔔糕 ► __ adi __ h c __ ke

黃豆 ► s __ y

漿 ► s __ u __ e

醬油 ► so __ sa __ ce

畫畫（名詞）► dr __ wing

顏色（美語）► __ ol __ r

金黃色 ► __ o __ den

規則 ► r __ le

金科玉律，最基本的原則
► __ o __ den r __ le

搖動，搖擺（過去式）
► s __ a __ ed

懶惰 ► la __ y

視覺的 ► __ is __ al

投入，輸入（名詞）► i __ p __ t

分散注意的東西
► d __ stra __ tion

使成為空的 ► __ mpt __

遵從，遵守（進行式）
a __ i __ ing

嚐起來，吃起來（過去式）
► __ asted

閉著（進行式）► cl __ sing

允許，使成為可能（過去式）
► __ ll __ wed

抽象的 ► a __ str __ ct

深奧的 ► pr __ f __ und

主意（複數）► id __ as

意大利麵 ► sp __ g __ __ tti

網路 ► I __ ter __ et

巧合（複數）
► c __ __ ncid __ nces

之前 ► ear __ __ er

主力（複數）
► __ or __ es

密謀，共謀（過去式）
► co __ sp __ red

保證（動詞）► __ ns __ re

狹窄 ► n __ r __ ow

朋友，伙伴 ► m __ te

雨傘 ► u __ br __ __ la

注意到，看到（進行式）
► __ ot __ cing

鞋帶／花邊，金邊，飾帶
► l __ ce

鞋帶（複數）► sho __ la __ es

鬆的 ► lo __ __ e

跪下（過去式）► __ ne __ t

繫好（進行式）► la __ ing up

鞋子 ► s __ o __

包含，意味著 ► __ nvo __ ve

重大的（墓穴）► gr __ ve

危險（名詞）► d __ n __ er

山崩 ► l __ nd __ l __ de

按喇叭（進行式）
► h __ n __ ing

卡車，貨車（複數）
► __ r __ cks

飛快行進，向前急衝（進行式）
► r __ ck __ ting

轉彎處 ► b __ nd

咚咚地敲（進行式）（打鼓）
► d __ um __ ing

危險（名詞）► p __ r __ l

司機，駕駛員 ► dr __ __ er

意識到，察覺到
► __ w __ re of

打開（進行式）► op __ __ ing

瓶子 ► __ o __ tle

野蠻的，猖狂的 ► s __ v __ ge

公牛 ► b __ ll

煞車（完成式）► __ rake __

子彈，槍彈 ► bu __ l __ t

模糊不清的 ► blu __ re __

很亮 ► __ ri __ ht

擋風玻璃
► w __ ndshi __ __ d

突然（明白／瞭解）
► s __ r __ ck

領悟，認識 ► re __ li __ ation

主人 ► o __ ne __

猛力推上，用力踩 ► sl __ __

煞車，制動器（複數）
► br __ kes

祈禱，禱告（名詞）
► pr __ __ __ er

快餓死的
► h __ lf-sta __ __ __ ed

臉紅的，紅臉的
► r __ d-f __ ce

保護，防護（名詞）
► pr __ te __ tion

確切的，精確的
► prec __ __ e

英雄 ► h __ ro

可笑的，好笑的
► h __ m __ rous

趣聞軼事，故事
► an __ cd __ te

現場 ► s __ __ ne

啤酒 ► b __ __ r

迅速前進，超速行駛（進行式）
► __ pe __ ding

相反的，對面的
► opp __ s __ te

神（複數）► g __ o __ s

決定命運的 ► f __ t __ ful

非常驚人的，不可思議的
► u __ bel __ __ veable

睡醒，醒過來（進行式）
► w __ king

枕頭 ► p __ ll __ w

跟蹌，蹣跚（完成式）
► st __ g __ ered

手臂 ► ar __

跟蹌，蹣跚而行（完成式）
► st __ m __ led

瘸的，僵痛的，跛腳的
► la __ e

鴨子 ► d __ ck

單腳跳（過去式）
► h __ p __ ed

屬於 ► b __ l __ ng

鑰匙（複數）► k __ __ __ s

摩托車（暱稱）► b __ ke

脫光衣服的 ► str __ __ ped

裸體（口語）
► bi __ thday s __ it

騎上（過去式）► __ ou __ ted

繫上，打結（進行式）
► t __ __ ng

輪距 ► trea __

輪胎（複數）► t __ r __ s

耗盡的，破舊的
► w __ rn o __ t

追著（進行式）
► ch __ __ ing

侵入者（複數）
► tr __ spas __ __ rs

流浪（形容詞）► st __ a __

一條（酒吧，橫檔，閂）
► __ __ r

水平的 ► ho __ __ zont __ l

刮（進行式）► s __ r __ ping

柏油 ► t __ r

可樂 ► c __ l __

起飛（完成式）
► t __ ke __ of __

推進（過去分詞）
► pr __ p __ __ led

肚子 ► b __ lly

啤酒肚 ► b __ __ r b __ lly

相當大的，蠻有影響力的
► __ onside __ __ ble

衝力，衝量
► mom __ nt __ m

太空人 ► __ str __ n __ __ t

發生（過去式）
► oc __ u __ red

事件，發生（名詞）
► occ __ rr __ nce

本能地，憑直覺地
► in __ t __ nct __ vely

緊握不放（進行式）
► cl __ n __ ing

相撞，撞倒（過去式）
► c __ ll __ ded

無猜的，沒料想到的
► unsu __ pe __ ting

飛彈 ► miss __ __ e

飛行員 ► pil __ t

大腿部，膝部 ► l __ p

小貓 ► k __ __ ty

倖存者（複數）
► su __ viv __ rs

非常叫座或受歡迎的事
► h __ __

凹凸不平的，有尖突的
► j __ g __ ed

刮痕（複數）► __ cra __ es

側，側邊（複數）► sid __ s

失去（完成式）（迷路了）
► l __ st

未受損傷的，完整無缺的
► i __ ta __ t

奇蹟似的，神奇的
► mir __ c __ lous

也不 ► n __ r

傷害，受傷（複數）
► inj __ r __ es

頭顱，頭骨（複數）► sk __ lls

跌得不重，緩和衝擊（過去式）
► c __ __ __ hioned

承受，經受（過去式）（吸收）
► a __ so __ bed

撞擊，衝擊（名詞）
► i __ pac __

相撞，碰撞（名詞）
► c __ ll __ sion

預防，防止（過去式）
► pr __ ve __ ted

災難，不幸 ► d __ sa __ ter

扭傷的 ► s __ ra __ ned

腳踝 ► __ n __ le

裂口，破洞 ► r __ p

長褲 ► tr __ __ sers

割痕，割傷 ► s __ r __ tch

歪的，彎曲的 ► c __ o __ ked

流血（進行式）► bl __ __ __ ding

顎，頜 ► j __ w

受到擦傷（過去分詞）
► br __ __ sed

流著血的 ► blo __ d __

進入（進行式）► __ nte __ ing

酒鬼（含酒的）► a __ __ __ oholic

鼻孔 ► nost __ __ l

降落，落地（過去式）
► tou __ hed dow __

淤青，擦傷（名詞）
► br __ __ se

受到損傷（過去式）
► h __ r __ ed

粘稠的 ► s __ ic __ y

筷子（複數）► ch __ pst __ cks

刀子（複數）► kni __ e __

叉子（複數）► __ orks

盤子（複數）► pl __ tes

容器（複數）
► co __ ta __ ne __ s

被拿走，被收拾（過去分詞）
► r __ mo __ ed

眼皮（複數）► __ yel __ ds

雲 ► cl __ __ d

煙 ► __ m __ ke

胃 ► s __ om __ c __

令人鬆懈的，很輕鬆
► r __ la __ ing

插嘴（進行式）► c __ t __ ing
o __ f

抗議，反對（過去式）
► pr __ t __ sted

抗議，反對（名詞）
► p __ ote __ t

聾的 ► d __ __ __ f

完全被忽略（過去式）
► f __ ll on d __ __ __ f ears

進一步的，更多的
► f __ rth __ r

討論（名詞）► disc __ __ __ sion

陪伴 ► ac __ __ __ mpa __ y

探索的旅程，旅行
► __ ourn __ y

略過，放棄 ► sk __ p

補償損失或難過
► ma __ e it __ p to

染 ► d __ e

打坐 ► m __ d __ tate

慢跑 ► j __ __

更新 ► re __ ew

會員資格，會員身分
► me __ ber __ hip

高爾夫球 ► __ ol __

俱樂部 ► cl __ b

延後 ► po __ t __ one

放棄，投降 ► g __ ve __ n

很有毅力的，不放棄的
► pers __ st __ nt

買得起，付得起 ► af __ __ rd

日程，目錄，時刻表，計畫表 ► s __ __ ed __ le

贏 ► w __ n

爭論，辯論（名詞）
► a __ g __ ment

非常地 ► h __ gh __ y

爭論者，辯論者（複數）
► __ rgue __ s

口才好，善於表達的
► a __ tic __ late

保持希望的，樂觀
► h __ peful

鉛 ► l __ __ d

懶得，捨不得
► rel __ ct __ ntly

充滿希望地 ► hopef __ __ ly

傳達，傳遞 ► co __ ve __

緊急的，急迫的 ► __ r __ ent

口信，信息，消息
► m __ ssage

失望（名詞）
► disa __ poin __ ment

聯絡到 ► g __ t __ n tou __ h

版 ► __ d __ tion

指甲 ► n __ __ l

營養，營養品（名詞）
► no __ ri __ hm __ nt

週刊，週報（每週的）
► w __ ekly

提供有用信息
► i __ form __ tive

雜誌（複數）► m __ ga __ ines

指甲（複數）► n __ __ ls

緊急，迫切（名詞）
► __ rg __ ncy

微弱的，無力的 ► fe __ __ le

試圖（名詞）► at __ __ mpt

反對（物體）► __ bj __ ct

延長，拉長 ► __ rol __ ng

諮詢（名詞）
► co __ s __ __ tation

很有技術地，很有技巧地
► sk __ __ lfully

護送，帶（完成式）
► es __ __ rted

無助益的，無可奈何的
► h __ l __ less

迅速地，敏捷地，立即地
► p __ o __ ptly

第十四章

殷勤招待，好客（名詞）
► h __ sp __ t __ lity

揭露，公開 ► d __ sclo __ e

不斷的在想這個問題
► e __ ting __ e u __

海綿 ► sp __ n __ e

桶子 ► b __ ck __ t

樹籬，籬笆 ► h __ d __ e

馬 ► __ o __ se

半路（副詞）► h __ lf __ ay

問題（複數）► pro __ l __ ms

精神的，心理的 ► m __ nt __ l

狀況，狀態 ► st __ t __

奔馳（進行式）► g __ ll __ ping

一群 ► h __ r __ __

水牛（複數）► b __ ff __ l __

夾痛，軋痛，捏（進行式）
► pi __ c __ ing

怕，懼怕（動詞）► d __ ea __

誇張，誇大（名詞）
► ex __ __ geration

執行，滿足，服從
► f __ lf __ ll

古怪的，奇特的 ► __ dd

要求（名詞）► r __ q __ est

作為……的交換
► __ xch __ nge

暴露出，揭露，洩露
► r __ v __ al

罰單（複數）► f __ ne __

鳥（複數）► __ __ __ ds

責任（複數）
► res __ ons __ b __ lit __ es

友誼（複數）► fri __ nd __ hips

關係，聯繫（複數）► t __ __ s

血緣關係（複數）
► b __ o __ d t __ es

警察，警員
► p __ lic __ m __ n

嚴重地，嚴厲地
► s __ ve __ ely

使複雜化，使費解（完成式）
► co __ pl __ cated

迫使的，不得不的（形容詞）
► o __ li __ ed

補償，賠償
► co __ p __ ns __ te

侵入（進行式）
► tr __ sp __ ssing

壓力 ► pr __ ss __ re

血壓 ► bl __ o __ pre __ s __ re

其次 ► s __ cond __ y

不幸，惡運（名詞）
► m __ sfort __ ne

偷 ► st __ al

馬達 ► m __ t __ r

摩托車 ► m __ t __ rb __ ke

孫子 ► gr __ nds __ n

虧欠，欠錢（過去式）
► __ w __ d

我欠他一份人情
► I o __ ed hi __

從另一個方面來看 ► __ n the
o __ __ er h __ nd

欠了一份人情（負債的）
► i __ de __ ted

確切的，精確的，剛好
► e __ ac __

獨特的，珍奇的
► un __ __ ue

引起，造成（過去式）
► pr __ s __ nted

值得注意的，蠻大的
► si __ nif __ cant

道德上的 ► m __ r __ l

兩難，困境 ► d __ l __ m __ a

無論 ► __ __ ther w __ y

協助，幫助（完成式）
► __ ss __ sted

複雜的，煞費苦心的
► __ lab __ rate

決定（名詞）► d __ c __ sion

摔跤，摔角（運動類）
► w __ __ st __ ing

詭計，陰謀，計畫（名詞）
► d __ ta __ l

關鍵的，基本的（鑰匙）
► k __ y

因素（複數）► __ act __ rs

停車（過去分詞）► p __ rke d

實施，實行 ► ex __ c __ te

隨便選的，隨機的
► ra __ d __ m

打賭（名詞）► be __

招待（對待）► tr __ at

罐，罐頭（複數）► c __ ns

方便（名詞）
► conv __ n __ en __ e

較便宜 ► c __ ea __ er

英式酒吧 ► p __ b

啤酒（複數）► b __ __ rs

較強烈 ► str __ n __ er

夥伴 ► p __ rt __ er

同謀 ► p __ rtn __ r in
cr __ __ e

合作 ► c __ ope __ ate

嫁給／娶……
► mar __ ied t __

冰冷的 ► ic __

顫抖，顫動，寒顫（複數）
► sh __ v __ rs

令我毛骨悚然／不寒而慄
► s __ nd sh __ vers d __ wn
my sp __ ne

用力的拉出／扯掉（進行式）
► r __ p __ ing

悸動，蹦蹦跳（進行式）
► po __ n __ ing

鼓 ► dr __ m

最酷的 ► cool __ __ t

放心的，安心的
► rel __ __ ved

不酷的，粗野的（不時髦的）
► __ n __ ool

著急地 ► a __ x __ ously

在附近 ► clo __ e by

暴力（名詞）► v __ ol __ nce

就此而言，其實 ► fo __
th __ t m __ t __ er

猛力投擲（進行式）
► h __ r __ ing

武器 ► w __ ap __ n

更硬（較難）► h __ rd __ r

運動鞋（單數）► s __ ea __ er

芭樂 ► g __ __ va

好痛啊，哎喲 ► o __ c __

羞愧的，恥於……的
► ash __ __ ed

校正，調整（進行式）
► __ dj __ sting

眼鏡 ► gl __ s __ es

不舒服地，不自在地
► __ nco __ fo __ tably

捅，戳（進行式）► p __ king

腰 ► w __ __ st

小樹枝，細枝 ► t __ i __

種類，品種 ► s __ rt

道歉（動詞）
► ap __ log __ __ e

說實話 ► h __ n __ stly

很明顯 ► o __ v __ ous

感激，感謝（過去式）
► appr __ c __ ated

道歉，陪罪（名詞）
► apol __ g __

速度 ► sp __ ed

加速 ► s __ e __ d u __

很快就，馬上就
► a __ y m __ n __ te

我們不用再想所有這些事情
► pu __ it __ ll b __ h __ nd us

覆水難收 ► water u __ der
the bri __ ge

情緒（複數）► fe __ __ ings

沒有嫌隙 ► no __ ard
f __ __ lings

補充說（進行式）（加）
► a __ ding

和平 ► __ e __ ce

趕走，擺脫，脫手 ► get
r __ d of

意圖（名詞）► __ nt __ ntion

並非現在 ► (not)j __ st y __ t

猶豫（進行式）
► h __ s __ t __ ting

捂住，遮蓋（進行式）
► c __ ve __ ing

沾漬的 ► st __ __ ned

口氣 ► t __ ne

感覺（名詞）（轟動）
► s __ ns __ tion

坑，窩 ► p __ t

心窩，胸口 ► p __ t of my
s __ om __ ch

搖動，搖擺（進行式）
► s __ a __ ing

兇惡的 ► v __ c __ ous

昆蟲（複數）► __ __ gs

連續猛擊（進行式）
▶ bat __ __ ring

髖部，髖關節 ▶ h __ p

親自，面對面地
▶ f __ ce to f __ ce

聽到（進行式）▶ h __ aring

不舒服，不自在
▶ __ nco __ fortable

咬（完成式）▶ b __ __ ten

葡萄柚 ▶ grap __ fru __ t

橘子 ▶ t __ ng __ rine

酸 ▶ __ o __ r

收繳，接管（完成式）
▶ take __ o __ er

幻影，幻想（複數）
▶ v __ s __ ons

中國，大陸 ▶ Ch __ n __

萬里長城 ▶ Grea __ __ all
of __ hin __

建起，建立 ▶ __ re __ ted

忍受，受得了（動詞）
▶ st __ ma __ h

酸味，酸（名詞）
▶ so __ rn __ ss

蒐集（完成式）
▶ col __ __ __ cted

我集中思考 ▶ c __ ll __ ct
my th __ u __ hts

拉 ▶ p __ ll

你趕快恢復鎮定吧，你振作
起來吧 ▶ p __ ll yours __ lf
tog __ the __

抵達／現身 ▶ s __ ow __ p

很快就，馬上就 ▶ a __ y
s __ cond no __

馬上，立刻 ▶ __ ight a __ ay

包裝 ▶ wr __ p

完成，處理好（包裝，穿好較
溫暖的衣服）▶ w __ ap __ p

在人的知識或能力範圍內
▶ h __ m __ nly

激起，驅使（過去式）
▶ pro __ __ ted

妥協，和解（名詞）
▶ co __ pr __ m __ se

和藹地，慈祥地
▶ __ rac __ ously

減少，減小 ▶ di __ i __ ish

感謝，感激（名詞）
▶ appr __ c __ ation

滿意，滿足
▶ sati __ f __ ction

扔，擲（進行式）
▶ f __ inging

薔薇灌木，玫瑰叢
▶ r __ seb __ sh

眉開眼笑（過去式）
▶ b __ a __ ed

煩惱（動詞）▶ str __ ss

負擔（名詞）（重量，體重）
▶ w __ __ ght

交易 ▶ d __ al

講好了 ▶ i __ 's a __ eal

握（手）（完成式）
▶ sh __ k __ n

簽名（進行式）▶ si __ __ ing

合約 ▶ co __ tra __ t

緊握（名詞）▶ s __ ue __ __ e

有尖鼻子的
▶ sha __ p-n __ sed

像天使的 ▶ a __ gel __ c

第十五章

本能的 ▶ i __ s __ in __ tive

技術 ▶ sk __ l __

逐漸地 ▶ gr __ d __ ally

消失（過去式）（褪色）
▶ f __ ded

困惑，糊塗（名詞）
▶ co __ f __ sion

很明顯的 ▶ __ ot-so-secr __ t

愛慕者（崇拜者，讚賞者）
▶ adm __ re __

暗戀者 ▶ se __ re __
ad __ irer

可以想像的 ▶ i __ ag __ nable

許願（過去式）▶ w __ s __ ed

縮小 ▶ s __ ri __ k

頭皮屑 ▶ d __ n __ r __ ff

消散，分散（過去分詞）
▶ sc __ __ __ tered

搔一搔（進行式）
▶ s __ ra __ ching

很不自在地，害羞地
▶ se __ f-c __ nc __ ously

及時的，迅速的
▶ pr __ m __ t

回答，答覆（名詞）
▶ __ esp __ nse

開始（進行式）
▶ be __ in __ ing

像氣球般鼓起來，膨脹起來（動
詞）▶ b __ llo __ n

失控地，不受控制地
▶ o __ t of contr __ l

吞下去 ▶ sw __ __ low

勉強講（過去式）（榨出，
擠出）▶ __ que __ zed out

排練，排演（動詞）
▶ __ ehe __ rse

棘手的，困難的 ▶ tr __ ck __

轉動，旋轉（過去式）
▶ __ ot __ ted

椰子，椰子般的 ▶ c __ con __ t

不友善的，生氣的
▶ __ nfr __ endly

一瞥（名詞）▶ gl __ n __ e

恢復（過去式）
▶ rec __ ve __ ed

體貼 ▶ __ ons __ der __ te

挖苦地，諷刺地
▶ s __ rc __ stically

甜蜜地 ▶ s __ eetly

那就是，即是 ► na __ ely

照亮，點燃，開朗起來（過去式）► l __ t up

她突然面露喜色（過去式）► her f __ ce l __ t up

迪斯可舞廳，迪斯可音樂 ► d __ s __ o

閃光燈球 ► dis __ o b __ ll

視覺，視力 ► s __ ght

看見，看到（過去式）► c __ ught sigh __ o __

比較大 ► big __ __ r

餵（進行式）► f __ __ ding

熱情地，津津有味地 ► enthu __ __ a __ tically

像迷你鴕鳥那樣的 ► mini- __ str __ ch

拍手（過去式）► c __ apped

舒服（形容詞）► co __ for __ able

自顧自找舒服的姿勢（進行式）► m __ ke ones __ lf co __ f __ rt __ ble

抓狂地，狂暴地 ► f __ ant __ cally

不可缺的，必要的 ► es __ __ ntial

很快就，頃刻 ► __ n no ti __ e

拿出，掏出（過去式）（生產，演出）► p __ od __ ced

一排（名詞）► r __ n __ e

文具 ► st __ tion __ ry

顯眼的，卓越的 ► pr __ mi __ ent

鉛筆 ► p __ nc __ l

削（鉛筆）（進行式）► sh __ rp __ ning

勤奮地 ► __ nd __ str __ ously

排練，排演（進行式）► rehe __ r __ ing

姿勢（複數）► p __ s __ s

迷住了（過去分詞）► __ har __ ed

精力，活力（美語）► v __ g __ r

熱情，熱心（名詞）► __ nth __ si __ sm

嚴重的，嚴峻的，艱難的 ► s __ ver __

問題 ► pr __ b __ em

著迷（名詞）► fas __ in __ tion

有天分的，有天賦的 ► g __ fted

主修科目（主要的，陸軍）► m __ j __ r

未來的藝術系學生 ► f __ ture art m __ jor

哭（完成式）► cr __ ed

冰河（複數）► g __ ac __ ers

情侶（複數）（非洲小鸚鵡）► lo __ e __ irds

諷刺的，挖苦的 ► s __ rca __ tic

寫作，構成（名詞）► co __ po __ ition

激動人心的，很刺激 ► sti __ __ lating

意見，批評 ► co __ ment

打擾，侵擾 ► i __ tr __ de

先忙你們的吧，隨便你們 ► __ o your t __ ing

嫵媚的，秀美的 ► l __ vel __

盯，注視（過去式）► st __ red

冷淡地，冷冰冰地 ► c __ l __ ly

警長（複數）► sh __ ri __ fs

逃犯，歹徒（複數）► __ utl __ ws

牛仔 ► c __ w __ oy

燒（動詞）► b __ rn

雷射 ► l __ s __ r

使免遭，免去（分讓）► sp __ re

你少來；放過我吧 ► sp __ re m __

瑣細的，不重要的 ► tr __ v __ al

唐突的，魯莽的 ► __ br __ pt

同時的 ► simu __ tan __ ous

輕蔑，藐視（名詞）► sc __ rn

明顯的，顯然的 ► ev __ d __ nt

義憤的，憤慨的 ► i __ d __ __ nant

單獨，單人（形容詞）► s __ l __

受損的，受傷的 ► w __ un __ ed

轉過來（完成式）► sw __ ng a __ o __ nd

生氣地走開，怒氣沖沖地衝出去（進行式）► s __ or __ ing of __

輕快的 ► __ r __ sk

步速 ► p __ ce

向……挑戰（完成式）► c __ all __ nged

拳鬥，光用拳頭的毆鬥 ► f __ st __ ight

忍受（動詞）（熊）► b __ a __

誠懇的 ► sinc __ r __

感激，感恩（名詞）► gr __ t __ tud __

不公平 ► __ nf __ ir

理想，完美（形容詞）► i __ e __ l

看得到的，可看見的 ► vis __ bl __

輩子 ► __ ifet __ me

頁 ► p __ ge

連動都沒動 ► d __ __ n't mo __ e a m __ s __ le

難以置信地，極為，非常 ► incr __ d __ bly

性感 ► __ __ xy

獻身，奉獻給
► ded __ c __ te

藝術品 ► a __ t __ ork

手藝好的，熟練的
► sk __ l __ ful

正確無誤，準確地
► acc __ r __ tely

複製，再造，重製
► r __ pr __ du __ e

性感（名詞）► sex __ ne __ s

畫布 ► ca __ v __ s

樂趣，愉快，高興（名詞）
► pl __ as __ re

擺姿勢（進行式）► po __ ng

豆腐 ► t __ f __

豆腐色的
► tof __ -col __ re __

振翼，拍翅 ► fl __ t __ er

蝴蝶 ► but __ erfl

手環 ► br __ cel __ t

手腕 ► w __ __ st

素描本 ► ske __ ch __ ad

藝術家（複數）► __ rt __ sts

複製品，抄本，副本
► c __ py

面貌，相貌（複數）
► f __ at __ res

輪廓 ► o __ tl __ ne

白，潔白（名詞）
► wh __ t __ ness

振翼，拍翅（進行式）
► fl __ tte __ ing

答案 ► a __ s __ er

燈塔 ► ligh __ ho __ se

完全的，絕對的，徹底的
► t __ t __ l

情緒智商（縮寫）► E __

預感，直覺 ► h __ nc __

嘆氣（過去式）► sig __ e __

吹（過去式）► bl __ w

炭，木炭 ► ch __ rc __ al

解釋，說明（進行式）
► __ xpl __ i __ ing

旅行（動詞）► tr __ v __ l

邊界，邊境（複數）
► b __ rd __ rs

國籍（複數）
► n __ tional __ t __ es

適用於 ► ap __ l __ to

羨慕（動詞）► __ n __ y

指望，要求 ► ex __ ec __

麻煩（名詞）► n __ isan __ e

使人精疲力竭的，使耗盡的
► ex __ au __ ting

（他）賞識，欣賞
► appr __ c __ ates

能力 ► a __ il __ ty

願望，許願 ► w __ sh

厭煩，受夠了 ► t __ re __

買（進行式）► bu __ __ ng

種植，栽培（進行式）
► g __ o __ ing

他們自己（複數）
► the __ sel __ es

只不過，僅僅 ► m __ re

消費者（複數）
► cons __ m __ rs

生產 ► pr __ d __ ce

經濟的，節約的
► eco __ o __ ical

考慮（動詞）► con __ __ der

表達意見（進行式）
► co __ m __ nting

被排除，被排除在外（過去分詞）► e __ cl __ ded

種類，類目 ► cat __ g __ ry

破壞氣氛 ► r __ __ n the mo __ ent

回答（動詞）► r __ sp __ nd

創作品 ► __ r __ ation

瞥見（進行式）
► gl __ n __ ing

有四隻腳的
► __ our-le __ __ ed

綁架了（過去式）
► ki __ na __ ped

發……的音
► pron __ un __ e

引起（過去式）► c __ __ sed

臉紅（名詞）► __ l __ sh

蔓延（動詞）► spr __ __ d

發光，發紅（進行式）
► g __ o __ ing

天燈 ► la __ te __ n

第十六章

牙齒（複數）► t __ __ th

自由（名詞）► f __ eedo __

欽佩，讚美（名詞）
► __ dm __ ration

拜訪，訪問（參觀）► pay a __ is __ t to

牙醫 ► d __ ntis __

可靠的，可信賴的
► reli __ ble

顧問（複數）
► co __ su __ tants

勸，勸告（進行式）
► ad __ __ sing

指點，勸告（名詞）
► a __ vi __ e

助理，助手 ► ass __ st __ nt

壓碎，壓壞（進行式）
► cr __ s __ ing

糖果 ► c __ ndy

走（過去式）► w __ lk __ d

援助，幫助（名詞）
► as __ __ stan __ e

他們完全沒注意到……
► p __ sses them by

極為流行的，流行性
► p __ de __ ic

規模，範圍，大小
► p __ op __ rtions

荒謬的，滑稽的，很誇張
▶ r __ dic __ lous

散步（過去式）▶ str __ l __ ed

隱私，隱私權，獨處
▶ pr __ v __ cy

鄭重的，不可侵犯的
▶ s __ cre __

沒時間等，非立刻做不可
▶ no t __ me to l __ se

電腦 ▶ co __ pu __ er

醫生（複數）▶ d __ ct __ rs

今日，如今，當今，最近
▶ the __ e d __ ys

健康（名詞）▶ __ ea __ th

電腦化 ▶ co __ puter __ __ ed

醫生（暱稱）▶ d __ c

蛀牙 ▶ c __ v __ ty

臼齒 ▶ m __ l __ r

目的（可觀的）▶ __ bje __ tive

小考 ▶ __ ui __

壽命 ▶ l __ fesp __ n

猶豫地 ▶ h __ s __ ta __ tly

膚色 ▶ co __ pl __ xion

表示，顯出（進行式）
▶ ex __ __ biting

豐富，充足，大量（名詞）
▶ ab __ nd __ nce

鍵盤 ▶ ke __ bo __ rd

建立，創辦（進行式）
▶ fo __ n __ ing

業務，營業（名詞）（練習）
▶ pra __ ti __ e

十四 ▶ f __ urt __ __ n

病人（很有耐心）
▶ p __ ti __ nt

謙虛 ▶ m __ d __ st

能幹的 ▶ c __ mp __ tent

國家 ▶ co __ nt __ y

還是輸給……（進行式）
▶ __ rai __ ing behind

醫師 ▶ d __ ct __ r

健康（形容詞）▶ h __ alt __ y

準確的，精確的
▶ acc __ ra __ e

數（進行式）▶ co __ nting

圈，環（複數）（戒指）
▶ r __ ngs

塊，部分（複數）
▶ __ ect __ ons

測量（進行式）
▶ me __ su __ ing

牙科的，牙齒的
▶ d __ nt __ l

假的，人工的 ▶ f __ ls __

假牙（複數）▶ f __ lse
t __ __ th

沒錯，正確 ▶ cor __ e __ t

宣稱，聲明（過去式）
▶ d __ cl __ red

口部的，口的 ▶ __ r __ l

履行，執行（過去式）
▶ p __ rfor __ ed

難算的，複雜的
▶ co __ pl __ x

計算（名詞）▶ ca __ c __ lation

令人不滿的，令人失望的
▶ __ ns __ tisfa __ tory

很有自信的 ▶ conf __ d __ nt

超過，勝過，趕上（進行式）
▶ o __ ert __ king

官方的 ▶ off __ __ ial

排名榜 ▶ r __ n __ ings

筆記本 ▶ n __ teboo __

聰明一點，比較聰明
▶ s __ art __ r

要求 ▶ r __ q __ ested

診斷（動詞）▶ di __ gn __ se

病人（複數）▶ pati __ nts

全面的 ▶ o __ er __ ll

情況，病況 ▶ c __ nd __ tion

跛來跛去 （進行式）
▶ pa __ __ ng around

皺眉頭，皺眉（名詞）
▶ f __ o __ n

額頭 ▶ b __ ow

翹腳（進行式）▶ cr __ ss
one's l __ gs

試驗，檢驗（進行式）
▶ te __ ting

翹，交叉 ▶ cr __ ss

模仿（進行式）▶ __ ping

捏，擰（過去式）
▶ pin __ __ ed

對我而言，按照我的看法
▶ __ n my op __ ni __ n

負重擔，加負荷於
▶ b __ rd __ ned with

事先，預先，先期
▶ in __ dv __ nce

改變（複數）▶ ch __ n __ es

青春時代，青少年時期
▶ __ ou __ h

無法避免的，必然的
▶ __ n __ vitable

理由，緣故 ▶ s __ ke

差別（名詞）▶ diff __ re __ ce

政黨（派對）▶ p __ rty

部分地，不完全
▶ __ art __ ally

畫 ▶ dr __ w

圖表，圖解 ▶ di __ __ ram

細菌 ▶ b __ ct __ ria

練好，完善，使完美
▶ p __ rf __ cted

簽名（名詞）▶ si __ nat __ re

我的媽呀，天哪 ▶ foe gosh
s __ kes

到期的，應有的 ▶ d __ e

由於，因為 ▶ d __ e to

最近的 ▶ r __ c __ nt

進化，事態發展（複數）
▶ d __ velo __ ments

支持，證實 ▶ b __ ck __ p

陳述，聲明（名詞）
► s __ ate __ ent

成熟（名詞）► m __ tur __ ty

有說服力的，令人信服的
► co __ v __ ncing

提到（進行式）
► m __ ntio __ ing

政治的 ► pol __ tic __ l

政黨，黨派（複數）
► p __ rt __ es

盼望中的，未來有機會的
► prosp __ ct __ ve

有效的，有力的
► __ ff __ ctive

摸，擦（進行式）
► r __ b __ ing

太陽穴，鬢角 ► t __ mp __ e

很多，充足 ► pl __ nt __ of

運動（名詞）► __ xerc __ se

小提琴 ► f __ dd __ e

身體極好，非常健康
► f __ t as a f __ d __ le

另外，額外，再加上
► in __ dd __ tion to that

生活方式 ► li __ est __ le

有助益的，有利的
► ben __ fic __ al

免疫系統 ► i __ m __ ne
sy __ tem

搞錯，弄錯，記錯
► m __ st __ ken

我沒有記錯／誤解的話 __ f
I'm not m __ stak __ __ __

手術，外科（名詞）
► s __ rg __ ry

藥物治療，規律吃的藥物
► m __ d __ __ ation

長壽（名詞）► lon __ e __ ity

活潑的 ► a __ t __ ve

吃（進行式）（消耗，消費）
► co __ su __ ing

有機 ► org __ ni __

農產品 ► pr __ d __ ce

態度 ► a __ tit __ de

（它）影響很大，很重要
► m __ __ es a (world of)
dif __ er __ nce

考慮到（過去分詞）► taken
into cons __ de __ ation

遇到，遭遇 ► __ nco __ nter

插嘴，打斷，打擾（複數）
► inter __ __ __ ptions

反對，異議（複數）
► __ bj __ cti __ ns

醫學的，醫術的
► m __ d __ cal

意味著（過去式）
► impl __ __ __ d

總的來說 ► in __ umm __ ry

永恆的，永久的
► p __ rm __ nent

進步，發展（複數）
► adv __ n __ es

現代化，現代的
► m __ d __ rn

科技 ► te __ hn __ logy

幾乎，差不多 ► j __ st
a __ out

除非，除……以外
► b __ r __ ing

傷害（名詞）► i __ ju __ y

沉思，冥想（名詞）
► co __ tem __ lation

到期，期滿，終結（名詞）
（死亡）► __ xp __ r __ tion

日期 ► d __ te

身體的 ► p __ __ sical

領域，世界（領土，王國）
► __ eal __

微妙的，隱約的 ► sub __ le

教義，信條（複數）
► b __ lie __ s

根據 ► __ ased on

經驗（名詞）► exp __ ri __ nce

從頭到尾，貫穿
► th __ ougho __ t

回答（進行式）► repl __ ing

不再 ► __ o l __ nger

發出，表達 ► u __ ter

承認，坦白（名詞）（進入許可）
► a __ m __ ssion

百分之百 ► __ er __ ent

手帕 ► han __ kerchi __ f

外衣，外套 ► c __ __ __ t

重新調整（過去式）
► __ eadj __ sted

低估 ► u __ derest __ m __ te

價值 ► v __ lue

隨意地，自由地 ► fr __ el __

預約，約定（名詞）
► ap __ o __ ntm __ nt

第十七章

顏色（複數）► __ ol __ rs

週末 ► we __ k __ nd

原諒（完成式）► f __ rgive __

風箏（複數）► __ __ tes

到，直到 ► t __ ll

消磨或打發時間 ► p __ sss
the __ ime

有興趣的 ► inter __ ste __

煩躁，擔心，苦惱 ► fre __

閒蕩，玩，游手好閒
► fo __ l a __ ou __ d

游泳，洗浴（口語）► d __ p

游泳（過去式）► s __ a __

濺，潑（名詞）► __ pl __ sh

提及，說起（名詞）
► m __ n __ ion

一見如故，相處融洽
► h __ t it o __ f

創造者 ► cre __ t __ r

使存偏見，使有偏心（完成式）
► __ i __ sed

專業的 ► __ rof __ s __ ional

純粹的，不攙雜的 ► p __ re

完美（名詞）► p __ rf __ ction

右邊的 ► __ i __ ht-h __ nd

簽名（過去式）► si __ __ ed

貼（過去式）（卡住了）► st __ ck

奶油色的，淡黃色的
► cr __ a __

剝落，成薄片（進行式）
► __ l __ king

細看，研究（進行式）（學習）
► stud __ __ ng

提供，給予（過去式）（買得起）
► af __ o __ ded

生物，動物（複數）
► c __ eat __ res

跳入（過去式）（急降）
► pl __ n __ ed

規勸，爭辯
► __ eas __ n w __ th

較少地，較小地 ► l __ ss

可能，很可能 ► like __ __

鏟子，鐵鍬 ► sh __ v __ l

公開地，當眾
► __ n pu __ li __

禮物，禮品 ► g __ f __

第十八章

外國的，異國的，外來的
► fore __ __ n

排隊（進行式）
► l __ ning u __

雞尾酒 ► c __ ckt __ il

識別，認出 ► id __ ntif __

加入，參加（過去式）
► jo __ ne __

長隊，人龍（名詞）
► qu __ __ e

進房，入住（進行式）
► ch __ c __ ing __ n

國外，海外 ► __ ver __ ea __

服務，供應（過去分詞）
► ser __ ed

比較難（比較硬）
► h __ rd __ r

跳 ► ju __ p

袋鼠 ► k __ ng __ ro __

貓 ► c __ t

緊張；繃緊 ► t __ nse up

有彈性的，有彈力的
► __ las __ ic

橡皮筋，橡皮圈 ► el __ stic ba __ d

語言 ► __ ang __ ag __

直接地 ► d __ re __ tly

望遠鏡 ► b __ noc __ l __ rs

照相機 ► __ a __ er __

豐滿 ► plu __ p

鬍子 ► be __ r __

無意識的，不由自主的
► __ po __ ta __ e __ us

橄欖（複數）► ol __ ve __

不幸，倒霉 ► __ nl __ cky

極好的，美好的
► h __ a __ enly

可可色，深褐色
► __ oc __ a-c __ lor __ d

美味的，可口的 ► t __ st __

出口的 ► __ xp __ rted

進口的 ► i __ por __ ed

多雪的，覆蓋著雪的
► s __ ow __

風景 ► s __ __ nery

世界第一流的，品質很高的
► wor __ d-cl __ ss

攀登，攀爬（複數）
► cl __ m __ s

時鐘（複數）► cl __ cks

風景秀麗的 ► sc __ ni __

拒絕 ► ref __ se

想起，記得 ► __ ec __ ll

覆蓋的
► bl __ nk __ ted

雪 ► sn __ w

塊，片 ► bl __ ck

張得更大的，更寬
► w __ d __ r

口琴 ► har __ on __ ca

較大 ► l __ rg __ r

大塊，厚片 ► ch __ nk

驢子 ► d __ nk __ y

羞怯地，膽小地
► t __ mi __ ly

很棒，傑出的
► __ __ tsta __ ding

騙子，說謊者 ► l __ __ r

先生 ► m __ st __ r

寬廣地 ► b __ oadl __

傳教士（複數）
► __ issionar __ __ s

糖果（複數）► s __ e __ ts

教會，教堂 ► ch __ rc __

外國人，外籍人士（複數）
► for __ i __ ners

陌生人（複數）
► str __ ng __ rs

零食（複數）► s __ __ cks

大量地給予（進行式）
► sho __ e __ ing

鳳梨酥（複數）
► p __ ne __ pple c __ kes

月餅（複數）
► moo __ ca __ es

變胖，增加體重
► __ ain w __ ight

悲劇，災難 ► tr __ g __ dy

用舌頭細細品味，舔
（過去式）► t __ ng __ ed

幫我個忙，幫助我
▶ g __ ve __ e a h __ nd

傳播，傳出去，散播
（進行式）▶ s __ re __ ding

福音，基督教教義
▶ go __ p __ l

抵抗，忍得住 ▶ __ es __ st

被逗樂，頑皮的
▶ a __ __ sed

菜單 ▶ __ e __ u

抬起，舉起（進行式）
▶ r __ i __ ing

濃密的，毛茸茸的
▶ b __ sh __

急於下判斷，急於批判
▶ q __ ick to ju __ ge

翻譯（進行式）
▶ tr __ nsl __ ting

含糊不清，曖昧
▶ a __ big __ __ us

使複雜化，變複雜
▶ co __ pl __ cate

決然地，果斷地
▶ dec __ siv __ ly

膽固醇 ▶ c __ ole __ ter __ l

啄木鳥 ▶ __ oodp __ ck __ r

瀏覽，審視（進行式）（掃描）
▶ s __ an __ ing

皺紋（複數）▶ w __ in __ les

思忖，仔細考慮（過去式）
▶ c __ nt __ mplated

次要的，從屬的
▶ s __ cond __ ry

翹課者，逃學者 ▶ tr __ ant

藏身處，隱藏處
▶ h __ ding pl __ ce

校長 ▶ h __ adm __ ster

邊際，界限（名詞）
▶ __ er __ e

瀕臨，幾近，在……邊緣
▶ be __ n the __ er __ e of

碳 ▶ ca __ b __ n

血糖 ▶ b __ ood s __ gar

危機 ▶ cr __ s __ s

癌症 ▶ c __ n __ er

使放心，保證（過去式）
▶ ass __ re __

酸，酸類（名詞）▶ ac __ d

吃（過去式）▶ __ __ e

葡萄乾（複數）▶ r __ is __ ns

愁思，憂鬱（名詞）
▶ m __ la __ ch __ ly

相處得不錯
▶ get alo __ __ w __ ll

興高采烈，心情很好的
▶ ch __ erf __ l

學，學會 ▶ __ ear __

中國字（複數）（人物）
▶ ch __ ra __ ters

憑記憶，背出來地
▶ b __ he __ rt

蜘蛛 ▶ s __ i __ er

很奇妙，很不可思議，非凡
的 ▶ m __ rv __ lous

祖國的，本土的
▶ n __ ti __ e

說者，講（某種）語言的人（複
數）▶ __ p __ a __ ers

說母語的人（複數）
▶ n __ tive spe __ kers

頭腦（複數）▶ br __ ins

更重 ▶ heav __ __ r

公斤（複數）
▶ k __ l __ gra __ s

背熟，記住（進行式）
▶ m __ mor __ zing

很巧妙，很機巧，絕妙
▶ __ ng __ nious

謙虛（名詞）▶ m __ dest __

比較小 ▶ sma __ ler

不可思議，非常驚人的
▶ __ nbel __ ev __ ble

下面的，下列的
▶ f __ llowing

推薦（名詞）
▶ __ ecom __ __ ndation

熱情，激情 ▶ p __ ssi __ n

百香果 ▶ pa __ sion fr __ __ t

增加 ▶ a __ d

糖水，糖漿 ▶ s __ r __ p

記得 （進行式）
▶ r __ me __ bering

翻譯者 ▶ tr __ nsl __ t __ r

中杯的（中等的，媒介物）
▶ m __ di __ m

驕傲地 ▶ pr __ udly

輕拍（過去式）▶ tap __ ed

上升，升起（過去式）（玫瑰）
▶ r __ s __

啜飲，喝一口（進行式）
▶ s __ __ ping

女兒 ▶ d __ ught __ r

音節（複數）▶ s __ lla __ les

鼓勵，刺激（動詞）（馬刺，
靴刺）▶ sp __ r

蜂蜜 ▶ h __ ne __

彈珠（複數）▶ m __ r __ les

記得（過去式）
▶ re __ em __ ered

使驚訝（進行式）
▶ s __ rpr __ sing

更年輕 ▶ y __ un __ er

較甜 ▶ s __ e __ ter

夜鶯 ▶ ni __ h __ ing __ le

用珍珠裝飾的，珠玉般的
▶ p __ ar __ y

仙女，小妖精 ▶ __ air __

使看不見，使失明（過去分詞）
▶ bl __ nded

較藍的 ▶ bl __ __ r

音樂電視（縮寫）▶ __ TV

好看，漂亮，帥
▶ __ ood-loo __ ing

精力充沛 ▶ __ nerg __ tic

卡路里（複數）▶ c __ l __ ries

顛倒的 ► __ pside- __ own

金字塔 ► p __ ram __ d

苗條，很瘦 ► sl __ __ __

蚱蜢 ► gr __ sshop __ er

流行音樂明星，流行音樂歌手
► p __ p st __ r

皇族，王族 ► r __ ya __ ty

猜（過去式）► g __ e __ sed

差不多，大約 ► r __ __ __ ghly

像（動詞）（類似於）
► rese __ __ le

臉頰，腮幫子 ► ch __ ek

受恩於（過去式）（強迫）
► o __ l __ ged

輕吻（啄，鑿）► p __ ck

項鍊（連鎖店，枷鎖）
► ch __ i __

壯麗的，輝煌的
► spl __ nd __ d

伸出，伸長（進行式）
► str __ t __ hing

拼寫（過去分詞）► __ p __ lt

象牙色的，象牙做的
► iv __ ry

算了 ► ne __ er mi __ d

誰知道，說不定
► you ne __ er k __ ow

吻（假設式）► ki __ sed

拼寫 ► __ p __ ll

冒水珠的，滿身汗
► s __ ea __ y

手掌（棕櫚樹）► p __ l __

不穩的 ► sha __ y

光陰似箭，白駒過隙
► ti __ e fl __ __ s

可以了解地
► __ nd __ rstan __ ably

本能，直覺（複數）
► __ nst __ ncts

國語 ► M __ nd __ rin

介紹（過去式）
► __ ntr __ d __ ced

最可愛的 ► c __ te __ t

為一家人所共有 ► to
r __ n __ n the f __ m __ ly

選，挑（過去式）► ch __ __ e

援救，幫助 ► r __ sc __ e

乳牛（複數）► co __ s

擠奶（進行式）► m __ l __ ing

取名（過去式）► __ a __ e __

緩和，減輕 ► reli __ __ e

金髮女子 ► bl __ nd __

轉移，移動（過去式）
► sh __ f __ ed

焦點 ► f __ c __ s

決定（動詞）► d __ c __ de

很有自信地，確信地
► c __ nf __ dently

攝影師
► phot __ gra __ h __ r

天文學家 ► astro __ o __ er

古董（名詞）► __ nti __ ue

業者，商人 ► __ ea __ er

剛才，最近 ► n __ w __ y

任命的，委派的
► __ ppo __ nted

兼任的，兼職的
► p __ rt-ti __ e

律師 ► l __ w __ er

滑稽演員，喜劇演員，丑角式演員 ► co __ edi __ n

恭維，讚美的話（名詞）
► co __ pl __ m __ nt

令人印象深刻的，很厲害的
► i __ pr __ ssive

自我介紹（名詞）
► s __ lf-intr __ d __ ction

破洞 ► h __ le

緊貼在……上，似膠般固著於 ► gl __ e __ to

纜索，鋼索（複數）
► __ a __ les

改善，改進 ► i __ pro __ e

稻草人 ► sc __ r __ cro __

嚇得不能動彈的，癱瘓的
► p __ ral __ zed

行動（名詞）► __ cti __ n

點餐（過去式）
► o __ de __ ed

清楚地講話，清晰地發音（完成式）► art __ c __ lated

極喧鬧的，震耳欲聾的
► dea __ __ __ ning

工業的 ► ind __ stri __ l

咯咯作響（動名詞）
► ra __ t __ ing

杯子（複數）► c __ ps

方塊（複數）（立方體，立方）
► __ u __ es

砰砰作響（進行式）
► __ a __ ging

冰箱 ► refr __ g __ rat __ r

鐵匠 ► bl __ cks __ ith

河馬 ► hip __ op __ ta __ us

櫃台 ► co __ nt __ r

手工的 ► __ an __ al

攪拌（動名詞）
► st __ r __ ing

機械的 ► m __ ch __ nical

混合；交融（動名詞）
► bl __ n __ ing

專業地 ► __ xp __ rtly

完成（完成式）
► c __ mpl __ ted

儀式（複數）► r __ tu __ ls

再出現（過去式）
► re __ pp __ ared

單足跳，蹦跳（名詞）
► h __ __

跳，蹦（名詞）（跳過去，不做）
► sk __ p

極好的（傳說的）▶ f＿b＿lous
飲料（複數）▶ b＿v＿rages
適當地 ▶ su＿tably
被打動了，欽佩的 ▶ i＿pres＿ed
笨拙地行動，亂摸（進行式）▶ fu＿b＿ing
硬幣，零用錢 ▶ loo＿e ch＿nge
口袋（複數）▶＿ock＿ts
放置，安置（進行式）▶ pla＿ing
倒；注入（完成式）▶ po＿red
措辭 ▶ e＿pr＿ssion

第十九章

風險偏大的，很危險 ▶ r＿s＿y
掛（過去式）▶ h＿ng
閒晃，玩（過去式）▶ h＿ng o＿t
活潑的 ▶ l＿v＿ly
個性（複數）▶ p＿rso＿alit＿es
愛聊天的，喜歡說話的 ▶ t＿lka＿ive
（喝幾）口（複數）▶ s＿ps
聊天（過去式）▶ c＿at＿ed
各種各樣的東西 ▶ t＿is and th＿t
流利；順暢 ▶ fl＿＿nt
輪班 ▶ sh＿＿t
衝，飛奔（過去式）▶ d＿she＿
向前，向前方 ▶ f＿rt＿
來來回回地 ▶＿ack and f＿rt＿
極好的，很棒的 ▶ f＿nt＿stic

品嚐，體驗（動詞）▶ sa＿ple
很渴 ▶ th＿rst＿
恢復（名詞）▶ rec＿ver＿
最初的，剛開始的 ▶ in＿ti＿l
學到，學會（進行式）▶ le＿r＿ing
困難，問題 ▶ di＿fic＿lty
背誦（進行式）▶＿ec＿ting
字母表；字母（a_z）▶ a＿ph＿b＿t
善交際的，好交際的 ▶ s＿ci＿ble
在放假，在度假中 ▶ h＿lida＿
公車，巴士 ▶＿＿s
機場 ▶ ai＿po＿t
延後，拖延（關掉）▶ p＿t of＿
歸，返回（名詞）▶ re＿urn
允許，准許，認可 ▶＿ll＿w
耽擱（名詞）▶ d＿la＿s
延期，延緩（複數）▶ pos＿po＿＿＿ments
母親 ▶ m＿th＿r
麵包 ▶ b＿e＿d
麵包刀 ▶＿re＿d＿ni＿e
學生 ▶ st＿de＿t
交換學生 ▶ e＿ch＿nge stu＿ent
徒然的，無益的 ▶＿a＿n
極端的，極度的 ▶ e＿tr＿m＿
安排，排列（名詞）▶ arr＿ng＿ment
非常地，極度地 ▶ p＿infull＿
演員 ▶＿ct＿r
一見鍾情 ▶ l＿ve at fi＿＿＿t s＿ght

健忘（名詞）▶＿orgetf＿ln＿ss
這樣說好了 ▶ p＿t it t＿is w＿y
想家 ▶ ho＿e＿ick
順利 ▶ s＿o＿thly
介紹（進行式）▶ i＿tr＿d＿cing
美女 ▶ b＿au＿y
招收，徵募，徵聘（進行式）▶ r＿cr＿iting
在前方；未來（過去式）▶ la＿ahe＿d
把人拖進去 ▶ dr＿g so＿eone＿n
糟糕地，恐怖地 ▶ h＿rr＿bly
監獄 ▶＿a＿l
一個禮拜以內就 ▶＿n the m＿tter of a week
客人，拜訪者 ▶＿ue＿t
家 ▶＿ou＿e
民宿 ▶ gu＿st＿ouse
開人的玩笑，取笑 ▶ t＿ase＿
愛上（進行式）▶ f＿alling＿n love
外國人 ▶ for＿＿gn＿r
超喜歡 ▶ loved＿ev＿ry m＿n＿te
居所 ▶ res＿d＿nce
章魚 ▶ oct＿p＿s
大街 ▶ a＿en＿e
絞成，扭彎成（過去式）▶ t＿is＿ed
繩結 ▶ kn＿t
青蛙 ▶＿r＿g
緊張（名詞）▶ n＿r＿es
犀牛 ▶＿hi＿ocer＿s
清醒的，醒著的 ▶ a＿ake

誇張，誇大（進行式）
► __ xag __ __ rating

偷（完成式）► sto __ __ n

到處 ► whe __ e __ er

前進（進行式）
► h __ a __ ing for

入獄，關押（過去分詞）
► i __ pr __ soned

買（進行式）► p __ rch __
sing

產品 ► pr __ du __ t

犀牛 ► r __ in __

角 ► ho __ n

安排 ► ar __ an __ e

擅自闖入 ► tr __ sp __ ss

基本的，初級的
► el __ m __ nt __ ry

小學 ► e __ em __ ntary
s __ hool

彈起，彈回（進行式）
► bo __ n __ ing

柏油（路）► __ sp __ alt

洗碗 ► dis __ w __ shing

手套（複數）► __ lo __ es

鬆軟的，下垂的 ► fl __ p __ y

帽子 ► h __ __

奪走，奪取（過去式）
► sn __ t __ hed

水槽 ► s __ nk

跟別人借（過去式）
► b __ r __ o __ ed

園藝（動名詞）
► g __ rd __ ning

記錄（錄音，錄影）
► r __ co __ d

為準確起見，聲明在先
► f __ r the __ ec __ rd

運動 ► s __ __ rt

偵探 ► d __ te __ tive

指紋（複數）
► fin __ erpr __ nts

便宜的 ► ch __ ap

口罩（面具）
► fa __ e __ a __ k

買 ► b __ y

屈身，彎腰（過去式）（低頭）
► sto __ __ ed

打算（進行式）
► pl __ __ ning

丟下，扔下，落下 ► dr __ p

把它送過去 ► d __ op it
o __ f

放回去（過去式）
► re __ la __ ed

隔天 ► the fol __ o __ ing day

監獄 ► pr __ s __ n

突然想起來（過去式）
► cr __ ss my m __ nd

拘留（過去分詞）
► det __ __ ned

被判犯有罪（過去分詞）
► conv __ __ ted

宣判，判決（過去分詞）
► s __ nt __ nced

花（時間）► sp __ nd

橫槓（複數）（條，酒吧，沙洲）
► b __ rs

坐牢 ► be __ ind b __ rs

艱苦的，嚴厲的 ► __ a __ sh

現實，真實 ► __ eal __ ty

罪犯 ► cr __ mi __ al

啜泣（進行式）► s __ b __ ing

核對；支票；將軍（下棋）
► ch __ ck

偽裝，假扮 ► __ isg __ ise

顏色較深的，更黑
► da __ ke __

深藍色（海軍）► na __ y

長袖運動衫，毛線衣
► s __ eat __ r

牛仔褲 ► __ ea __ s

穿著（進行式）► we __ rin __

傾向，有……的傾向
► t __ nd to

限制，約束 ► r __ str __ ct

犯罪（複數）► cr __ mi __ als

犧牲（複數）► s __ cr __ __ fi __ es

物品（文章，條款，冠詞）
► a __ t __ cle

衣服（名詞）► __ lot __ ing

履行，執行 ► pe __ f __ rm

無辜的，無罪的，天真的
► in __ __ cent

搶劫，搶劫案 ► r __ bb __ ry

全套服裝，全套裝備
► o __ tf __ t

變換，變形，轉換（完成式）
► tr __ nsfor __ ed

冒險（名詞）（投機活動）
► ve __ t __ re

繼續進行，往前走
► p __ oc __ ede __

小心，謹慎（名詞）
► c __ u __ ion

接近點，靠近點（過去式）
► dr __ w

號碼（數字）► nu __ be __

豹 ► l __ op __ rd

悄悄地追蹤（進行式）
► st __ l __ ing

獵物 ► __ r __ y

踮著腳 ► on t __ pto __

一清二楚，非常清楚
► as cl __ ar as d __ y

想，覺得，猜（過去式）
► rec __ o __ ed

認得 ► reco __ ni __ e

棒球 ► bas __ ba __ l

信箱 ► m __ ilb __ x

燈（複數）► l __ g __ ts

亮著（燒著）進行式
► b __ r __ ing

煮飯，廚藝（動名詞）
► c __ __ king

電視節目（複數）► sho __ s

住，活著（進行式）
► li __ __ ng

客廳 ► li __ __ ng r __ __ m

蝦子，蝦仁 ► s __ ri __ p

銀色的 ► s __ lv __ r

街 ► st __ ee __

驚愕，驚慌，沮喪
► d __ sm __ y

腳踏車 ► b __ c __ cle

籃子 ► b __ sk __ t

溜，悄悄走（滑倒）► sl __ p

氣味，要素，成分（元素）
► e __ em __ nt

包含，牽涉（過去式）
► i __ vo __ ved

讓我害怕 ► m __ ke my
bl __ od r __ n cold

兇猛的 ► f __ __ rce

碎片（複數）► shr __ d __

撕碎，撕成碎片
► r __ p to shr __ d __

主要的，最大的（酋長）
► ch __ e __

關心的事，關切，擔心（名詞）
► __ once __ n

發出咯吱咯吱聲 ► cr __ a __

發出嘎嘎響或嗖嗖響
► wh __ ne

超自然的，神奇的
► __ upern __ t __ ral

能力，勢力，神力（複數）
► p __ wers

訓練（過去分詞）► tr __ ined

查出，發現，察覺
► det __ ct

公民（複數）► c __ ti __ ens

絲毫的，最微小的
► sl __ gh __ est

噪音 ► n __ i __ e

老鼠 ► __ o __ se

發抖，震顫（進行式）
► tre __ b __ ing

鋼鐵 ► ir __ n

第二十章

更可怕，還有恐怖
► sc __ r __ er

墓園 ► ce __ __ tery

牆壁（複數）► w __ lls

圍繞著（進行式）
► s __ rrou __ ding

摩天樓（複數）
► sk __ scr __ pe __ s

神經 ► n __ rv __

警告，告誡（進行式）
► ca __ ti __ ning

小心翼翼地（精緻地）
► d __ lic __ tely

大拇指 ► th __ m __

表示，索引，指數
► i __ d __ x

食指 ► i __ dex fin __ er

溜，悄悄走（過去式）
► sl __ pped

步行，走（進行式）（踩，踏）
► tre __ __ ing

漸進，徐徐地移動（過去式）
► e __ __ ed

安全帽 ► h __ lm __ t

掛（進行式）► h __ ngi __ g

手把 ► __ andleb __ r

點火開關 ► i __ n __ tion

瀕臨，接近……的邊線（進行式）► v __ r __ ing on

瘋狂，極端愚蠢的行為
► ins __ n __ ty

簡直是，近似（進行式）
► b __ rde __ ing

瘋狂，愚不可及（名詞）
► m __ dn __ ss

自殺 ► s __ __ cide

隨便你選 ► ta __ e your
p __ ck

冒險（名詞）► adv __ nt __ re

使戰慄，使嚇得不敢動
► fr __ e __ e

心不在焉
► a __ sen __ m __ nded

狒狒 ► b __ bo __ n

親愛的 ► __ ar __ ing

視力 ► __ ye __ ight

刷洗 ► br __ sh

休息室 ► lou __ ge

窗簾（複數）► c __ rta __ ns

到旁邊，到一邊 ► __ si __ e

頻道（水道，航道）
► chan __ __ l

昂貴的，高價的
► exp __ ns __ ve

用具 ► __ tens __ l

太太，老婆（複數）► wi __ es

大錯，驚人的錯誤（複數）
► __ lu __ ders

尖端的（世故，不落俗套的）
► sop __ ist __ cated

廚房用具 ► ki __ chen __ are

手勢（名詞）（表示）
► g __ st __ re

慾望的，渴望的
► d __ s __ red

惱怒的，氣惱的
► an __ o __ ed

玻璃（玻璃杯）► gl __ ss

談到（過去式）（注意）
► __ emar __ ed

剃得很短 ► sh __ rt sha __ en

發誓（完成式）（罵髒話）
► s __ o __ n

敢發誓 ► __ ould have
s __ __ rn

哼著鼻子說，哼地一聲說
（過去式）► __ no __ ted

鎖（名詞）▶ l __ ck

垃圾 ▶ g __ rb __ ge

精通，掌握（過去式）
▶ m __ st __ red

嘟囔，咕噥 （動名詞）
▶ m __ m __ ling

沙沙聲（動名詞）
▶ rus __ __ ing

易怒的，煩躁的
▶ ir __ __ table

跨步，走（過去式）
▶ st __ p __ ed

垃圾 ▶ tr __ sh

我嚇得要命，我十分焦急
▶ my __ ea __ t in
my __ o __ th

蹲著（進行式）
▶ __ qu __ tting

上升，升起 ▶ __ ise __ p

閒蕩，鬼混（進行式）
▶ fo __ __ ing a __ o __ nd

尿布 ▶ di __ p __ r

盲目的 ▶ b __ in __

有能力馬上就要穿調皮行
為的 ▶ n __ u __ hty-det __
cting

光線（樑，照耀）▶ b __ a __

照亮（過去式）
▶ ill __ m __ nated

泡菜，泡菜水，醃製
▶ p __ ck __ e

陷入困境了（口語）
▶ in a p __ ck __ e

禱告 ▶ pr __ y

作好防備，心理準備（牙齒矯
正器）▶ br __ ce

幻想，夢想（複數）
▶ f __ ntas __ __ s

離婚（進行式）
▶ div __ r __ __ ng

易碎的，虛弱的 ▶ fra __ __ le

自我意識，自尊心 ▶ eg __

恐慌，驚慌（動詞）▶ pa __ ic

驚恐，恐怖（名詞）
▶ ho __ r __ r

工具，用具（複數）
▶ __ o __ ls

一英尺高的
▶ f __ __ t-h __ gh

剛才，最近，新鮮
▶ fr __ s __ ly

剛才澆好水的 ▶ fr __ shl __
w __ te __ ed

很醜的 ▶ u __ __ y

嘟囔，咕噥 ▶ mu __ __ le

很糟糕的，惡劣的（腐爛的）
▶ r __ tt __ n

抱怨（進行式）
▶ co __ pla __ __ ing

把……放在適當位置，找位
子（過去式）
▶ pos __ tio __ ed

自己蜷作一團 ▶ c __ r __ ed

祈禱，禱告（進行式）
▶ pra __ __ ng

神的，神性的 ▶ d __ vine

透明的 ▶ __ ransp __ r __ nt

蝗蟲 ▶ loc __ st

果斷的，堅決的
▶ d __ ci __ ive

潛水，衝入（名詞）▶ di __ e

隆起，彎成弓狀（過去式）
▶ h __ nched __ p

肺（複數）▶ __ __ ngs

匆忙地，很急地
▶ h __ st __ ly

膨脹，擴張，擴大（進行式）
▶ e __ p __ nding

縮小，收縮（進行式）（承包）
▶ co __ tra __ ting

螞蟻（單數）▶ a __ t

前進，進行（過去式）
▶ pro __ r __ ssed

大步走，邁大步走
▶ str __ __ e

喃喃自語，低聲嘀咕
▶ m __ t __ ering

搜查，搜尋（過去式）
▶ se __ rc __ ed

內容（複數）▶ co __ t __ nts

找到，找出（過去式）（位於）
▶ loc __ ted

硬幣（複數）▶ c __ __ ns

尺寸（複數）▶ si __ es

猶豫，躊躇 ▶ h __ s __ tate

腳，足（複數）▶ f __ __ t

折彎，彎下（過去式）
▶ b __ nt

成杯狀的，凹的
▶ c __ p __ ed

容納，含有（進行式）
▶ co __ t __ ining

使穩固，使穩定（進行式）
▶ st __ ad __ ing

揮動，擺動（複數）
▶ s __ ing __

搖動，震動 ▶ sha __ __

豬形撲滿 ▶ p __ ggyb __ nk

進入適當的位置，就位
▶ p __ s __ tion

較大聲 ▶ loud __ __

瞄準（過去式）▶ ai __ ed

頭燈 ▶ la __ p

街燈，路燈
▶ s __ reetla __ __

無聲的，默默的
▶ s __ l __ nt

一批，一組 ▶ b __ tc __

夜晚的 ▶ n __ ght

叮噹聲 ▶ j __ n __ le

水泥，混凝土
▶ c __ ncr __ te

人行道 ▶ s __ dew __ lk

落地，降落（過去式）
▶ l __ nde __

近處，附近的範圍
▶ v __ cin __ ty

目標（名詞）▶ t __ rg __ t

細胞 ▶ c __ ll

很寬，寬闊的，張大的 ▶ w __ de

十分清醒，完全醒著 ▶ w __ de aw __ ke

很警覺，警惕的 ▶ __ lert

加班（進行式）▶ w __ rking o __ ertime

快捷的，快速的 ▶ __ w __ ft

麻雀 ▶ sp __ r __ __ w

爆米花 ▶ po __ cor __

搬開，移動（進行式）▶ __ e __ oving

小心地，小心翼翼地 ▶ __ au __ io __ sly

現有的，隨時可得的 ▶ f __ rt __ c __ ming

足跡 ▶ tr __ ck __

他當場／突然就停下來不動 ▶ he stopped __ n his tr __ acks

懷疑地 ▶ s __ sp __ ciously

噪音（複數）▶ n __ __ ses

糟透的，非常不好的（可怕的）▶ dre __ dful

三倍的 ▶ tr __ ple

勘測，審視，眺望（過去式）▶ s __ rve __ ed

存在（過去式）▶ e __ i __ ted

在……範圍內 ▶ w __ th __ n

半徑範圍，半徑 ▶ r __ di __ s

巡邏 ▶ p __ tr __ l

必須，一定會 ▶ sh __ ll

勝過，戰勝，盛行 ▶ pre __ __ il

明顯的，值得注意的 ▶ not __ ble

徵兆，徵象（複數）▶ s __ __ ns

頑皮，淘氣 ▶ m __ sch __ __ f

前進，向前移動（過去式）▶ adv __ n __ ed

徹底的，深入 ▶ th __ r __ __ gh

審視，檢查（名詞）▶ __ nspe __ tion

雨點般落下（過去式）▶ ra __ ne __ down

使用中，無空閒的 ▶ oc __ __ p __ ed

忙於，從事於 ▶ oc __ __ p __ ed with

細查，檢查（進行式）▶ exa __ __ ning

嗅，聞（進行式）▶ sm __ lling

划水（進行式）▶ p __ __ __ dling

流暢地；液體 ▶ fl __ __ d

動作（名詞）▶ m __ tion

按（過去式）▶ p __ es __ ed

按鈕（名詞）▶ b __ tt __ n

輕扭，抖（名詞）▶ fl __ ck

引擎 ▶ __ n __ ine

怒吼，轟鳴，呼嘯（過去式）▶ ro __ r __ d

逃出 ▶ __ reak o __ t of

籠子，獸籠 ▶ c __ ge

動，移動（進行式）▶ dist __ r __ ing

驚愕，驚訝 ▶ ast __ nis __ m __ nt

電影 ▶ mo __ ie

替身演員特技 ▶ s __ __ nt

瞄準（進行式）▶ __ __ ming

被發射，被射出（過去分詞）▶ f __ __ ed

大砲，榴彈砲 ▶ can __ __ n

撞上，撞倒（進行式）▶ s __ a __ hing into

排水管 ▶ dra __ np __ pe

難，棘手（堅韌的，強壯的）▶ t __ u __ h

改善，改進 （過去式）▶ i __ pr __ ved

逃走（名詞）▶ g __ taw __ y

碰撞，撞倒（進行式）(打，打擊) ▶ h __ t __ ing

跳（進行式）▶ __ u __ ping

疼痛（過去式）▶ ac __ __ __ d

彈起 ▶ b __ __ nce

巨大的 ▶ __ ig __ ntic

裂開，爆裂，斷裂（過去式）▶ cr __ cke __

蛋 ▶ __ gg

噴出去，濺散（進行式）▶ spr __ __ ing

做廣告的，廣告的 ▶ adv __ rti __ ing

電力，電 ▶ el __ ctr __ city

帳單（複數）▶ b __ __ ls

阻擋，妨礙（進行式）▶ bl __ cking

成功地 ▶ suc __ es __ fully

遊覽，旅行（名詞）▶ t __ ur

毀滅，毀壞（名詞）▶ d __ str __ ction

躊躇的，試驗性的 ▶ t __ nt __ tive

毀滅性的，破壞性的 ▶ de __ tr __ ctive

不信（名詞）▶ d __ sb __ l __ ef

穿梭般衝過去（過去式）▶ sh __ t __ led

極快的 ▶ br __ ak __ eck

猛然地，急轉地 ▶ s __ arpl __

拖曳物，尾部（小道）▶ tra __ l

煙霧（複數）▶ f __ __ es

歇斯底里的 ▶ __ yst __ ric __ l

尖叫（複數）▶ scre __ __ s

小偷 ► th __ __ f

壞蛋，小偷（口語）
► c __ __ ok

侵入者，闖入者
► i __ tr __ der

對準……咬（進行式）
► sn __ pping

腳後跟（複數）► h __ __ __ ls

服從，聽話（過去式）
► ob __ __ ed

非常可怕的，非常恐怖的
► t __ rrif __ ing

拋錨了（進行式）
► br __ a __ ing d __ wn

拼命追（過去式）
► g __ ve ch __ se

竹子 ► ba __ bo __

竹子般的腳
► ba __ boo-l __ g

大步（複數）► stri __ es

向特定方向前進（過去式）
► hea __ ed

西，西方 ► w __ st

追捕中，追獵中 ► p __ rsu __ t

九 ► n __ n __

超音速的 ► su __ ers __ nic

一團模糊（名詞）► bl __ r

蜿蜒曲折的，彎扭的
► w __ n __ ing

農場 ► far __

路（複數）► ro __ ds

巷弄（複數）► all __ __ s

追捕，追趕，追蹤（過去式）
► p __ rs __ ed

煞車（進行式）► br __ king

岔路，分岔（叉子）► f __ rk

小麥 ► w __ ea __

鐵 ► st __ __ l

工廠 ► f __ ct __ ry

巷 ► l __ ne

方向（複數）► dir __ ctio __ s

聽（過去式）► l __ s __ ened

威脅，危險（名詞）
► t __ re __ t

搶劫者，強盜 ► rob __ er

搶劫，盜取（完成式）
► rob __ ed

提款機（縮寫）► __ __ M

警衛（複數）
► s __ cur __ ty g __ ar __ s

溫柔的，輕柔的 ► g __ ntle

微風 ► bree __ e

偶爾的 ► __ ccas __ onal

蟋蟀 ► cr __ ck __ t

發唧唧聲（進行式）
► __ hir __ ing

吠叫（進行式）► b __ rking

住宅區的，居住的
► res __ d __ ntial

地區 ► ar __ a

放開，鬆開（過去式）（釋放）
► __ elea __ ed

緊握（名詞）► grip

手把（複數）► h __ nd __ es

變直，展開，伸直（過去式）
► __ ncur __ ed

僵硬的，僵直的 ► st __ f __

荒謬的，可笑的 ► a __ s __ rd

赤的，裸的 ► b __ re

唧唧聲（名詞）► ch __ __ p

沙沙作響 ► r __ s __ le

顫抖，顫動，寒顫（過去式）
► sh __ v __ red

體內的，內服的 ► int __ rn __ l

不舒服，不安（名詞）
► d __ sco __ fort

內臟（複數）► bo __ __ ls

第二十一章

胃（複數）► st __ ma __ __ s

有成功（形容詞）
► su __ c __ s __ ful

邀請（複數）
► __ nv __ tation __

湧入，流進來（進行式）
► strea __ ing __ n

用力拉（進行式）► t __ g __ ing

棉被 ► qu __ __ t

併住呼吸（過去式）
► to h __ ld my __ reath

目睹，目擊（完成式）
► w __ tn __ ssed

暴露，揭露（完成式）
► e __ p __ sed

人群，群眾（鳥群，羊群）
► fl __ ck

探長，巡官（複數）
► i __ sp __ ct __ rs

床腳 ► the f __ __ t of the
b __ d

逮捕（名詞）► ar __ __ st

天線 ► ant __ n __ __

正義，法律制裁 ► __ ust __ ce

捆，打，摑 ► s __ ack

一勺（複數）► sc __ o __ s

冰箱 ► fr __ __ ge

晚餐 ► d __ n __ er

碗子 ► b __ __ l

捆，打，摑（進行式）
► s __ ac __ ing

呼出（過去式）
► __ reat __ ed

很有智慧的，睿智的
► wi __ e

失去（介係詞）（減去）
► __ in __ s

起作用，行得通 ► w __ rked

帥，英俊 ► h __ nds __ me

不顧，不理會（存儲，留出）
► s __ t __ s __ de

動魄驚心，令人不安
► dis __ ur __ ing

審判，審理（名詞）▶ tr __ __ l

監禁，關押（名詞）
▶ i __ pr __ i __ nment

慢動作 ▶ __ low moti __ n

眨眼睛（複數）▶ __ li __ ks

被和……聯繫在一起
▶ ass __ __ iated with

未成年的，青少年的
▶ __ u __ en __ le

罪犯（複數）
▶ del __ n __ uents

違犯，違反（過去式）
▶ v __ ol __ ted

憲法的
▶ co __ st __ tutiona __

權利（複數）▶ __ ight __

贊成，贊許，批准
▶ __ ppr __ ve of

行為，動作（複數）
▶ a __ tion __

盎司 ▶ __ un __ e

同情，同情心（名詞）
▶ sy __ pat __ y

慰問，使暖和（過去分詞）
▶ __ ar __ ed

襪子（複數）▶ s __ cks

滿意，滿足（形容詞）
▶ sat __ sf __ ed

足夠地 ▶ s __ f __ __ ciently

輕彈（過去式）▶ fl __ __ ked

多皺紋的 ▶ __ rin __ ly

滑行（進行式）▶ __ l __ ding

做好了……的決心，熱衷於
▶ i __ t __ nt on

使疏遠（進行式）
▶ d __ stan __ ing

加強，加深，強化
▶ r __ __ nf __ rce

天花板 ▶ c __ __ ling

憶起，回想（過去式）
▶ rec __ l __ ed

受害者，傷亡者（複數）
▶ c __ sual __ __ es

塊（錢）（複數）▶ d __ ll __ rs

過大的 ▶ o __ ers __ zed

諺語，俗話 ▶ __ di __ m

雞（複數）▶ ch __ ck __ ns

孵出，孵化 ▶ h __ __ __ ch

（它）意思是 ▶ m __ ans

慶祝 ▶ c __ l __ brate

可能，也許 ▶ m __ y

執行，完成（完成式）
▶ f __ lf __ lled

勇敢的 ▶ cour __ __ eous

戰略的 ▶ str __ t __ gi __

有創造力的，有想像力的
▶ __ rea __ ive

屬於（進行式）
▶ bel __ ngin __

拖，拉（過去式）
▶ dr __ g __ ed

洗澡（名詞）▶ s __ o __ er

衝進去（過去式）
▶ st __ r __ ed

毛巾 ▶ __ ow __ l

活動（複數）▶ act __ v __ ties

緊張氣氛，緊張局勢
▶ te __ __ ion

它們造成不少的損失／負面的影響（完成式）
▶ taken their t __ ll

狼 ▶ __ ol __

饅頭 ▶ stea __ ed b __ n

碗（複數）▶ __ owl __

麥片 ▶ c __ re __ l

狼吞虎嚥地吃（進行式）
▶ d __ vo __ ring

扮演主要角色，作為號召（完成式）▶ __ eat __ red

吸引物 ▶ __ ttr __ ction

宴會，盛宴 ▶ b __ n __ u __ t

安靜地 ▶ s __ r __ nely

哽嚙，窒息（進行式）
▶ ch __ king

趕快說你應該說的，接露秘密
▶ sp __ t it o __ t

危險（複數）▶ d __ ng __ rs

咖啡因 ▶ c __ ffe __ ne

碎片，破片（複數）
▶ fr __ g __ ents

飢餓，餓死（名詞）
▶ s __ ar __ ation

花瓶 ▶ v __ s __

責怪（過去式）▶ __ la __ ed

內疚，罪惡感（名詞）（有罪）
▶ g __ i __ t

貪心 ▶ gr __ ed __

骨骼，瘦骨如柴的人
▶ sk __ l __ ton

心情（複數）▶ m __ __ __ ds

意見，看法（複數）
▶ __ pi __ ions

看法，觀點（複數）
▶ o __ tlo __ ks

易變的，變化無常
▶ ch __ ng __ able

抱怨，發牢騷，叫苦（進行式）
▶ w __ i __ ing

足夠的，適當的
▶ ad __ qu __ te

解釋，說明（名詞）
▶ e __ plan __ tion

發現，覺得（進行式）
▶ f __ n __ ing

維持 ▶ m __ inta __ n

牙齦（複數）▶ gu __ s

吸收，汲取 ▶ abs __ r __

得意洋洋的，成功的
▶ tr __ u __ ph __ nt

心理醫生 ▶ p __ ych __ logist

調皮的，淘氣的
▶ m __ sch __ __ vous

備用的（名詞）▶ sp __ re

閃電（名詞）► ligh ＿ ＿ ing b ＿ lt

運輸（過去式）► tr ＿ nsp ＿ rted

不誠實的，騙人的► ＿ ish ＿ nest

鄙視，無法接受（過去式）► d ＿ sp ＿ sed

謊言（複數）► l ＿ ＿ s

（它）分解► dis ＿ ＿ ＿ lves

（它）生物降解，生物動因退化► b ＿ od ＿ gra ＿ es

十一► el ＿ ＿ en

行李► bag ＿ ＿ ge

月台► ＿ latf ＿ rm

後悔► r ＿ gr ＿ t

行李► l ＿ g ＿ age

同意► a ＿ re ＿

惡夢（複數）► ＿ ightm ＿ r ＿ s

誠實，坦率（名詞）► h ＿ n ＿ sty

無法估價的，非常貴重的► i ＿ val ＿ able

財富（財產）► a ＿ set

懲罰► p ＿ n ＿ sh

監護人（複數）（保護者）► g ＿ ard ＿ ans

答杖，答條（莖）► ca ＿ e

拖鞋（複數）► sl ＿ p ＿ ers

曬傷的► ＿ unb ＿ rnt

斑馬► z ＿ br ＿

不准，禁止，不許► f ＿ rb ＿ d

影片► v ＿ d ＿ o

遊戲（複數）► ga ＿ es

電動遊戲（複數）► vid ＿ o g ＿ mes

禁足，禁止外出（動詞）► g ＿ o ＿ nd

零用錢► allo ＿ ＿ nce

騙子（複數）► l ＿ ＿ rs

懲罰（名詞）► p ＿ nis ＿ ment

不誠實（名詞）► ＿ isho ＿ est ＿

心理上的► ＿ sy ＿ hological

狡猾的► c ＿ n ＿ ing

（一陣）狂怒► r ＿ ge

分發，給（進行式）► d ＿ a ＿ ing

確定，深信（過去式）► co ＿ v ＿ nced

評估，估計（名詞）► ＿ ss ＿ s ＿ ment

傾向（名詞）► t ＿ nde ＿ cy

修理，解決► f ＿ x

季節► s ＿ a ＿ on

陳列，展出（過去分詞）► d ＿ spla ＿ ed

有尖刺的► sp ＿ ＿ ＿ y

光榮，榮譽（名詞）► ＿ lo ＿ y

剝（水果皮）（動詞）► p ＿ ＿ l

冷凍庫► f ＿ ee ＿ er

自然的，天然的► n ＿ t ＿ ral

咖啡色，棕色► ＿ ro ＿ n

尖刺（複數）（尖鐵，鞋底釘）► s ＿ i ＿ es

暈船的► ＿ eas ＿ ck

老虎► ti ＿ er

蜜蜂► be ＿

掃地（名詞）► s ＿ e ＿ p

厚紙► c ＿ rd ＿ oard

凸出來（進行式）► p ＿ king o ＿ t

（蔬菜水果）熟► r ＿ ＿ ＿ e

蝴蝶（複數）► b ＿ tt ＿ rfl ＿ es

撞到（進行式）► bu ＿ pin ＿

陳列，陳列品，展覽（名詞）► d ＿ spl ＿ y

非常驚訝，驚奇，詫異，驚異（名詞）► a ＿ a ＿ e ＿ ent

聽說，有人說► ＿ p ＿ ar ＿ ntly

游艇► y ＿ c ＿ t

美髮師► ＿ a ＿ rdre ＿ ser

報廢（過去式）（放棄，取消）► ＿ cr ＿ pped

接待室，休息室（美語）► p ＿ rl ＿ r

美容院（美語）► be ＿ ＿ ＿ ty p ＿ rl ＿ r

消息，資料► i ＿ for ＿ ation

可靠的，可信任的► dep ＿ nd ＿ ble

電鍋► r ＿ ce c ＿ oker

塊（錢）► d ＿ ll ＿ r

打包票，絕對確信► b ＿ t one's b ＿ tto ＿ d ＿ ll ＿ r

標題（複數）► hea ＿ lines

報紙（複數）► p ＿ p ＿ rs

照片（複數）► p ＿ ct ＿ res

濕淋淋的，淋漓的► dr ＿ p ＿ ing

成癮的，入迷的，愛上► ＿ o ＿ ked

鉤上，上勾（過去式）► h ＿ ＿ ked up ＿ o

拖行，拖走► to ＿

拖吊車► to ＿ tr ＿ ck

最好笑的► fun ＿ ＿ ＿ est

試圖（過去式）► at ＿ e ＿ pted

適當的，妥當的► ap ＿ ropri ＿ te

程度，等級► l ＿ ve ＿

真誠的，真情的，非偽造的► ge ＿ u ＿ ne

同伴的，同事的，同類的► f ＿ llo ＿

閃爍，發微光（進行式）► gl __ a __ ing

話題► t __ pi __

迅速地，敏捷地► sw __ __ tly

隱瞞► c __ nce __ l

暴露，顯示（過去式）（背叛）► b __ tra __ ed

擦，擦淨（過去式）► w __ __ ed

圍裙，工作裙► __ pr __ n

七月► __ uly

聖誕節► Chri __ __ mas

十二月► D __ ce __ ber

移動，前進► __ oved

她的眼珠骨碌碌地轉► r __ ll her e __ es

伸手進去（進行式）► __ ea __ hing

掏出來，拿出來（進行式）► pr __ d __ cing

試驗性地► t __ nt __ tively

在空中► __ n m __ d __ ir

東西，飾品► it __ m

上升，升起（完成式）► __ is __ n

瀏海► b __ ngs

開玩笑（進行式）► k __ d __ ing

不是，不► n __ __ __ e

紐西蘭► Ne __ __ e __ land

指尖（複數）► f __ ngerti __ s

擦到，掠過，輕觸（動詞）► br __ sh

雕刻品，雕刻物► c __ r __ ing

走私（完成式）► s __ ug __ led

幾百萬（複數）► m __ __ __ lions

英里（複數）► __ i __ es

尋找► fi __ d

鯨魚► wh __ le

有豐富的知識，博學的► kn __ wle __ geable

鯨魚（複數）► wh __ le __

仔細看，檢查（進行式）► i __ sp __ cting

褪色的，不清楚的► f __ d __ d

認為，想► fig __ red

串線，串繩► st __ ing

項鍊► n __ c __ lace

擁有（進行式）► o __ ning

奇特的，異國情調的► ex __ t __ c

附屬品，附件，配件► ac __ es __ ory

飾品► f __ shion ac __ ess __ ry

適合（動詞）► s __ __ __ t

脖子（複數）► n __ cks

許多的（各式各樣的）► v __ r __ ous

水蜜桃► p __ ac __

浴室► ba __ __ roo __

浴室裡的鏡子► b __ t __ room m __ rr __ r

咯咯地笑（過去式）► ch __ ck __ ed

熱切地，渴望地（貪心地）► gre __ d __ l __

仔細看，檢查（過去式）► i __ spe __ ted

欠► ow __

選擇，挑（進行式）► sel __ cting

老練的，訓練有素的► tra __ ned

汗珠（複數）（有孔小珠）► b __ a __ s

成形（進行式）► for __ ing

選擇，挑（過去式）► s __ lecte __

一打► d __ z __ n

最熟的► r __ p __ st

很堅持► w __ uldn't h __ ar it

傳給（過去式）► h __ nde __

光輝的，明亮的► br __ lli __ nt

心跳（進行式）► __ e __ ting

明天► __ omo __ ro __

撫摸，愛撫（進行式）► car __ s __ ing

手工藝品► art __ fa __ t

精美的，雅緻的，嬌嫩的► d __ l __ cate

國際性的► in __ er __ ational

花招（複數）► tr __ cks

袖子► sle __ __ e

心懷鬼胎► ha __ e a tr __ ck up one's sl __ eve

接受，同意（過去分詞）► a __ c __ pted

邀請（名詞）► i __ v __ te

水手► s __ il __ r

看見，看到（過去式）► s __ g __ ted

成就（複數）► ac __ o __ plish __ ents

第二十二章

變成（過去式）► b __ c __ me

打噴嚏► s __ ee __ e

第二十三章

琅琅上口的► ca __ ch __

摘（進行式）► p __ c __ ing

蕃茄（複數）► t __ m __ toes

狂喜（名詞）► __ cst __ sy

消息► n __ ws

騎（完成式）► r __ d __ en

喝著（進行式）► dr __ n __ ing

香檳 ► cha __ pa __ __ e

買（過去式）► b __ ug __ t

雪茄 ► c __ g __ r

慶祝（名詞）► cel __ __ ration

想法，概念 ► n __ tion

咳嗽（進行式）► cou __ __ ing

電線 ► w __ re

柵欄，籬笆 ► f __ nce

咯咯笑（名詞）► __ h __ ckle

蜜月 ► hon __ y __ oon

忘不了的 ► __ nforg __ t __ able

遠征，探險（名詞）► exp __ d __ tion

多汁的 ► j __ i __ y

捏，擰（名詞）► p __ nc __

雨，雨的 ► r __ in

祈雨舞 ► __ ain d __ nce

慷慨地，大方地 ► g __ n __ rously

歡迎，接待，接見 ► r __ ce __ tion

大理石 ► ma __ ble

雕像 ► s __ at __ e

裝滿（進行式）► f __ lling

籃子（複數）► b __ sk __ ts

送，運送（過去分詞）► del __ v __ red

報答，酬謝，獲得獎賞（過去分詞）► r __ w __ rded

角色 ► r __ le

陰謀，共謀（名詞）► c __ nsp __ r __ cy

大黃瓜（複數）► c __ cu __ b __ rs

菠菜 ► sp __ na __ __

該得，應該（過去式）► d __ ser __ ed

報酬，獎品，獎賞（名詞）► r __ w __ rd

吹口哨（過去式）► __ his __ led

曲調，歌曲 ► t __ ne

意外地，突然地（魯莽地）► __ br __ p __ ly

當，在……後立即 ► u __ __ n

到達，到來（名詞）► a __ riv __ l

（眼睛因為不舒服而）流眼淚（進行式）► w __ t __ ring

扶著，彎成弓狀地靠在……上面 ► h __ nc __ ed __ ver

扶手椅 ► ar __ ch __ ir

座位 ► __ __ at

迅速移動，猛衝（過去式）► d __ rt __ d

餐巾 ► __ ap __ in

電風扇（粉絲）► f __ n

塞進去，壓進去（過去式）► stu __ fed

沙發 ► s __ fa

墊子，坐墊（複數）► c __ __ __ hions

支柱，支撐物，後盾 ► pr __ p

支撐起，支住 ► p __ op __ p

拿回，取回，收回（過去式）► retr __ __ ved

解渴（過去式）► q __ __ nc __ ed

口渴，渴（名詞）► th __ rs __

衰弱的 ► __ eak

小伙子，小男孩 ► l __ d

感激的，感謝的 ► gr __ t __ ful

身體（複數）► bod __ __ s

原諒（動詞）► f __ rg __ ve

鼓勵（動詞）► __ ncou __ __ ge

繼續 ► c __ nt __ nue

移開，移動，搬（過去式）► d __ spl __ ced

弄平，平（衣服）（過去式）► s __ oot __ ed

褶痕，褶層（複數）► fo __ d __

虛弱的，沒力氣的 ► fr __ il

移動，轉移（進行式）► s __ i __ ting

財產，財物（複數）（攜帶物品）► bel __ n __ ings

自願地，願意地 ► wil __ ingl __

供認，承認，坦白（名詞）► co __ f __ ssion

否認（名詞）► d __ ni __ l

豐富的 ► __ b __ nd __ nt

有錯，得負責 ► at f __ ult

批評（動詞）► __ rit __ ci __ e

承認（進行式）► ad __ it __ ing

否認（進行式）► den __ __ ng

生的，沒有煮熟的 ► r __ w

栗子 ► ches __ n __ t

改正，糾正（進行式）► c __ __ re __ ting

打手勢（動詞）► m __ tion

繼續（進行式）► co __ tin __ ing

責任（名詞）► resp __ ns __ __ ility

慢條斯理的，謹慎的（故意的）► d __ lib __ rate

染上某種病（進行式）► c __ ming __ own w __ th

藥局 ► dr __ gst __ re

第二十四章

（它）歡迎 ► w __ lc __ mes

羊毛做的 ► w __ o __ en

毛毯 ► bla __ k __ t

嚴肅地，莊嚴地
► s __ le __ nly

脈搏（名詞）► p __ lse

待著，留著（過去式）
► sta __ __ d

陪我（過去式）► ke __ t me
co __ p __ ny

就座的 ► se __ te __

過（生活）（過去式）► l __ ved

在海裡，在海上 ► a __ s __ a

餵（動詞）► f __ ed

天堂 ► h __ a __ en

心願，要求，願望（複數）
► w __ sh __ s

手續，程序（複數）
► pr __ c __ dures

包起來（過去式）
► w __ __ pped

遺體 ► re __ ains

簡樸的，樸素的，儉樸的
► pl __ __ n

亞麻布 ► l __ n __ n

床單（複數）► sh __ ets

放，擺（過去式）► la __ d

小船，划艇 ► r __ wbo __ t

燒（過去式）► b __ r __ ed

香（名詞）► inc __ n __ e

禱告（複數）► pra __ __ rs

敬意（複數）► re __ p __ cts

他們來追悼（過去式）► to
p __ y their r __ spe __ ts

比賽 ► co __ pet __ tion

一束（花）（複數）
► b __ n __ hes

花（複數）► f __ ow __ rs

一把，一握（複數）
► h __ ndf __ ls

貝殼（複數）► s __ as __ ells

照片 ► p __ ot __

中世紀的 m __ di __ val

城堡 ► c __ s __ le

合格的，證明合格的
► cert __ f __ ed

護士 ► n __ r __ e

出生（名詞）► b __ ir __ h

證明書 ► c __ rtific __ te

醫院 ► h __ s __ ital

算，計算（過去式）
► ca __ c __ lated

十月 ► Oct __ ber

長得很像（過去式）
► t __ ok af __ er

告別，道別（複數）
► go __ db __ es

捆，繫（過去式）► ti __ d

歡迎（進行式）
► w __ lco __ ing

船，艦 ► v __ ss __ l

搖動（過去式）► r __ c __ ed

棺材 ► co __ f __ n

海流（名詞）► c __ r __ ent

引導，帶領（過去式）
► gu __ de __

更遠 ► fa __ th __ r

擁抱，抱抱（名詞）► __ __ g

多岩石的 ► r __ c __ y

凝視，注視（過去式）
► g __ zed

傷心的，悲傷的
► __ eartbr __ k __ n

典禮 ► cer __ m __ ny

第二十五章

不在場的，缺席的
► ab __ ent

無法移動的，十分穩定的
► u __ mov __ ble

永久的，永恆的 ► __ tern __ l

遙遠的 ► f __ r-o __ f

漣漪（複數）► r __ p __ les

黑暗，漆黑（名詞）
► bl __ ckn __ ss

（用眼睛）追蹤（過去式）
► tr __ cked

出現，浮現 ► e __ er __ ence

溢出（進行式）► sp __ __ ling

去拿，拿來 ► f __ tc __ ed

喪禮（複數）► f __ ner __ ls

精疲力竭的 ► e __ h __ usted

爬（上去）（過去式）
► cl __ m __ ed

拖，拉（進行式）► t __ wing

聖賢，哲人（複數）（傳神諭者）
► __ ra __ les

輕拍（複數）► p __ ts

大量地給他，不斷的給他（過
去式）► s __ ow __ red

讚揚，稱讚 ► pr __ __ se

勇敢 ► br __ ve

摸，撫（過去式）► str __ ked

擦（進行式）► w __ ping

單個，唯一的 ► s __ lita __ y

瓷，瓷器 ► p __ rcel __ in

沮喪，震驚 ► di __ m __ yed

第二十六章

它（教）► teach __ __

停留，靜止（進行式）
► r __ sting

在下面 ► b __ l __ w

星（複數）► st __ rs

祖先（複數）► an __ est __ rs

第二十七章

興旺起來，開花（動名詞）
► bl __ sso __ ing

月 ► m __ nt __

屬於（過去式）
► b __ l __ nged

個別的，每一個的
▶ in __ i __ idu __ l

(它)繼續逗留，徘徊
▶ l __ n __ ers

正式地 ▶ o __ fic __ ally

同住（進行式）▶ ro __ __ ing

來找，探望，拜訪
▶ __ is __ ted

好幾，很多，許多（形容詞）
▶ n __ __ erous

歐洲 ▶ Eur __ p __

分手（過去式）▶ br __ ke u __

意見不一致，不同意（過去式）
▶ d __ sa __ reed

相配，相得益彰（過去分詞）
▶ co __ pl __ mented

檸檬 ▶ l __ m __ n

承認（過去式）
▶ adm __ __ ted

相信，覺得（過去式）
▶ bel __ __ ved

睜隻眼，閉隻眼（過去式）
▶ __ ver __ ooked

飲料（複數）▶ dr __ nk __

手提式的 ▶ p __ rt __ ble

聆聽 ▶ l __ st __ n

鋼琴師（複數）▶ pi __ n __ sts

神智健全的，勻稱的
▶ w __ ll-bal __ nced

受過的教育
▶ __ d __ cation

訓練，指導，教授（進行式）
▶ i __ stru __ ting

編織（毛線衣）▶ __ n __ t

魔法 ▶ ma __ ic

淨化，清洗 ▶ pur __ f __

心（複數）▶ h __ arts

打坐，默念，默想（名詞）
▶ m __ dit __ tion

明智地，聰明地
▶ i __ t __ ll __ gently

自……至……不等（進行式）
▶ r __ nging

電影，電影製作
▶ cin __ ma

歌劇 ▶ __ per __

心理學 ▶ __ syc __ ology

社會學 ▶ __ oc __ ology

分得出來，識別，區別
▶ d __ sting __ ish

美貌，漂亮（名詞）
▶ __ ood looks

花 ▶ bl __ sso __

開花，開花期 ▶ bl __ __ m

花盛開 ▶ in f __ ll bl __ __ m

得到好處，獲益匪淺（過去式）
▶ ben __ __ ited

極富地，極端地
▶ tr __ m __ ndously

教學，教育（名詞）
▶ in __ tr __ ction

厭煩，覺得很無聊 ▶ t __ re

幸虧，還好（感謝地）
▶ th __ n __ fully

性別的 ▶ sex __ __ l

十二 ▶ t __ el __ e

一堆 ▶ p __ le

摘錄（複數）▶ exc __ r __ ts

小說（複數）▶ __ ov __ ls

寫（完成式）▶ wr __ tt __ n

寢室，房間 ▶ c __ a __ ber

書或文章的段落（複數）
▶ pa __ s __ ges

保函，包括（進行式）
▶ inv __ __ ving

贖金（複數）▶ ra __ so __ s

劇作家 ▶ p __ ay __ right

(她)超喜歡，非常愛
▶ ad __ res

莎士比亞的
▶ Shak __ spear __ an

喜劇（複數）▶ co __ __ dies

木乃伊（複數）
▶ m __ mm __ __ s

小說（總稱）▶ f __ c __ ion

科幻小說
▶ s __ i __ nce fiction

工程，工程學
▶ __ ng __ ne __ ring

經歷，學問和工作背景
▶ b __ ckgr __ und

有興趣 ▶ go __ n f __ r

使迷惑，糊塗（過去式）
▶ pu __ __ led

各有所好
▶ Ea __ h __ o his own.

太空（空間，空格）
▶ sp __ ce

怪異的，似怪物的
▶ m __ nstr __ __ s

外星人（複數）▶ al __ __ ns

童年 ▶ chil __ h __ od

引起，導致（過去式）
▶ __ nd __ ced

震驚的 ▶ st __ n __ ed

在……之中 ▶ __ m __ ng

情人（複數）▶ l __ v __ rs

愛讀書的人（複數）▶ bo __ k
lo __ ers

讀，看 ▶ re __ ds

日記 ▶ d __ __ ry

恩人，貴人
▶ be __ ef __ ct __ r

惡意，故意刁難 ▶ __ p __ te

雖然，無論，不管
▶ __ n spite o __

過敏（名詞）▶ all __ rg __

供應，供應品（名詞）
▶ s __ p __ ly

提醒物 ▶ re __ ind __ r

令人愉快的，好玩
▶ __ njo __ able

平衡的，和諧的
▶ b __ lan __ ed

飲食，飲食習慣（名詞）（節食）
► di __ t

營養均衡的飲食
► b __ lan __ ed di __ t

移開，移動，搬
► d __ spl __ ce

男性的童年 ► bo __ ho __ d

家庭的，家裡的
► d __ m __ stic

事務，事情（複數）
► a __ f __ irs

家事（複數）
► d __ m __ stic a __ f __ irs

（他）找到，發現 ► f __ nd __

（他）有空，抽空
► con __ __ ien __ ious

祝賀，恭禧（動詞）
► __ ongr __ __ ulate

認真的，謹慎的 ► __ pis __ de

一件事情，一個事件（連續劇的一齣）► __ m __ ses

考慮，視察 ► vi __ wed

嫌疑犯，可疑分子
► s __ sp __ ct

現在，最近 ► no __ __ days

調查我的行為
► ch __ ck up on me

拜訪，探望（複數）
► v __ s __ ts

對簿，挑戰，對峙（完成式）
► c __ nfr __ nted

指控（完成式）► a __ c __ sed

證據 ► pr __ o __

鷹，猛鷲 ► h __ __ k

害怕 ► sc __ red

教（進行式）► __ e __ ching

做得很爛，完全不會
► s __ cks a __ it

菜鳥 ► b __ g __ nn __ r

女人（複數）► wom __ n

吸血鬼 ► v __ m __ ire

同事（複數）► coll __ __ gues

進行，舉辦（過去式）（指揮）
► co __ d __ cted

調查（複數）
► inv __ st __ gations

謎，神祕（名詞）
► m __ s __ ery

目前的，現有的，現行的
► e __ i __ ting

可能（複數）
► p __ ss __ bilities

證人（複數）► w __ tn __ sses

證實，核對 ► ver __ f __

第三者 ► th __ rd __ arty

證明 ► pr __ v __

發布（過去式）► is __ __ ed

新聞報刊，媒體 ► pr __ ss

第三者（複數）
► __ hird par __ __ es

覺得，認為 ► r __ ck __ n

社會上的，社會的
► s __ c __ al

洞察力，洞悉（名詞）
► in __ ight

愛好和平的，和解的
► p __ __ ific

太平洋 ► P __ cific O __ ean

構成，組成，代表
► co __ stit __ te

醜聞 ► sc __ nd __ l

可敬的，值得尊敬的
► r __ spe __ table

夢遊的 ► __ leep __ alking

歷史，史學，經歷
► h __ st __ ry

罪過，犯法（複數）（冒犯）
► o __ fen __ es

前科，犯罪記錄 ► h __ sto __ y of o __ fen __ es

犯罪，錯（進行式）（作出保證或承諾）► co __ mi __ ting

很侮辱，恥辱的
► hum __ li __ ting

被炒魷魚（過去分詞）
► g __ t fire __

離職，辭去 ► r __ s __ gn

英雄的，英勇的 ► h __ ro __ c

現代的，今日的
► m __ der __ -day

（牛仔）警長 ► sh __ ri __ f

受害者 ► v __ cti __

搶案 ► r __ b __ ery

大驚小怪，忙亂 ► f __ ss

應負責任的，要負責的
► acc __ untable

醜聞的 ► sc __ nd __ lous

事件，事情 ► af __ __ ir

建立理論，推理（進行式）
► the __ ri __ ing

事件，事故，事變，
趣事 ► i __ c __ dent

靠，依靠，信賴
► __ ep __ nd

變化，豐富多彩的（名詞）
► v __ ri __ ty

方法（複數）► __ a __ s

憋在肚子裡，抑制，掩蓋
（進行式）► b __ t __ ling up

憤怒（名詞）► a __ g __ r

說服 ► c __ nv __ nce

牌子，商標 ► br __ nd

嶄新的，族新的，全新的
► br __ nd ne __

升級的 ► u __ gr __ ded

樂透（名詞）► l __ t __ ery

第二十八章

連累，危及（進行式）
► c __ mpro __ ising

被逮捕（過去分詞）
► ar __ __ __ sted

被殺了（過去分詞）► __ illed

上癮，成癮（名詞）
► a __ d __ ction

發誓，鄭重宣布（過去式）
► __ o __ ed

酒 ► a __ co __ ol

同胞，同國人
► co __ patri __ t

上癮 ► add __ c __

尊敬，尊重（過去式）
► re __ pe __ ted

健康的，完好的 ► s __ und

賜好運，賜福，保佑
► s __ iled o __

也許 ► p __ rhap __

購買（過去式）
► p __ rch __ sed

威士忌 ► w __ is __ y

發票 ► rec __ ipt

作為紀念
► co __ mem __ rate

書頁（樹葉）► le __ f

改過自新，改頭換面，重新
開始 ► t __ rn over a new
l __ __ f

正派的，正經的，本分的
► d __ __ __ ent

社會 ► s __ ci __ ty

紀念品 ► so __ v __ n __ r

塊錢（複數）（羚羊）► b __ cks

命運，幸運（名詞）
► fo __ t __ ne

發起，發動，點燃
► sp __ rked

爭論的，有爭議的
► co __ trov __ rs __ al

辯論，爭論（名詞）
► d __ b __ te

墮胎（名詞）► ab __ r __ ion

種族歧視（名詞）► r __ ci __ m

人種學的 ► __ th __ ic

洗清，淨化（動名詞）
► cle __ n __ ing

種族淨化
► __ thni __ clean __ ing

同性戀的
► h __ mos __ x __ al

婚姻，結婚（名詞）
► m __ rr __ age

異性戀的，異性的
► h __ t __ rosexual

離婚（名詞）► d __ vor __ e

懷孕（名詞）構想，開始
► co __ c __ ption

聖靈感孕，純潔受胎
► d __ vine co __ ception

腐化，貪汙（名詞）
► c __ rr __ ption

居民（複數）► i __ habi __ ants

爭論，辯論（過去式）
► d __ b __ ted

放蕩的，散漫的（鬆開的，
寬鬆的）► loo __ e

道德（複數）► m __ r __ ls

幸事，賜福（名詞）
► __ l __ ssing

罪孽（複數）► s __ ns

爭論，辯論（動名詞）
► d __ b __ ting

爭議（名詞）
► contr __ ve __ sy

百萬富翁
► m __ lli __ n __ ire

漫遊，閒逛（過去式）
► w __ ndered

預算，經費（複數）
► bu __ gets

朝代 ► d __ nasty

做事，行動（過去式）
► a __ ted

文明的，有教養的
► civ __ li __ ed

嗜好（複數）► h __ bb __ es

慢跑（動名詞）► j __ g __ ing

郵票 ► sta __ p

收集（動名詞）► c __ lle __ ting

革命性劇變（名詞）（革命）
► rev __ l __ tion

成就，成功（名詞）
► s __ c __ ess

收集 ► c __ lle __ t

液晶顯示（縮寫）► __ CD

大量的，大規模的，廣大的
► __ xt __ nsive

革命性的，大變革的
► rev __ lution __ ry

整修，重建，修復（複數）
► r __ __ torations

創造，設計，創作（過去式）
► __ re __ ted

沙發（複數）► s __ f __ s

精選的，豪華的（奢侈的）
► l __ x __ rious

裝飾，修飾 ► dec __ rate

部落的 ► tr __ b __ l

手工藝品（複數）
► art __ f __ cts

敬意，貢物，進貢（名詞）
► tr __ b __ te

遺產 ► h __ rit __ ge

水（複數）► w __ ters

標識，徽章，牌子
► __ o __ o

夥伴，合夥人
► ass __ c __ ate

願意錄用（過去式）（出示，給）
► off __ __ ed

有吸引力的
► a __ tr __ __ tive

提議 ► __ rop __ s __ l

同意，答應（接受）
► ac __ e __ t

老闆 ► b __ s __

申請（過去式）
► a __ pl __ __ d

職位，職務 ► p __ s __ tion

缺少（名詞）► s __ ort __ ge

申請者，申請人（複數）
► appl __ ca __ ts

例子，實例 （情況）
► __ nst __ nce

抱怨（過去式）
► co __ pl __ ined

資格的，勝任的，合格的
► q __ al __ fied

提交 ► su __ m __ t

徒弟，學徒
► appr __ nti __ e

裂縫 (複數) ► cr __ cks

缺口，疵點（複數）► ch __ ps

尺寸，大小（複數）
► me __ s __ r __ ments

塑成，塑造（進行式）
► sh __ ping

板子（複數）► bo __ rds

菜鳥（複數）► b __ gi __ ners

鯊魚 ► __ h __ rk

打擊手（糊狀物）
► b __ tt __ r

必需品，需要（複數）
► re __ uir __ ments

勇敢（名詞）► __ rav __ ry

一劑（藥）► __ o __ e

敬重，尊敬（名詞）
► __ espe __ t

破產（形容詞）► br __ ke

存錢（進行式）
► sa __ ing u __

大學 ► c __ lle __ e

讓他不再念／嘮叨我
► __ et him off my b __ ck

說教，訓誡（進行式）
► p __ e __ ching

利益，好處（複數）
► b __ n __ fits

現金 ► __ __ sh

流動，流暢 ► fl __ w

現金流轉，資金流動
► __ ash f __ ow

貧窮，貧困（名詞）
► p __ v __ rty

失業（名詞）
► __ ne __ plo __ ment

負債，恩義 ► __ e __ t

非常開心，欣喜若狂
► o __ er the __ oon

裝備起來，配備（過去分詞）
► o __ tf __ t __ ed

服務員，店員
► att __ nd __ nt

商品，貨物
► m __ rchand __ __ e

短褲 ► sh __ r __ s

鴨舌帽 ► c __ p

教練 ► i __ struct __ r

縫（完成式）► s __ __ __ n

具體的（水泥）► con __ r __ te

證據 ► ev __ d __ nce

淹水（進行式）
► d __ o __ ning

線索，跡象（複數）► __ l __ es

提議（完成式）
► s __ g __ ested

保護 ► pr __ te __ t

承認（完成式）
► co __ f __ ssed

謎語 ► r __ dd __ e

神秘的 ► m __ st __ __ ious

無法解釋的事情（複數）
► __ nk __ o __ ns

足夠地 ► a __ e __ u __ tely

能解釋，說明
► __ ccou __ ted __ or

拼圖 ► p __ z __ le

拼合，拼湊起來 ► pi __ ce to __ e __ her

分析 ► __ nal __ ze

頭痛（複數）► he __ da __ hes

不斷地 ► co __ st __ ntly

珍惜（過去式）
► ch __ r __ shed

素食的（素食主義者）
► v __ get __ r __ an

烤（動詞）► r __ ast

醃漬的 ► p __ ck __ ed

三明治（複數）
► s __ ndw __ ches

家裡做的，自己做的
► hom __ ma __ e

臭豆腐 ► s __ in __ y to __ u

香菇（複數）
► m __ shr __ o __ s

萵苣 ► le __ t __ ce

延伸到 ► __ xt __ nd

間接地 ► in __ ir __ ctly

有道理（過去式）
► ma __ e s __ nse

一致同意的，全體一致的
► un __ ni __ ous

肉 ► __ e __ t

例外（名詞）► e __ c __ ption

種菜，種花，種樹 ► pl __ nt

菜園（複數）► v __ get __ ble ga __ d __ ns

烤，炙（動詞）► ba __ bec __ e

甜點 ► d __ s __ __ rt

香腸（複數）► s __ us __ ges

碎掉，碎裂（過去式）
► ch __ __ __ ped

牙齒（單數）► t __ __ th

小羊 ► la __ b

豬或羊的肋骨肉，排骨，連骨
肉 ► ch __ p

蛋白質 ► prot __ __ n

堅果（複數）► n __ ts

豆子（複數）► __ e __ ns

爭取，遊說（動詞）
► ca __ pa __ gn

歡呼（過去式）► ch __ ered

高尚的 ► n __ b __ e

意見，觀點 ► s __ nt __ ment

不是萬能的，不是神 ► o __ ly h __ man

謙虛地 ► m __ d __ stly

鮪魚 ► t __ n __

蛋（複數）► e __ gs

魚子（複數）► fi __ h eg __ s

酥脆的 ► __ ris __ y

油膩的 ► gre __ s __

培根 ► b __ c __ n

騾子 ► m __ l __

引誘，勾引 ► te __ pt

她捧腹大笑 ► spl __ t one si __ es (laughing)

表達，陳述，表示 ► e __ pr __ ss

信念，確信（名詞）► c __ nvi __ tion

笑話 ► j __ ke

一瞥，瞥見（名詞）► gli __ __ se

成為，變成（進行式）► __ eco __ ing

廚師 ► __ he __

吉他 ► gu __ ta __

銀河（複數）► __ alax __ __ s

（它）是失望，令人失望 ► d __ sap __ oints

有一點 ► s __ mewh __ __

神話 ► m __ th __ logy

太空船 ► spac __ sh __ p

故事（複數）► t __ les

懷疑（名詞）► s __ spic __ ons

證實（過去式）► co __ fir __ ed

預訂（名詞）► rese __ v __ tion

餐廳 ► __ est __ urant

求婚（過去式）► pr __ pose __

說服（過去式）► p __ rsu __ ded

刮鬍子（動詞）► sh __ __ e

講故事的人 ► stor __ t __ ller

照顧者（複數）► c __ r __ tak __ rs

很感謝，很感恩（形容詞）► th __ nkf __ l

第二十九章

數目超過（形容詞）► outnu __ be __ ed

颱風 ► t __ pho __ __

迅速傳遍，散布（過去式）► s __ __ __ pt

野火 ► wi __ df __ re

預報 ► for __ c __ st

（某人）發明 ► i __ v __ nts

取代 ► __ epl __ ce

碳 ► c __ a __

油 ► __ __ l

陌生人 ► st __ ang __ r

體驗到，經歷過（完成式）► exp __ ri __ nced

描述，形容 ► d __ scri __ e

狂暴的，強烈的 ► r __ ging

風（複數）► w __ nds

強勁的，精力旺盛的 ► dri __ ing

使停飛的 ► f __ ig __ t- __ rou __ ding

使窗戶咯咯作響的 ► win __ ow-r __ t __ ling

加倍，乘 ► m __ lt __ ply

另外一方面，事情的另一面 ► the other s __ de of the c __ in

漏水（進行式）► l __ aking

淹水（進行式）► fl __ __ ding

樹枝（複數）► br __ n __ hes

汽車 ► __ __ r

葡萄 ► gr __ __ e

（它）決定 ► d __ c __ des

派出，發出 ► s __ nd out

不方便，麻煩（名詞）► i __ conv __ n __ ence

毀壞，破壞 ► d __ st __ oy

路線，途徑 ► p __ th

（它）來找人，出現 ► c __ mes kn __ cking

災害的，災難性的 ► dis __ stro __ s

後果（複數）► cons __ q __ ences

青椒（複數）► gr __ en pepp __ rs

最好的，最好玩的 ► __ ic __ st

衝浪（完成式）► s __ r __ ed

陣容 ► l __ ne-u __

總計（名詞）► c __ unt

數不清，（過去式）► lo __ __ co __ nt

借給（完成式）► l __ n __

數位的 ► di __ it __ l

照片（複數）► ph __ togr __ phs

影片（複數）► v __ d __ os

羽毛球 ► ba __ mint __ n

自願（過去式）► v __ l __ nteered

保鑣 ► bo __ yg __ ard

大二的，大學二年級的 ► so __ __ om __ re

財政學，金融學 ► f __ n __ nce

傳記 ► bi __ gr __ phy

計算機 ► ca __ culat __ r

保護（進行式）► pr __ te __ ting

讓自己享受一下（進行式）
► ind __ l __ __ ng

預估，設計（複數）
► pr __ je __ tions

關於 ► co __ cerning

通貨膨脹 ► i __ fl __ tion

數量，數字（複數）
► f __ g __ res

利潤，收益（複數）
► __ et __ rns

投資，投資額（複數）
► i __ vest __ ents

記者（複數）► __ ou __ nalists

訪問，採訪（動詞）
► int __ rvi __ w

使成孤兒的
► o __ __ hane __

瀕臨絕種的
► end __ n __ er __ d

物種 ► sp __ c __ __ s

謠傳，傳說（過去式）
► rum __ red

有名的，有聲譽的
► reno __ ned

製作人，製片人
► pr __ duc __ r

很高興，很開心
► deli __ hted

不太想有，沒有很希望（過去式）► k __ en

媒體 ► __ ed __ a

公眾的注意，廣泛宣傳
► pu __ lic __ ty

陷入無法逃避的困境 ► b __ g d __ wn

聲譽，名望 ► fa __ e

河馬 ► h __ p __ o

有錢的 ► r __ ch

主演，拍（進行式）
► st __ r __ ing

廣告（複數）
► a __ v __ rtis __ ments

粉 ► p __ w __ er

洗衣粉
► w __ shing p __ wder

發燒，熱病（名詞）
► f __ v __ r

廣告客戶（複數）
► adverti __ __ __ rs

代理人，仲介人，代理商（複數）► a __ __ nts

訪問者，採訪者（複數）
► int __ r __ iewers

代理機構，代辦處（複數）
► ag __ nc __ es

記者 ► jo __ r __ alist

廣播（進行式）
► bro __ d __ asting

新聞廣播（複數）
► ne __ sc __ sts

新聞報導（覆蓋範圍）
► cov __ r __ ge

境況，困境，苦境
► p __ ig __ t

汙染（名詞）► po __ l __ tion

指示，通知，告知
► i __ str __ ct

記者（複數）► rep __ rt __ rs

人工的 ► m __ nma __ e

垃圾，廢棄物 ► j __ nk

聚集（過去式）（成群地去或來）
► fl __ cked

當地人（複數）► __ oc __ ls

失控的 ► o __ t-o __ -
co __ tr __ l

吸煙的一口（複數）
► d __ a __ s

一根香煙 ► cig __ r __ t __ e

新手（複數）► n __ wb __ __ __ s

事故（複數）► ac __ __ __ dents

情況，狀況（複數）
► co __ di __ ions

打蠟（進行式）► wa __ ing

固定地，安全地
► sec __ r __ ly

紮牢，繫緊（進行式）
► f __ st __ ning

短板 ► sh __ rt bo __ rd

開始（過去式）► beg __ n

給，提供（過去式）
► su __ pl __ __ d

笑容滿面的，心情愉快的
► b __ a __ ing

追得到的 ► ca __ cha __ le

到來，到達 ► a __ r __ ve

迂迴穿行（進行式）
► w __ a __ ing

搖動，搖擺（名詞）► s __ a __

髖部，髖關節（複數）► h __ ps

馬上的 ► i __ medi __ te

反應（名詞）► re __ c __ ion

想像（進行式）► i __ a __ ining

換成，變換，變形，轉換（名詞）► tr __ nsfor __ ation

水上運動 ► wat __ rs __ orts

狂熱者，入迷者
（盲信者）► f __ nat __ c

掌聲，鼓掌，拍手（名詞）
► appl __ u __ e

勝利，大成功，勝利的喜悅
（名詞）► tri __ __ ph

政治人 ► pol __ tic __ an

選舉（名詞）► __ l __ ction

競選運動（名詞）
► ca __ pa __ __ e

小子，小孩 ► k __ d

甜筒，錐形蛋捲筒 ► c __ ne

（它）倒退，倒轉
► rev __ r __ es

老化，變老（動名詞）
► a __ ing

叫喊，呼叫（複數）
► cr __ __ s

歡呼，歡呼聲（複數）
► __ h __ ers

活躍的，體魄健壯的
► at __ l __ tic

羨慕（形容詞）▶ e __ vi __ us

吸引（過去式）
▶ a __ tr __ cted

勝過，超越（過去分詞）
▶ ou __ do __ e

跟著做，照別人的例子或方式去做（過去式）
▶ f __ llowe __ s __ it

名譽（名詞）▶ rep __ t __ tion

不辜負，符合，實踐
▶ l __ ve __ p to

女士（複數）▶ lad __ es

跟得上，趕得上
▶ ke __ p up wit __

預料，預期
▶ ant __ c __ pate

形狀，樣子（名詞）
▶ s __ a __ e

被動地 ▶ __ as __ __ vely

積極地 ▶ __ ct __ vely

觀察，偵察，搜索（進行式）
▶ sc __ __ __ ting

潛在的，可能的
▶ p __ tent __ al

騎，乘（複數）▶ r __ des

就位（進行式）
▶ __ os __ tioning

照著，按照，相應
▶ __ ccor __ ingly

活動期間（名詞）
▶ s __ s __ ion

高興，開心（形容詞）
▶ gl __ d

多雲的，陰天的
▶ __ lou __ y

救生員 ▶ li __ eg __ ard

口哨聲，笛聲（複數）
▶ whi __ __ les

人群（名詞）（觀眾）
▶ c __ o __ d

消失（動詞）
▶ d __ sapp __ ar

影子（複數）▶ sh __ do __ s

變長（動詞）▶ l __ ngth __ n

黃昏，晚上，薄暮 ▶ d __ sk

厚厚地覆蓋（進行式）（使窒息）
▶ sm __ the __ ing

擁抱，懷抱（名詞）
▶ e __ br __ ce

揮手（過去式）▶ wa __ ed

照片（複數）▶ ph __ tos

收拾（過去式）▶ p __ cked

閃爍（進行式）
▶ fl __ ck __ __ ing

離最近的 ▶ clo __ __ st

碼（複數）（院子，後院）
▶ __ __ rds

打手勢（過去式）
▶ m __ tione __

澳洲的 ▶ __ ustr __ li __ __

口音，腔調 ▶ a __ c __ nt

逐漸變暗，逐漸消失的
▶ f __ ding

出發（短語動詞）
▶ s __ t o __ f

湯匙狀
▶ s __ oon- __ haped

十分相同，完全相似的
▶ __ den __ __ cal

出現，浮現 ▶ __ m __ rge

腳底（鞋底，鰈魚，單獨的）
▶ s __ __ e

反映在（過去式）
▶ re __ le __ ted in

悲傷的，傷心的
▶ s __ rro __ ful

同伴，伴侶，朋友（複數）
▶ co __ pan __ ns

護送者，領導（複數）
▶ __ sc __ rts

環行（過去式）
▶ c __ r __ led

往……移動，朝……走（進行式）▶ h __ ading of __

目的（瞄準，瞄準的方向）
▶ __ __ m

消失（過去式）▶ v __ nis __ ed

第三十章

畫筆 ▶ pa __ n __ br __ sh

創造（進行式）▶ cre __ ting

傑作 ▶ m __ sterp __ __ ce

（她）佩服 ▶ adm __ re __

My Best Friend Looks Like an Island

男孩與海龜的冒險日記

中譯

口筆是個快滿 16 歲的台灣男孩，爸媽在小時候丟下他，他現在和爺爺住在宜蘭海邊。口筆最要好的朋友是一隻叫鞣肉桂龜（以下簡稱肉桂）的烏龜。肉桂教他怎麼衝浪，這本書是口筆和肉桂的故事，記錄他們一起冒險的時光、口筆的初戀，以及一路上他所學到的一切。

我其實不討厭下雨。當然啦，我還是比較喜歡豔陽高照的日子，只是如果下雨也沒關係。不過刮風的話，可就另當別論，我不喜歡風，風總喜歡跑到我耳裡嬉鬧、讓我眼睛進沙。有時候，風也會惹大海生氣，讓海水像個狂躁的男子，瘋瘋癲癲跳起波浪舞，好似每個水分子都在造反，瘋狂的旋轉、翻滾，把所有的東西都潑灑到岸上。起風的時候也不適合衝浪。

這就是我，那是我的烏龜，他叫肉桂。肉桂的全名是「鞣肉桂龜」，是我爺爺取的（爺爺應該快出現了）。爺爺幫他取這個名字是因為肉桂是稜皮龜，加上他喜歡肉桂的程度不亞於他喜歡水母的程度。「稜皮龜」之所以稱之為稜皮龜，是由於他們的殼摸起來比較軟，質地比較接近皮革或橡膠，不像一般烏龜一樣堅硬。

從「鞣肉桂龜」這個名稱就可以看出我爺爺對文字很有一套。事實上，他在村裡可算是小有名氣呢，因為他發明了上百個新穎的詞彙，大家超愛這些詞彙，但都不太知道要怎麼用。爺爺發明的字詞把好多阿伯阿桑弄得頭昏腦脹，人老了都不喜歡新字，那些字只會讓他們覺得自己更老而已。有一天，有個年長的阿嬤因為受不了一次聽太多爺爺自創的新字，就發瘋了。她跑到廟裡把別人供奉給關公的水果偷走，關公就是那個臉紅紅的神明啦。後來，那個阿嬤進了精神病院，整個村莊的人都瞧不起她，不過不是因為她偷關公的梨子，而是因為她沒把梨子吃掉，很浪費。大家都說，別擔心，等到有一天她下地獄就必須把這些梨子，還有之前浪費掉的所有食物都吃完，哈，包她吃得津津有味。

總之，如果肉桂會講話，他也會叫我口筆，因為大家都這樣叫我。口筆是我幫自己取的名字，有時候，重要的事千萬不能交給別人決定。我很喜歡海，也很喜歡吃地瓜，所以爺爺一開始想叫我「海地」，但我才不要咧！「海地」聽起來很容易讓人聯想到瑞士童話故事《阿爾卑斯山的少女》裡的主角「海蒂」，你知道一個快 16 歲的大男孩，如果自稱「海地」會發生什麼事嗎？答案就是受到全校同學的嘲笑，他們一定會笑到不支倒地。接下來，就換我每天到廟裡偷水果，一天比一天更瘋，然後關公有一天就餓死了。

肉桂是我最好的朋友。雖然我的青少年奇想有時讓他摸不著頭緒，他在陸地上的動作有時則慢到讓我抓狂，不過大多數時間我們的感情都如膠似漆。啊，對了，我們現在住在宜蘭海邊的小木屋，宜蘭位於台灣東岸。其實爺爺以前在宜蘭市有一棟房子，我就是在那裏出生的，但房子在我五歲的時候燒掉了。我不知道肉桂在哪裡出生，但這不重要，重要的是在我七歲那年，肉桂本來要從印尼游到沖繩，但他轉錯方向，所以不小心游到我們小木屋外的海灘。我們帶他回海邊好幾次，告訴他要怎麼游回印尼，但不知道為什麼他還是一直跑回來。我猜應該是因為肉桂很喜歡我們，從那時開始他就一直陪在我們身邊。他還教我要怎麼衝浪，他超會衝浪的。他會……

等等，我們根本還不認識彼此，但我卻幾乎要把肉桂最有趣的秘密都講完啦。人在講故事都時會不知不覺掉入這個陷阱，就算很會講故事的人也不例外。不過，我才不會呢，至少要到下一章我才會告訴你們剩下的秘密。現在我想先介紹我們的小木屋，雖然沒什麼好說的，但距離進入下一章還有一點時間，所以……好，我、肉桂和爺爺一起住在這裡，10 年前一場大火把我們原本的房子燒得精光，我們就一起蓋了這棟小木屋。雖然我那時年紀還很小，但我知道是誰放的火，只是沒有對任何人說過。

爺爺是個很好的人，很和藹，也很勤勞。他人很好，因為自己的事他不太在意，倒比較關心我和菜園，特別是他種的地瓜葉。對他來說地瓜葉就像一片片金子。

爺爺常說，「肚子餓的人吃地瓜，幸福的人吃地瓜葉。園丁最幸福了。」我知道他故意這樣說，這樣我就不會有罪惡感，因為我每次都把地瓜吃光。

還好爺爺很愛我，因為這裡也沒別人了。爸媽在我五歲的時候去美國工作，把我留給爺爺奶奶。我沒有去過美國，但我想美國一定美不勝收，令人樂不思蜀，所以爸媽才會完全忘記我的存在，甚至連一張明信片都沒有。奶奶沒有忘記我，但是有一天她坐上船就忘記怎麼回家了。爺爺說，大海只會帶走它愛的人，我相信，因為奶奶總是那麼人見人愛、溫柔婉約呀。我好想奶奶，爺爺也是。夜裡，我時常聽見他在夢中呼喚奶奶的名字。

嗚嗚，好了不說了，都過去了。我不會為過去的事情傷心，再怎麼傷心也不可能回到過去，更不可能改變什麼，對吧？其實我已經不再因為爸媽和奶奶的事情傷心了，我也不希望你看第一章就看到哭，這樣很不禮貌。事實上，我還是小孩子的時候很快樂，現在長大了還是很快樂，所以不該讓大家操心。一直以來都有爺爺、肉桂和大海陪伴 5 著我，我很愛他們。愛他們不難，我覺得大概是因為雖然他們隨時都在變，但在某些方面，他們還是他們，不會變。還有，他們記性都很好，絕對不會離開我。

我也超愛星期天早上，超級無敵愛。因為不管你在哪、做什麼，星期天早上總是慢慢的，很平靜。當然，有時候我得到爺爺的菜園或花園幫忙，有時候要負責做早餐，但大多數的時候，我和肉桂一整個早上都能做自己想做的事。多好啊！不用去上學，也不用煩惱耗時又無聊的作業。為什麼不能天天都是星期天呢？

第二章／星期一／海豹 ‥‥‥‥‥‥‥‥‥‥‥‥‥‥‥‥‥‥‥‥‥‥‥‥‥‥‥ P. 017

自行車是台灣主要出口產品之一。那天，我們要考地理，我從書本中抬起頭。
「肉桂，你帶著花要去哪？」
肉桂爬過我房門前，看起來昏昏沉沉的。不知道為什麼，今天早上他一直不理不睬。有時候他心情不好就會這樣，嗯，他還滿常這樣的。通常，早上衝浪完之後他就會慢慢好起來了，所以在那之前我都盡量不去煩他。但是那天我真的忍不住了，他帶著花到底要做什麼？
「肉桂有女朋友～肉桂有女朋友喲！」我繞著他又唱又跳，對他扮鬼臉。

爺爺也咯咯的笑了，但肉桂完全不理我們，自顧自的憑著烏龜與生俱來的驚人意志力緩緩爬行。他實在爬得太慢了，他的四肢就像用口香糖做成的一樣，不過他也沒有因為這樣覺得厭煩。肉桂爬到門階前的時候，我和爺爺還在笑。我們的門分成上下兩片，可以分別開啟；通常我們會把下面那片敞開，好讓肉桂穿梭自如。肉桂還是牢牢的啣著花梗。看著他，我心裡不禁想著他真是世界上最有意思的烏龜了，他最近對植物特別感興趣，這也讓他變得更有趣了。
「肉桂，等一下。不要生我的氣啦！我來了！」我朝他大喊。

肉桂很可愛，可是他在陸地上有點行動遲緩，所以我和爺爺幫他打造了一個能夠快速通往沙灘的捷徑。這個捷徑呢，由五根又長又粗的樹幹鋪成，其中三根是我和爺爺到山上砍的，另外兩根則是海水沖上岸的。我們把樹幹一根接著一根排好，在周圍堆滿石頭避免樹幹滑動，接著把沙子鏟進石頭間的縫隙，再加強一次。最後，我們把樹幹中心挖空，巨無霸溜滑梯就完成了。這座溜滑梯很像遊樂場或主題樂園裡會看到的那種，但又比那些酷一萬倍。我們做的溜滑梯看起來就像一艘巨型獨木舟！溜滑梯離家門口只有幾公尺遠，肉桂只要爬上我的骨董滑板，站在上面，滑下空心的樹幹，就可以快速抵達海灘。每次看肉桂在滑都覺得超好玩，所以我也自己滑過一兩次。

但是，從海灘回家這段路就沒有這麼高科技了。每次衝浪完，我就讓肉桂站在破舊的衝浪板上，手拉著衝浪板的腳繩把他拉回家。說真的，要幫烏龜打造交通工具一點也不難，普通的沙橇就綽綽有餘。再說，肉桂看起來很享受我們讓他坐在「皇家馬車」上帶他到處趴趴走，把他當國王一樣服侍。我們稱這個馬車「肉桂御用坐騎」。爺爺很得意自己設計了溜滑梯，還想到衝浪板的點子。這兩個交通工具都省下肉桂不少時間。爺爺一而再，再而三提醒我，時間無法重來。

我從門的下半部鑽過去時，肉桂早就爬下滑板，爬到潮濕的沙灘上。我邁開步伐奔向沙灘，越過菜園和肉桂的溜滑梯。

「口筆，你要準備上學啦！」偉大的設計師爺爺在我後面大喊。

「我知道，我很快就回來！」我喊了回去。

我要先知道肉桂要做什麼……

我的雙腳踏上冰涼柔軟的黑色沙灘，抬頭望去，停下腳步。我知道肉桂的花要拿來做什麼了，或者更確切的說，要拿來給誰。只見一隻海豹直挺挺的躺在沙灘上，一動也不動，就這樣靜靜的躺著。數以萬計的沙子環抱著他，好似想要將他扶起。肉桂緩緩的爬到海豹身旁，低下頭，將花輕輕擺放在海豹的手中。我的喉嚨有種怪怪的感覺，我知道奶奶再也不會回家的時候也有這種感覺。我的喉嚨記性一向很好，也可能是因為傷心的事總是比較容易記住吧。

我一整天都想著那隻海豹。這種感覺就好像不小心讓手中的氣球飛走了，看著氣球飄向天空，然後一直想著氣球究竟飛到哪去了、好想自己起飛去追之類的，持續上好幾個小時。我覺得很對不起肉桂，因為我嘲笑他拿花的事。我和爺爺應該更善解人意才是。

我實在太心煩意亂，那天在學校完全無法專心。幸好，只有教自然的歐陽老師發現，拿板擦丟我。她發現我在神遊後，突然要我定義英文「artificial intelligence」是什麼意思。當然，我沒想到老師會點我，我大吃一驚，不假思索的講出腦中第一個浮現的答案：「假裝自己很聰明的人」。

後來，歐陽老師說她拿板擦丟我只是為了示範一兩個物理定律而已，但不是在假裝自己很聰明的人都知道是因為我不專心。老師的意思其實是我上課不認真，代表我隨時都可能出狀況。對老師來說，上課不認真的同學都有翹課的傾向。他們不知道沙子想幫助海豹還有早上發生的事情。不過，我想老師說得沒錯，如果我的心不在課堂上，幾乎就等於沒有來上課，因為我什麼都沒有吸收進去。如果我的大腦不在課堂上，那麼我也不在。

幸好，後來沒發生其他事，但那天真的很難熬。好友奶昔問我好幾次怎麼了，但我不想告訴他海豹的事，我不希望他跟我一起難過。有時候海豹跟人一樣一去不回，有時候生命就這樣停住了。這不公平啊。我們永遠不知道下個轉角會遇見什麼，更不用說知道下個轉角在哪了！這就是為什麼要隨時帶上一朵花，以防萬一。

放學後，我和爺爺在庭院較遠的那側挖一個墓，在香蕉樹和盛開的杜鵑花旁邊。我沒有什麼體面的衣服，所以就穿上潛水衣，這是我能找到最黑的衣服了。埋葬海豹的時候，爺爺穿上他唯一一件外套，打上唯一一條領帶，表情莊嚴肅穆。我覺得那天爺爺還有埋葬其他人，因為他那天實在為海豹流太多淚了，只是他自己

沒有意識到而已。他平常並不是這麼多愁善感的人。那天之後，他再也沒有在睡夢中提起任何名字。那天我們沒有去衝浪。

希望上一章沒讓你們又哭了，我不是故意的，憂傷會傳染，所以我盡量避免提到傷心事，但我覺得應該趕快把這件事講完，之後就不用再提。另外，也得介紹奶昔給你們認識，他是我第二要好的朋友。奶昔跟我同年，但他非常特別。事實上，我覺得我們沒有任何共通點。奶昔五歲就開始在媽媽的飲料店幫忙，這就是為什麼他的綽號叫「奶昔」。也因為這樣，他對錢很有一套，說起話來就像大人。他已經有兩個錢包、一個公事包、三個銀行戶頭，除此之外，他還持有一些矽谷公司股票。噢，對了，他還正在寫一本書教小孩怎麼運用零用錢呢！真是個怪人！有時候，他甚至會打扮得像經濟學家，還會聽爵士樂。將來有一天，奶昔一定會當上經濟部長，開一間自創連鎖飲料店，一定會的。到時候還會有人為他架網站呢。

可惜的是，奶昔每天忙著寫作業、考試、看漫畫、累積個人財富、擔心全球經濟和倒珍珠奶茶，下午很少有時間能跟我出去玩。不過，我們出去玩的時候，每次都玩得不亦樂乎。奶昔是個很有意思的人……如果他沒有提到錢的話，當然。

「嘿，口筆，你知道嗎，我今天又發明一款新飲品。」
一直以來，奶昔都把飲料店當成實驗室，所以我一點也不意外他發明了新口味。但我還是很想知道是什麼口味。
「太酷了吧！是什麼口味啊，阿昔？」
「你猜！」奶昔彈彈手指，示意我快點猜。
我的臉跟我的頭腦一樣空白一片，完全沒有想法。
「吼，算了，你反應很慢耶，答案是『芋頭薑汁奶茶』！」
奶昔信心滿滿，驕傲的宣布他發明的新口味，好像他發明了超酷的時光機一樣。
「嗯……聽起來很不錯。」我說。
「什麼不錯？只有不錯而已？」奶昔用非常驚訝的口吻說。

他假裝很吃驚沒錯，但我覺得他早就知道不可能從我這得到任何熱烈或有意義的答覆。他也知道他必須教我一些關於味道的事，以及他必須負責增進我對於味道的……嗯……品味。
「口筆，我不是故意要挑你毛病，只是你真的對『調味』這門學問一無所知，對吧？」
正當我還在努力思考這句話要怎麼解釋才不是故意挑我毛病的時候，奶昔繼續說下去。

「讓我猜猜看。舉例來說，你認為香草是世界上最棒的香料；或者番茄醬和起司很百搭，無論與什麼菜色搭配都是絕配，是世界一流。基本上，只要勉強稱得上食物的東西，你就會不管三七二十一的吃下肚，對吧？」

在我還來不及反駁他說我無知或對食物的偏見或我什麼都吃之前，奶昔繼續說。

「你永遠無法想像杏仁加紅豆或核桃配上蘋果，對吧？對你來說，什麼東西只要沾一點糖滋味就會變好，是嗎？哈！我看要是我要你淋一些醋在冰淇淋上，你應該會嚇到腿軟吧！」

他搖了搖頭，就好像他對我失望透頂一樣。

「你沒辦法真心讚賞我的天賦和專業真的很可惜，我的好兄弟。就某方面來說，我同情你。事實上，這根本是悲劇。」

「悲……悲……悲劇？」我差點講不出話來。

「讓我告訴你還有什麼也很悲劇，口筆。」他說，「就是對於這件事我只能自吹自擂，這簡直是世界上最大的悲劇。讚美自己好孤單，而且超無聊！」

味道魔術師暨未來經濟的中流砥說得一點也沒錯，我對味道真的沒什麼概念。為了不讓奶昔覺得味道對我來說一點也不重要，我努力表現出不好意思的樣子。

「你怎麼辦到的，奶昔？」在問他之前，我抓膝蓋抓了好一陣子。

「辦到什麼？」

「你知道的。你為什麼隨時隨地都能想出如此重要的……我是說，美味的新口味？」

奶昔望向遠方，看似很認真的在考慮是否應該跟我分享他的秘密。想當然耳，他早就想告訴我這件事想一整天了。

「先答應我你不會跟任何人說。」

「我絕對不會說出去！絕對！」

奶昔再三確認我真的非常想知道後，他像所有聰明人一樣，抓抓下巴，開始分享他的秘密。

「嗯，你知道的，所有偉大的發明家在某種程度上都需要靈感，需要魔法石。沒有靈感，即使是最厲害的發明家也永遠不可能在世界上占有一席之地。」

「靈感之石嗎？」

我好喜歡「靈感」這兩個字從我嘴巴說出來的感覺，有點像是這兩個字單憑自己就能夠魔法般的發明出什麼。

「是的，發明家需要靈感來源，讓他們跟一般人想得不一樣，用平凡造就不凡，這就是所謂的創新。如果像我這類與眾不同的人，都沒有任何靈感來源，那麼人類早就滅絕了。事實上，你這種人會存在的唯一原因，就是因為我這種人懂得創新。」

奶昔講著講著，看起來越來越聰慧，也越來越與眾不同。我想，他自己也知道吧。

「說真的，如果口筆你可以找到靈感，就連你也可以發明出什麼。」

這時，換我望向遠方，試圖尋找靈感，但我只看到一艘藍白相間的大船緩緩朝向基隆航行。

「所以……究竟是什麼讓你『靈思泉湧』？」我真的感到非常好奇。

奶昔嚴肅的望著我一段時間，接著瞬間笑開，充滿新點子的雙眼閃閃發光。

「飯。」他悄聲說道。

「飯？」這次我真的很震驚。

「沒錯，就是飯。」奶昔平靜的說，「你知道飯是什麼吧？還是我又小看了你的無知程度？」

我實在太驚訝了，驚訝到忘了點頭。

「Rice。」他重複，這次用英文說，「R－I－C－E。拜託別跟我說 rice 是 rouse 的複數。」

「我知道啦，我知道，奶昔。我知道飯是什麼，就是澱粉最佳來源的那個飯。可是……」我終於有辦法講話了。

「你想想喔，我每天打開便當時，都會仔細的看著裡面的米飯。如果你看得夠仔細，就會發現米的形狀有千千百百種，真的很不可思議，就像雲一樣。」

他用手指了指天空，眼皮也沒抬一下。

儘管奶昔的眼睛完全沒有轉動，我還是忍不住隨著他的手勢仰頭望向天空。我知道自己看起來一定很蠢，但就是忍不住，誘惑太強了。

奶昔善解人意的笑了笑，繼續說。

「今天我看到一個圓滾滾的芋頭和一片薑躺在我的飯上面，色香味俱全的完美組合。這是一大發現，我甚至不須要驗證我的理論，口筆。在那個當下，我就知道這大有可為。」

我靜靜坐著一段時間，回想剛才那段耐人尋味的對話。許多大人會有先入為主的觀念，認為青少年討厭思考，但他們可是大錯特錯，我們超愛思考；我看了味道魔術師奶昔一眼，他也在思考。他在耍我嗎？我像電影裡移民官檢閱護照一樣，偷偷觀察他的臉。過了一會兒，我了解到對於結合碳水化合物和創意這件事，他是認真的，所以我不想說出任何聽起來沒經過大腦的話。

「但是阿昔……如果你午餐吃麵呢？」

奶昔聽完後，放聲大笑，他椰子型的頭像波浪鼓一樣不停搖晃。我不太確定他在想些什麼，所以我也跟著大笑。當然，我後來就再也沒有質疑過他在這方面的權威，但我告訴自己一定要找機會研究一下。

我覺得爺爺的靈感來自地瓜葉，但有一兩次我看見他非常仔細的研究肉桂背上的白色斑點。我很好奇，不知道這些斑點是不是也能變成一種口味……

肉桂為海豹的死哀悼整整五天。第一次看到肉桂這麼久沒去海邊，我不確定他是不是認識那隻海豹，還是他其實在想念別人，但我能感受到這整件事讓他的心情跌落谷底。肉桂的肺活量極佳，可以輕而易舉潛到海面下一公里多的深度，十分令人驚豔。不過，這次真的是他有史以來「潛」最深的一次，比任何他悠遊過的海底峽谷或山谷都來得深，來到情緒的低谷。好吧，其實我並不清楚烏龜是否真的會沮喪或心情低落，但是，我可以確定的是，他有一段時間不是他自己。

這就是為什麼海豹出現後的第六天早上，我終於鬆了一口氣。那天太陽一出來，肉桂便敏捷的從樹幹溜滑梯滑到沙灘上，一眨眼隱身在海浪中。肉桂抵達沙灘之前，我一邊看著他，一邊摺衣服，一邊想著婷婷，就這樣過了整整十五分鐘。所以他一有動靜，我馬上衝去拿板蠟。（對了，婷婷是水果行的女孩，我完全不敢跟她說話。）等我換上潛水衣，抵達沙灘的時候，肉桂已經乘了早晨第三或第四個海浪。他有點像龜兔賽跑裡的那隻烏龜，無論如何總能比我早到海邊。

我最喜歡在天剛濛濛亮起時去衝浪，這時候衝浪可以療癒一切：沮喪、壓力、父母為了去某個人間仙境遺棄你、無法開口跟你喜歡的女生說話等等……，所有事。衝浪是終極療法。我快速划水加入肉桂，在越來越靠近他的時候，我興奮的大笑，能夠再次嘗到和聞到海水的鹹味實在是太棒了。五天真的好漫長，尤其是肉桂在哀悼某人的時候就更不用說了。我打從心底希望不要再有海豹出現，除非他們是會呼吸的那種。

那是個風和日麗的三月早晨，乾燥暖和。海灣裡的海水閃閃發光，猶如一顆水晶球，這個由氫、氧、鹽混合而成的液體，怎麼能如此浩瀚呢？這真是化學的奇蹟。此時的水溫有點低，但沒有比這更能提神的方法了。冰冷的水總讓人有種活過來的感覺。

老實說，我一天到晚都在想婷婷，但你們不能告訴她，無論如何都不准喔！我和爺爺都很喜歡吃水果，所以我們一星期至少要去水果行兩次。我可沒打算每週都羞愧至死兩次，如果你們跟她說了就會發生這種事，到時我肯定沒有臉見她。現在，這件事就當作秘密，我們知道就好。沒錯，大部分的當季水果鎮上其他水果行也都有賣，但冬天的時候，婷婷家的水果行賣的釋迦和草莓特別可口多汁，是爺爺的最愛；夏天的時候，則有最香甜的西瓜和櫻桃，是我的最愛，所以其實沒有其他選擇。我不知道為什麼會常想到婷婷，不確定是因為我喜歡她，或只是喜歡她笑起來的樣子。

奶昔說婷婷會對每一位客人笑，他在飲料店也是一樣。她笑並不是因為她對誰特別有好感，而是微笑對生意大有幫助。他說的其實很有道理，不過我不認為所有

客人會因為婷婷對他們笑就對她朝思暮想，或因為奶昔對他們笑就對他朝思暮想。像是賣蔥油餅的阿姨，雖然對我微笑數百萬次，我還是不會一天到晚想到她。

「婷婷？她跟美一～點都沾不上邊好嗎，筆兒。」奶昔邊說邊望向別處，這真是我聽過最長的「一」了。

我開始思考，或許愛蒙蔽我的判斷力。爺爺說光用想的並沒有辦法控制自己的想法，就好像用一支網球拍去幫另一支網球拍遮雨，根本是不可能的任務，所以爺爺說，根本不用嘗試，唯一的辦法就是什麼都不要去想，但他忘記告訴我這一點也不容易。

哇，今天早上肉桂真的樂在其中，玩得可盡興了。他在海裡不停追浪、乘浪，不停旋轉、翻滾、拍打著海水，像隻愛上美人魚的海豚。我從來沒看過他玩得這麼開心。我了解肉桂，他並不是在炫耀，只是很快樂，快樂而且自由自在。每次他在海浪上，看起來就好像他和海浪是莫逆之交，已經相識好幾個世紀；他們不只是最好的朋友，更是一個共同體，彼此密不可分。波浪和肉桂並沒有與彼此競爭，只是陪在彼此身旁游啊游的，多麼美的組合啊！我都吃醋了，我試著不嫉妒，但做不到，只好試著不去想嫉妒這件事，但也辦不到。

我猜肉桂沒試過要克制自己的想法。

第五章／星期日、星期一／我的心在歌唱，大聲的唱 .... P. 040

每個年輕男子一生中都有這麼一次要在朋友面前出糗，尷尬到想要找個洞鑽進去，逃避所有嘲弄的眼光，永遠不要出來。奶昔的這一天到了。

那天，我睡過頭遲到了，必須走捷徑，穿越吳先生的後花園，節省寶貴的時間。非常時期，非常手段。如果他看到我這樣做一定會把我殺了，但那時候我真的別無選擇。當時的我並不知道這樣做會引發接下來幾週接二連三莫名其妙的事情……。

不幸，那天早上吳先生碰巧也睡過頭，他早上的活動因此順延。因此，當我穿越他的花園時，他正在打太極拳。吳先生是退休的工程師，打太極的動作非常優雅。他非常有節奏感的將一顆假想的大西瓜放在右膝旁一張假想的桌子上，接著抬起頭，看見我正踮著腳尖迅速穿越他最愛的蘭花園。

每次爺爺要我跟他一起打太極拳的時候，我都得假裝完全心無旁騖，要視周遭一切為無物，不然爺爺就會馬上發現，雖然他應該也要心無旁騖，視周遭一切為無物才是。我知道打太極時，應該要把自己放到遙遠的太極國度。西瓜、西瓜、遙遠的國度。桌子、桌子、遙遠的國度。太極國度。老實說，吳先生和我對到眼時，我好希望吳先生在太極國度好好待著。但是，事實證明他也只是在裝模作樣。

「給我站住，你這臭小鬼！」

吳先生還沒開口之前，我就知道他一定會說些什麼，但這句充滿威嚇的話還是嚇我一大跳。剎那間，我的血液簡直凝固了。完蛋了，吳先生之前就警告過我不要任意穿越他的花園，我知道要是他這次抓到我，一定會用廚房裡子彈殼做的金門菜刀把我大卸八塊。從他唱單口相聲般的語氣就可以聽得出來。

「給我過來，你這小魔鬼！我要把你身體裡所有爛骨頭一根根折斷、把你的血煮沸、把你吊在我的磚頭陽台上，再把你埋在後面的沼澤裡！」

這個短小精悍的男人赤著腳，怒髮衝冠。他有點憤怒過了頭，我覺得他應該去住院治療比較好。他警告我太多次，再也忍無可忍，加上他也不是口條很好，剛剛要他講一連串台詞簡直是雪上加霜。他衝向我，雙手向前伸，大聲怒吼，像隻準備好要戰鬥的熊。他已經準備好要將我碎屍萬段，雙頰不停顫抖，像地震後的果凍。我知道他要跟火山一樣爆發了。

即使如此，我發現我還算冷靜，像福爾摩斯一樣腦袋轉不停。以吳先生打太極的方式判斷，他大概無法真的折斷我身上每一根骨頭，可能只能折斷五十至六十根左右。因此，我的結論是，這場火山爆發後，我存活的機率很高。然而，無庸置疑，他力氣夠大，足以讓我痛不欲生。沒有人喜歡疼痛，即便福爾摩斯也是如此。三十六計，走為上策，最後決定了為了安全還是逃走為妙，從當下的情勢看來，這是最明智的決定。

我以迅雷不及掩耳的速度越過紅蘿蔔和高麗菜田，像隻兔子，一邊向前狂奔，一邊不停用台語大喊「歹勢！歹勢！」我回頭看了一次，剛好瞥見一條茄子和一顆洋蔥朝我的方向飛來，我遭到大規模消化性武器攻擊。吳先生使出游擊戰術，進行最後一擊！

還好我的書包擋住可食用飛彈，這根本是蔬菜雨！我左閃右躲，最後閃進一個轉角，才終於擺脫這隻「臉頰顫抖的野熊」。暫時逃過一劫，從那時起，我必須時時刻刻小心謹慎，因為吳先生的記憶可沒有出什麼問題，他一定會在某天報仇的。這下可好！現在除了要煩惱遲到的事，還要加上煩惱吳先生會找我麻煩。啊，說到遲到這件事，我才發現上課鐘已經響過。

我在校門口前五十公尺放慢腳步。一大群學生和幾位老師聚集在校門口附近的草坪中央，像一群牛。他們似乎圍著某個倒在國旗杆旁的東西，升旗典禮結束後，其他學生和老師已經回到教室。這有點不對勁，我心想，躡手躡腳往前走幾公尺，躲在一棵老榕樹後方。大多數的牛隻……呃，我是說學生，不停咯咯笑還有聊天，在場幾位老師裝嚴肅的樣子，要他們乖一點，場面看起來好像大家齊聚一堂，準備參加一場盛大的原住民婚禮。趁著大家都緊盯著圓圈中央，我決定在不知不覺中混入人群。身體蹲低，小心翼翼溜進大門，混入面向學校建築那一側人群的最外圈。

等我喘過氣，確定沒有人注意到我之後，我就像烤麵包機裡的吐司一樣彈出來，在場沒有半個老師或同學注意到我這片吐司。我鬆了一口氣，用手肘撞撞旁邊肉肉小七年級生的肋骨。其實我不喜歡別人用手肘頂我的肋骨，這樣做或許有點表裡不一，但我實在太好奇。

「嘿，學弟，發生啥事了？」當他的視線終於離開圈子中央，回過頭看是誰在頂他的肋骨，我馬上發問。

「剛剛在唱國歌的時候，有個九年級的昏倒了！」他飛快的說。他戴著牙套，看起來很興奮。

他看起來一副正在聽搖滾演唱會的樣子。

我看得出來他很開心能夠傳遞有人昏倒這個消息，昏倒的那個人帶給他意想不到的娛樂。他說起話來像鸚鵡，看起來像長痘痘的無尾熊，但我沒時間去思考他的長相跟聲音了！

「是誰啊？」我問。

我試著回想我們班上誰最有可能昏倒。

「家裡開飲料店的那個啦！」七年級生旁邊的女同學開始不耐煩，忍不住小聲回答我。（青少年時期我們很常思考，但不代表我們很有耐心。）

「就是鼻子很大，留著鳳梨頭的那個。」她補充道。

我眼前閃過飲料魔術師奶昔的模樣。

「欸，為什麼我包包上都是泥土？為什麼你全身都洋蔥味？」無尾熊學弟突然問我。

現在想起來，這比較像是指控，不是詢問。

我早上已經遭受蔬菜轟炸一輪，並沒有再到處接受問題轟炸的打算，所以我只給了他一個神祕的微笑，繼續試著往中間靠近。難道真的是奶昔？不可能是他吧……經過一陣推擠後，我終於來到集會的最內圈，看見我第二好的朋友奶昔又大又尖的鼻子直挺挺的朝向天空，他擦得閃閃發亮的皮鞋鞋尖也朝著同一方向。

C.O. 馬老師跪在奶昔身旁。馬老師是我們的生物老師，同時也是一位優秀的運動員，沒有人知道他名字裡的「C.O.」代表什麼意思。他是我們當地的桌球賽冠軍，已經八連霸了。去年，他在決賽中跟自己比賽打敗了自己，因為沒有人敢跟他打。

「阿昔！」我一邊大喊，一邊衝向奶昔，一屁股跌坐在他身旁，「阿昔！你怎麼了？」

「同學，別擔心。」馬老師把他閃亮的光頭轉向我，冷靜的說。

「王青俊只是昏倒而已，給他一點空間，他需要的是新鮮空氣。刺鼻的洋蔥味和尖叫聲對他應該沒什麼幫助。」

「好的，老師。」

我勉強順著馬老師的指示往後退一點，對於奶昔只是昏倒這個出乎意的診斷半信半疑。我整個人沉浸在思緒中，以至於過了好一陣子我才感覺到有隻手放在我的左肩上。我轉過頭，看見小淑站在我旁邊，抓弄馬尾，眼睛跟荔枝一樣大。

小淑有著高高的額頭和長頸鹿般的睫毛，從幼稚園開始，她一直都是班上的第一名，書法、自然、數學、英文等等……每一科都是，沒有人能超越她。事實上，我只有體育這一科勉強快要跟她持平。總之，她永遠能拿第一，因為她知道怎麼把攝氏換算成華氏、記得宜蘭縣的年平均降雨量等地理資料、知道捷運的英文「MRT」是「Mass Rapid Transit」三個字的縮寫、蝙蝠是唯一會飛的哺乳類動物，以及蒙古帝國衰亡的原因。噢，她也知道得肺炎會有什麼症狀，以及以前一英鎊等於二十先令，現在則是一英鎊等於一百便士。這樣你們應該懂了吧，小淑的高額頭下方，蘊藏極大的腦容量。

最重要的是，腦袋瓜很大的小淑也永遠知道教室外的世界發生什麼事。每次一有事情發生，小淑一定會出現在現場，想知道事情的前因後果和進展，她都能一五一十的告訴你。她當私家偵探一定再適合不過，去中央氣象局工作也不錯。
「到底發生什麼事了，淑美？」我還是覺得這整件事很不可思議。
「我不知道，口筆。」她說，「我只知道我們唱到『一心，一德』那段的時候，青俊就像一袋南瓜倒下了！」
「噓，大家安靜！他醒了。」馬老師忽然說。
他舉起一隻手，示意大家安靜，好像準備要發表一段談話或在拍賣會上花下人生最大的一筆錢。馬老師的另一隻手拿著桌球拍，忙著朝奶昔臉上搧風。（桌球拍是從老師褲子後面的口袋變出來的，對他來說，桌球拍就跟手機一樣不可或缺。）
「噓，大家安靜。」他又說了一次，繼續幫奶昔搧風。所有的竊竊私語漸漸消音，「青俊好像想說話。」

霎時間，這一大群好奇的孩子靜了下來，現場頓時鴉雀無聲。這位失去意識的男孩擁有一大票觀眾，正在期待著讓他們耳目一新、永生難忘的事情發生。很多人拿起手機，準備記錄下這歷史的一刻。（你們知道的，除了肉桂以外，鄉下地方沒什麼好拍的。）我們全都向前傾，盡可能在不跌倒的狀態下能靠多近就多近。

我看著奶昔聰明的臉蛋，他的雙眼依舊緊閉，但我確定他的嘴巴在動。他全身上下只有嘴巴有動靜。我們等待著。突然間，奶昔伸出一隻手，閃電般抓住馬老師的橘色條紋領帶，馬老師的頭猛然往前傾。這一幕觀眾可是看得津津有味，他們倆的鼻子幾乎要碰在一起，這真是我們求學以來最有趣的早晨了。我想，如果不是因為大家還想看後續會發生什麼事，早就拍手叫好了。更有趣的還在後頭……

奶昔尚未完全恢復意識，他又用力扯了幾下馬老師的領帶。馬老師試著慢慢起身，讓自己離地面遠一點，奶昔的上半身也跟著老師慢慢上升，猶如有一圈繩子綁著

他，將他拉起。馬老師硬挺的白色襯衫領口慢慢豎立起來，奶昔還是緊閉雙眼，但我敢發誓他蒼白的臉上帶著微笑。我們的桌球冠軍快要窒息了，但他很有幽默感，所以我確信他會看事情好玩的一面。接著是一陣漫長的停頓，我們屏氣凝神等著帶著微笑、上半身懸空的奶昔開口說話。

最後，奶昔終於用微弱而略帶沙啞的嗓音，從他乾燥的嘴唇吐出一句話，「婷婷……婷婷……婷婷，我……我……我愛妳。」

第六章／星期二／香蕉、書和骨頭 .... P. 054

我有說過我的衝浪板長得跟香蕉很像嗎？好像沒有吧？在路的另一頭有間衝浪老店，我的衝浪板是裡面的廖哥幫我上色的。廖哥是個很特別的人，覺得自己什麼都會。他以擁有四分之一的原住民血統為傲，並告訴大家他的祖先世世代代都是頭目。他還在小腿刺上「頭目之子」四個字，以免沒人相信他。他養了一隻寵物鸚鵡，叫做嘴巴先生，他一天到晚都在跟他說話；他還養了一隻小貓，叫做爪爪先生，他完全不理他。

他有點怪里怪氣的，但我跟他滿處得來。坦白說，他其實有點像酒鬼，最喜歡的兩個字是「乾杯！」他當然也不是什麼畢卡索級的人物，但他幫我上色的香蕉衝浪板是我最珍貴的財產之一，我最珍貴的財產還有一本關於海洋動物的圖文書，是圖書館的郭阿姨送我的，因為去年秋天我幫她打掃圖書館地下室。那本書幫我增加了兩倍以上的字彙量。我喜歡書，特別是有插圖的書。書比電腦好太多了，書不會發出嗶嗶聲，也不會沒電。有時候，如果我很有禮貌的詢問馬老師，他就會答應借我他辦公室裡的一些自然課本；他雖然嚴格，但通情達理。這些書籍除了將動物界裡所有動物分門別類以外（有什麼能比動物更酷的？），更讓我不無聊，也讓我的心情不受壞天氣影響，讓我忘記死掉的海豹，以及我第二好的朋友愛上我暗戀的女孩，哎，還說什麼「她跟美一～點都沾不上邊」咧。

總之，我很愛惜我的書和香蕉衝浪板，當然也很愛肉桂。肉桂應該是最容易愛護的了，因為他可以算是會照顧自己。爺爺說肉桂確實是他遇過最棒的客人了，爺爺有過太多客人，數都數不清。沒錯，我們將肉桂視為我們的客人或家人，而不是寵物，有時候他會離開好一陣子，但他一定會回來。他總是會回家。

我的《海洋動物圖誌》裡面說，稜皮龜是世界上體型最大的烏龜，成熟的稜皮龜體長可達兩公尺，同時也是海龜中游徙範圍最廣的一種，他們以水母為主食，會游到世界各地覓食和求偶。我猜肉桂一定也去過墨西哥灣、好望角和大堡礁；我不確定他是否游經每一個緯度，但我幾乎可以確定他穿越了每一個經度。我覺得肉桂一定也有讀過《海洋動物圖誌》，因為他只有一公尺長，但他還是覺得自己是世界上最大的烏龜。他天不怕地不怕，暴風雨、寒流或鯊魚，他都不放在眼裡。

他知道，他能夠駕馭所有的風暴和野獸，連颱風都不怕。鱷魚也不怕，好吧，其實我沒有真的看過肉桂靠近鱷魚，但我非常確定就算鱷魚在旁邊，他還是不會受到任何驚嚇，他比鱷魚聰明太多了。

我知道在旅途中，他會照顧好自己。我只擔心一件事，就是塑膠袋，塑膠袋是世界上最危險的發明。有史以來最危險。人類喜歡把塑膠袋丟到海裡，有時候肉桂和他的兄弟姊妹會誤認塑膠袋為水母。這樣真的很可怕。肉桂很聰明，也很挑嘴，如果吃到塑膠袋應該會把塑膠袋吐出來，但我有點害怕某一天他可能會來不及吐出來。光用想的我就快要不能呼吸了。如果你看到有人亂丟塑膠袋到海裡，危害這裡的生態系統，請打電話給吳先生，讓他去現場教訓他們。

對了，如果你現在心裡面想著我一定也想要這樣教訓奶昔，我可沒有打算這樣做喔！OK，我承認我低估了奶昔喜歡婷婷的程度。他愛婷婷愛到在國旗下昏厥。這證明了一件事：情感就像冰山，隱藏在底下的總是比你親眼看見的還要多很多。真的是這樣沒錯。

不過呢，我還是很樂天，我是這樣想的，如果一個人每天都在各式各樣的味道裡忙進忙出，就像奶昔一樣，他大概永遠都會愛上新的味道吧！所以，我現在只要等個幾天，等到他開始覺得有點無聊，決定去喜歡別的女生就好了。等他換換口味。基本上，我只要等到奶昔的冰山融化，再告訴他該換我愛婷婷了，到時一切都會恢復原樣。這個結論聽起來很有道理吧！而且，我甚至可以想像有一天，我們三人為了這件事笑得東倒西歪呢。

不過後來事情跟我預料的不太一樣，等一下再說。一個樂天的人陷入愛河時，往往都是錯的。等一下我也會講到有一天廖哥救了爺爺一命，因為那天他騎錯車、騎錯路。我是說廖哥騎錯車、騎錯路，不是爺爺。為什麼會發生這種事呢？說來話長，不過我這樣說好了，這一切都跟廖哥的缺點有關，首先，大家都知道他不會放過任何小睡片刻的機會，他隨時都可以睡。這還不是他唯一的壞習慣，他有超多壞習慣，跟講和尚跟猴子故事裡面的那隻豬[1]一樣，他愛吃檳榔、愛吸長壽菸，也愛看電視。

然而，廖哥最糟糕、最危險的習慣就是有時候他會喝個爛醉、睡著，接著去騎機車。我說的是在睡眠狀態下騎機車喔，而且騎的永遠不是自己的車，是別人的！所以想當然耳，鎮上的人除了在自己的機車上以外，其餘的時間都有點緊張。另外一件同樣令大家緊張的就是，廖哥覺得所有的睡衣穿在身上都跟長水痘一樣癢，所以他通常喜歡裸睡。

如果他騎車的技術和身材跟他的畫一樣好，就不會有這麼多安全疑慮了。但是，

---

1 西遊記的豬八戒

非常不幸的是，廖哥完全清醒、眼睛沒閉上，而且有穿衣服的時候，在他旁邊就已經很危險了。然而，神奇的是，廖哥光溜溜夢遊騎車，從來沒有發生過什麼嚴重的事。當然啦，他全身上下有一些疤痕（那些疤都出現在一些不該有疤的地方），但以他橫衝直撞的個性，怎麼能夠不傷害到他自己，也不曾傷害到整個社區，這就沒有人知道了。幸好沒有發生什麼大事，因為保險員作夢也不敢賣保險給他。有人說，沒發生恐怖的事簡直是奇蹟，廖哥說這是因為他有四分之一的原住民血統，什麼事都難不倒他。

總之，我知道你一定在想，我為什麼會想要我的衝浪板長得像香蕉？理由很簡單，香蕉是我最喜歡的水果，當然夏天有西瓜和櫻桃的話，香蕉會排在第三。其實我和爺爺每天都會吃香蕉，我們還會把香蕉皮剁碎做成肥料，讓我們花園裡的百合花和玫瑰也跟我們一起天天吃香蕉。所以囉，這就是我想要香蕉衝浪板的原因。另外，如果衝浪板長得像櫻桃或西瓜的話（或是楊桃、蓮霧等等水果），在沙灘上一堆穿著比基尼的女生面前衝浪，會很丟臉的。難度不亞於喝醉後夢遊，光溜溜騎走別人的車。

第七章／星期三、星期四／龍 ⋯⋯⋯⋯⋯⋯ P. 063

今天早上，學校的王校長宣布（她的頭長得像木瓜，每次口紅都擦太濃），再幾個月後，端午節就要到了。她說，有興趣加入龍舟隊，參與年度龍舟競賽的人，下課後到網球場找她先生。

這聽起來可能像是一個再平常不過的通知，但你們必須知道王先生是退役指揮官，現在是警察，以及他是比他還霸道的學校校長的先生。我們都清楚千萬別惹到他，但以防萬一，王校長今天早上又再三提醒我們。

她再三強調，她的另一半脾氣暴躁，絕對絕對（是的，她重複兩次「絕對」）無法忍受行為偏差。她說，如果我們用字典查「處罰」這兩個字的意思，只會查到她先生身著深藍色警察制服的照片，而且不是面帶微笑那種照片喔，他從來不笑。接著，王校長用四分半鐘特別說明王先生有多麼鐵石心腸，以及他有多麼痛恨小孩。最後結論，她說如果有人自願只是為了去吵吵鬧鬧的打混，最好小心一點，因為王先生八成會用警槍掃射他們，或用警鞭打他們二十下，或讓他們像造成了這一切的戰國詩人[2]一樣溺死在河裡。更糟的是，他可能會直接取消整個活動。王校長宣布完所有事項，把該強調的、該警告的都講完後，整支麥克風已沾滿了她的口紅。

等我的恐懼感退卻後，我的小福爾摩斯腦袋馬上開始運轉。我努力去理解一個警

---

2 屈原

察和一座網球場要怎麼教會我划龍舟。坦白說，我也無法理解為什麼取消不辦活動會比王先生用槍射我們、用鞭子打我們、或把我們淹死來得嚴重？除此之外，我的腦袋和我都興奮不已，我就好像火車站的扒手！這絕對是一年之中在我心目中名列第一的節日之一了，這是農曆節慶的亮點之一。有人能夠因為屈原投江自盡，就想出讓人坐在五彩繽紛的龍舟裡參加划船比賽，真是太天才了。對我來說，不喜歡這個主意的人一定是瘋啦！

爺爺說，我的父親以前很喜歡看龍舟賽，我父母就是這樣認識的。爺爺說，有一天我會在有龍的地方遇到一個女生，那個女生將會成為我的太太。他說這是我們的家族傳統，這個傳統可以追溯到十八世紀初。偷偷跟你說，奶奶跟我說她跟爺爺會認識是因為有一天在公園裡，爺爺幫奶奶把一隻變色龍從肩膀上趕走。變色龍也算？我覺得這個根本不算「龍」，你們覺得呢？我是說，龍蝦、石龍子[3]、龍捲風或恐龍也不能算是「龍」的一種吧？對吧？

另外，我也不記得在我見到婷婷的那天，附近有出現任何與龍扯得上邊的東西。而且婷婷絕對是我要結婚的對象。爺爺怎麼會對宇宙有這種錯誤的理解？宇宙決定讓我跟婷婷……

嗯，其實我並不喜歡到處跟別人說，但我覺得我們已經認識彼此好幾個章節了，所以我就說了吧。拜託你們不要笑，這很丟臉。

宇宙決定，我們比較適合在超市的衛生紙區相遇。你沒聽錯，是賣廁所衛生紙的走道，不是賣巧克力的走道、賣包裝紙的走道或賣假花的走道。沒有這種浪漫的場景。我真的沒記錯，就是在賣衛生紙的那條走道。好了，以浪漫之名，誰有辦法在那種走道耍浪漫？我雖然不在行，但在我看來，這大概可以說是世界上最不浪漫的地方了，誰會想要在這種地方遇到未來的新娘啦！衛生紙根本是「愛的反作用力」。哼，真是多謝了，宇宙。

我唯一能期待的就是婷婷不要記得任何細節，幸好那時候我們才五、六歲。命運可以很殘酷，從前幾個章節就可以明白，所以命運大概無論如何都會想辦法讓婷婷想起來吧。我只能暗自希望命運不要這樣做。爺爺那邊，我就跟他說當時那附近有龍膽紫或保麗龍盒好了，如果變色龍算，這些也算。

當然，我還沒有跟婷婷說什麼命運啊、家族傳統啊這些事，未來在對的時機和對的地方再告訴她。現在，我打算在她沒有在看我的時候緊緊盯著她看、夢想牽著她的手，以及思考著寫一封匿名情書或情詩給她，表達我對她的愛慕之情（我有勇氣寄出去嗎？！），接著，剩下的就交給宇宙了。過程會很辛苦，但我必須等待。還有，為什麼愛情總要如此辛酸？對我來說，等一個人發現自己愛你，以及決定

---

3 正譯為蜻蜓。

要跟你結婚，完全就是一場磨難，感覺就好像有人用農家養的家禽羽毛搔癢你的腳底一樣。

親愛的婷婷
你讓我的心歌唱。
每當你的笑綻放，
我好像在海中徜徉，
在海中什麼都不去想。

我必須承認，我並不認識王警官。大部分的村民都同意他很喜歡參加校友會那類的聚會，這類場合讓他有理由宣揚自己的豐功偉業。大家也有志一同認為他討厭他的親戚，因為他們總是無所不用其極剝奪他分享自己事蹟的機會。我承認，我其實還是會受輿論和八卦影響，但我試著不讓這些言論使我變得過度偏激。爺爺說，我們生命中最不該有的就是偏見；他說偏見就像毒藥，讓人失去理智，只要看到對人事物帶有成見的人，就可以看出他們中毒了。

我的直覺告訴我王警官非常瘦高，看起來像法老王或一根柱子，還有著一對黑猩猩般的耳朵。我也聽說他最喜歡自誇說他讓我們村裡的犯罪率降到零。每次吳先生把破爛的鈴木吉普車停在自家門前的紅線上，王警官很喜歡就這一點罰他錢。王警官非常盡忠職守，最擅長處罰違規停車，如果那個人又是吳先生和他的破車，那他更是當仁不讓了，這時候王警官的視力會變特別好。

老實說，沒有人知道他為什麼這麼喜歡針對太極拳手。我懷疑多多少少應該跟長久以來的偏見有關。

總之，我不確定這位自大的執法冠軍對划龍舟懂多少，但我還是很期待。如果我能夠成為龍舟校隊的一員，爺爺一定會以我為榮，他一定會很開心。這樣他就可以來看我比賽，想想我的父親。我也在幻想，要是我是龍舟隊的一員，婷婷就會不自覺愛上我，成為我永遠不會消失的鳳凰。

龍真的很有用，就算你一點也不迷信。

第八章／星期五、星期六、星期日／恐懼 ·········· P.071

現在我必須屏除奶昔在一週內就轉移注意力到另一種「口味」的可能性。如果要說的話，他看起來比以前更愛婷婷，他心中的冰山一點也沒融。

噢，對於吳先生會原諒我踩過他的菜園，並且讓他的菜永遠無法生長一事，我也猜錯了。這個星期日早晨，我從我房間的窗戶看出去，看見讓我不寒而慄的景象。我看見假太極拳農夫吳先生跨越沙灘，像位嚴屬的政治家大步邁向我們的小木屋。

我是甕中之鱉，無處可逃，無處可躲。或許星期天早晨也不是永遠都如此平靜的吧……

他逐漸逼近我們的木屋，我無法離開窗戶邊，緊盯著他的每一步。吳先生隨時都皺著眉頭，所以我沒有辦法判斷他的心情是否比平常差，但他拿著一個洩氣的籃球當武器，就在他肥肥的、沾泥土的右手裡。他看起來非常兇惡，非常堅定。

他邁開大步走的同時，只有在離家門前幾公尺處停下來一次。吳先生就是對烏龜過敏，所以當他看見肉桂在廚房窗戶外曬太陽時，步伐稍微遲疑了一下。但是我佩服的是吳先生馬上就恢復鎮定，踏上四級台階，走到門口。他敲門的聲音大到連爺爺都聽得到，但卻不足以讓我恢復行動力，我在椅子上動彈不得。

「吳先生啊，什麼風把你吹來了？」我聽見門打開的聲音後，爺爺說。爺爺滿是皺紋跟番石榴一樣黃的臉一定笑容滿面。爺爺是村裡公認最知書達禮的紳士，隨時隨地帶著圓融的笑臉迎人，尤其是對看起來很嚴肅的人更是。奶奶以前常說，她會愛上爺爺就是因為爺爺像外交官那樣迷人有禮。奶奶說笑臉迎人已成為爺爺的習慣，但他總能讓人覺得是特別為了你而笑。

吳先生可不是什麼紳士，也不是外交官。
「早。」吳先生草草的說。
但他隨後鄭重的點了點曬得很均勻的頭，中和了冷酷的問候。接著他就只是站著，撥弄著皮帶扣環和手中的籃球。
「在這風和日麗的春日早晨，請問有什麼我可以為您效勞的嗎？吳先生。」爺爺問，自然而然的微笑著。
吳先生看起來就像貓頭鷹一樣沒有脖子。他稍微尷尬的清了清喉嚨，好似剛才吞了一根針。
「呃……不好意思打擾了，大哥。」他咕噥著。
他杵在那一會兒，看起來就好像他想不起來究竟是何事來打擾我們。
「你們家的孩子在嗎？」最後，他終於問了，一個字一個字慢慢的說。
「我想要把這個特別的籃球送給他……」
「喔……吳先生，您真是太客氣了。謝謝您！」爺爺回答，一面懷疑的看著吳先生手中破舊的籃球。
一兩分鐘前，吳先生緊緊的握住籃球，現在籃球就像一個巨大的橘色鬆餅一樣扁扁的。
「他應該在附近，」爺爺接著說，「我剛剛好像有看到他衝浪完回來。」
吳先生期待的揚起眉毛，噘起嘴唇。
「口筆，我們的鄰居吳先生來找你喔！」爺爺喊我的名字，正中吳先生下懷。

我原本整個人呈現凍僵狀態，卻在那個瞬間覺得炙熱難耐。吳先生是這個世界上

我最不希望他來找我的人。難道我的大限已至？我的人生是不是要留下無法抹滅心靈以及肉體上的創傷？如果吳先生在我僅存的家人面前，用籃球打斷我五十或六十根骨頭，在我家廢了我，豈不是太尷尬了。好吧，其實再怎麼尷尬也沒有比奶昔昏倒，並向全校一半的人宣布他愛婷婷來得尷尬啦，但……

那股熱流在我體內亂竄，最後似乎是在我的頭裡面停住，因為這是我全身上下最先開始流汗的地方。或許我只要安安靜靜的坐在這一秒，他們就會以為我還在外面或我已經掛了。

「口筆，你應該沒有突然忘記應有的禮貌吧？」爺爺有耐性的叫我第二次。「快點下來，我們要有禮貌，別讓客人等這麼久喔！」

「快點來啊，年輕人，我又不會咬人……」吳先生附和。

吳先生也試著微笑，但他只讓上唇勉強上揚，看起來有點像駱駝。吳先生絕對是最不適合微笑的人了。

好的，是時候面對現實了。勇敢，口筆，深呼吸！我以前所未有的龜速緩緩打開房門。

「吳先生，ㄏ……嗨。」我突然口吃，試圖掩藏聲音中的焦慮。

要說出這句話非常痛苦，但我還是說了，「很……很高興再次見到您。」

「你剛剛在忙些什麼，這麼久才來？這時間我都可以去移植腎臟了。」我們的外交官開玩笑的說。

「不好意思，爺爺……還有吳先生……不好意思，我剛剛在念孔子的《論語》。我太沉迷了沒辦法離開。有時候我在讀書的時候就會忘記時間還有其他事情。只要跟哲學有關的書都超棒的，對吧？」

我知道你們在想什麼，但我只想得到這個講法了，OK？當然，爺爺和吳先生聽完都有點驚訝，幸好他們沒有問我究竟是哪句充滿哲理的格言讓我無暇顧及時間和其他事情。爺爺讚美我閱讀的品味，接著友善的向我們招手，示意我們到餐桌。

我和吳先生都坐了下來，我們的椅子好像都變成巨大的仙人掌。

爺爺可就不一樣了，他看起來樂不可支，就像一個無憂無慮的小女孩擺放著洋娃娃，準備為娃娃舉辦一場扮家家酒茶會。

「學而時習之，不亦說乎？有朋自遠方來，不亦樂乎？」爺爺朗誦著。

當然，我害怕都來不及，當然沒有心思去注意到爺爺朗誦的那段是我剛剛應該要在念的東西。還好爺爺顧著沉浸在自己的聰慧之中，沒注意到我不知道他在念什麼。

「吳兄，您要來點茶嗎？我們好像還有一些烏龍茶。」小女孩對她最老的娃娃說。

「呃……呃……」吳先生還在掙扎著說出屬於他自己的名言，但最後還是逼不得

已只好放棄。他想不出什麼睿智的言論。

爺爺對於他人的掙扎非常敏感，所以不出兩秒，爺爺就從尷尬的沉默中救出我們的訪客。

「吳兄，我剛好準備去市場買些雜貨，殺殺價，希望您別介意。」爺爺說。

「噢……」吳先生好不容易擠出一個字。

「每個星期天，我都固定會去市場殺個價，保持年輕活力！」爺爺活力充沛的說著，看起來沒有任何移植器官的必要。

「我不在，只留你們兩位下來，沒問題吧？」

不等吳先生回答，爺爺轉向我。「口筆，麻煩你泡個茶，謝謝。左下方的櫃子裡應該有。」

我不在？只留你們兩位下來，沒問題吧？我的心頓時變得跟錨一樣沉重，拼命往下沉，跟所有膽小鬼一樣。我的大限已至。爺爺要去掃貨保持青春活力，我卻要英年早逝了，噢，孤獨的死去！

我的福爾摩斯腦袋在這打斷我，提醒我爺爺把我們倆單獨留下還是有好處的，至少他不用親眼看到我在自家屋頂下，遭到一個矮矮胖胖的隱士、太極拳手、園丁折磨。即使這樣想，我還是很頹靡。我的心怯懦的大喊，爺爺～爺爺！不要離開我！

吳先生可就不一樣了，在得知屋裡即將剩下我們倆之後，他顯然鬆了一口氣。

「不用幫我泡茶，謝謝，我剛剛喝過豆漿了。」吳先生說。雖然他剛剛好像點了點頭感覺要喝茶。他接著補充，「還有，我們兩個自個兒待在這沒問題，大哥。您忙您的，我不想打擾到您殺價的行程。」吳先生出乎意料的展現出迷人的風度。

爺爺禮貌的點點頭，再次展現迷人的笑容，轉身朝門的方向走去。

「這樣的話，待會兒見囉，口筆。要好好招待我們的客人，知道嗎？」

我唯一的盟友、我生還的唯一希望、即將發生的邪惡兇殺案的唯一目擊者，就這樣關上吱吱嘎嘎的門。這感覺就好像我在一艘將沉的船上，看著最後一艘救生艇棄我而去。剩下我和吳先生坐在桌前大眼瞪小眼，我們就像兩個業餘的象棋玩家，試圖從對手的眼中發現弱點，而不是從對方下棋的手法來判斷。吳先生把我的屍體丟棄到偏遠的小溪邊或埋在他的工具室後面的畫面，就像直升機的螺旋槳一樣，不停在我腦中旋轉。我看著他慢慢的把扁平的籃球放到桌上，好像放下一把已經上膛的步槍。他的雙眼還是盯著我看，他準備好像眼鏡蛇一樣撲上來了！

但他沒有撲上來，只是眨了眨眼，再次試著微笑，駱駝臉又出現了。接著，他往前傾，輕輕的說，「烏龜小子，我本來打算扭斷你骯髒、瘦巴巴的身體裡每一寸臭骨頭，但現在我要你幫忙一件事。」

吳先生依然緊盯著我不放，從釣魚背心胸前的口袋掏出一張小紙片，上面寫著一個地址，我認出那是王先生和王太太家的地址。

第九章／星期一早上／再幫一次吧 ⋯⋯⋯⋯⋯⋯⋯⋯⋯⋯⋯⋯⋯⋯⋯⋯⋯⋯⋯⋯⋯P. 081

隔天早上在學校時，婷婷走上前向我打招呼，我的心跳差點停止。那時我正坐在桂花叢旁邊，乖乖的嚼著飛機餅乾，想著自己的事。突然，世界上最甜美的聲音在我耳邊響起，呼喚我的名字，就好像在夢裡。
「嗨，口筆。」

自上週奶昔的浪漫告白後，婷婷就幾乎沒跟任何人說上半句話。不管在校內或在鎮上，她走到哪，都躲不開竊竊私語、口哨聲、謠言和笑聲。她以自己的出席紀錄為榮，所以不可能翹課，但看得出來她真的很不想來學校。她躲避所有人，就像一個孤單的局外人。當然，她也刻意避開奶昔，就好像奶昔是什麼毒藥或恐怖的熱帶病毒。她精確的算準從一間教室走到另一間教室所需的路線和時間，精確到她和奶昔完全不會對到眼。這應該算是好事，如果他們對到眼，或只是不小心對到眼，婷婷都可能會像鞭炮一樣爆炸，瞬間消失得無影無蹤。與奶昔和奶昔那張大嘴巴相比，我自然而然比較同情婷婷，儘管大家也一直取笑他。雖然婷婷嘴上什麼都沒說，她的雙眼已經訴說了她內心正上演著什麼樣悲傷的故事。看到婷婷難過讓我肚子痛。

「嗨，口筆。」婷婷假設我剛剛沒聽到，又叫了我一次。
「哈⋯⋯哈⋯⋯哈囉，婷婷。」我差點噎到餅乾，笨死了。
「口筆，我很討厭麻煩別人，但我想要麻煩你一件事。」
我的大腦像救護車一樣急速奔馳。好的，她一定是要我幫她痛打奶昔一頓。我低頭看我的指關節，我的指關節看起來沒辦法痛打別人一頓。轉念一想，或許她是想請我幫她逃走。她想要逃走，因為她再也受不了大家隨時隨地都在嘲笑她。又或者她⋯⋯
別擔心，我當然不會讓自己出醜，對婷婷說出「婷婷，就算妳要我穿著內褲從玉山滾下來我也心甘情願」或「婷婷，我願意為了妳坐上烤肉架」諸如此類的話。我才不想要她認為我的智商跟石頭一樣低。

「嗯，當然好，婷婷，沒問題。所以⋯⋯是什麼事？」我試著讓我的回答聽起來越隨意越好，我偷偷屏氣凝神的期待著。
「就是⋯⋯我要做一個林老師規定的美勞作業。這個作業非常重要。」
林老師是學校的美術老師。她有一頭柔亮的秀髮，看起來就像一條烏黑亮麗的絲巾，有人說她的頭髮這麼美是因為她父親開髮廊。林老師長得非常漂亮，連用奶昔的標準看都是。那為什麼我看到林老師的時候，胸口不會痛呢？
「呃⋯⋯是喔。」

什麼是喔？這到底是什麼愚蠢的回答！明明有這麼多詼諧迷人的話可以說，我偏偏選擇說「是喔」。我是白痴嗎？石頭智商！魯蛇！弱爆了！郭阿姨說得沒錯，陷入愛河的人，特別是男性，都很不會說話。詩人除外，他們比較特別。尤其是很久很久以前那些詩人，會自己跳到河裡溺死那種。如果我一直隨意使用「是喔」這類的字，我永遠都不可能有詩人的氣質。

婷婷看起來有點困惑，但她還是繼續說，「她只跟我們說我們要畫人。」她揚了揚眉毛，好像在確認我有在聽。「畫我們佩服的人。」

「喜歡？」

我的天啊，婷婷要我當她的模特兒！

我的天啊，婷婷喜歡我！

當然，我心裡深處知道大概不會有這麼好康的事情發生。我在作夢。但是這短短的幾秒鐘，我的心已經開始歡樂唱起歌來，我不想打斷。我不想要讓音樂停下來。我只是假裝婷婷一直都很想告訴我她其實已經喜歡我好一陣子了。我真的好想相信多虧了林老師出這樣的作業給她的學生，婷婷才終於有機會告訴我她喜歡我。在這珍貴的幾秒鐘，我狂喜充滿就要爆炸了，準會把桂花叢弄得亂七八糟。我的胸口發生 8.2 級的強震。

婷婷突然有點害羞的微笑，她一定發現我怪異的男性小腦袋裡發生了什麼事。她看見我的雙眼閃爍著喜悅和期待的光芒。我也害羞地搔搔後腦勺。接著，我們笑成一團，所有的尷尬瞬間消融殆盡。噢，我真的好懷念那完美的笑聲啊！

「可能等下一份作業吧。」我們笑完後，她微笑道。「這次我⋯⋯嗯⋯⋯我在想是不是可以畫你的烏龜。」

笑真的是最好的藥，甚至比大蒜更好。婷婷眼中又燃起從前的活力。

「肉桂嗎？」

「可以嗎？」

「你想要畫鞣肉桂龜？」

「對。我喜歡肉桂，我想要畫他。我會先幫他畫素描，再上色。」

「呃⋯⋯好。」我還是有點吃驚，「我⋯⋯我下課後會跟他說。」

婷婷又笑了。

「好，幫我告訴他我想要跟他約星期三下午。」她眨了眨閃閃發亮的眼睛。

先是海豹，再來是吳先生，現在又來一個婷婷。短短幾週內就來了三個訪客。我的頭腦非常混亂，混亂到我完全不知道馬老師那天下午的生物課上了什麼。從一開始上課，我就埋首於習作簿中，但我的思緒卻偷偷飄到各種宇宙間遊蕩。從頭

到尾我只有抬頭一次，看老師指著植物根系的圖。植物根系統的圖似乎對於混亂的腦袋沒轍，也不擅長把人從其他宇宙拉回來。

當然，課堂上其他的內容我一概不知。我有太多事要想了。第一，我還在為海豹的事難過。第二，我還是得想出如何信守我答應吳先生的諾言。第三，一想到婷婷這個富有藝術家氣質的天使要在平常時間來我們的小屋，畫我最好的朋友，我就快要瘋掉。（好吧，老實說，我從來沒有看過婷婷的畫作，但我早就是她的頭號粉絲了。）簡而言之，我要同時面對許多棘手的事情，這些事全都堆疊在一起。真是禍不單行。

關於婷婷的拜訪，我知道我應該要感到高興才是，因為宇宙終於決定要助我一臂之力，讓我們倆相聚。但我就是無法自拔的對於星期三下午感到焦慮。這感覺就好像我心臟的所有肌肉都纏在一起變成一顆小球。我的腦袋就像幽深的峽谷，回音永無止盡的迴盪，就像突然站起來那樣，非常暈。我從來沒有這麼暈過。要讓我的頭腦清醒，讓我腦袋裡所有的聲音都消失，只有一個辦法。不是西瓜，太極國度，遙遠的國度。是海洋。

我從學校返家後，看到肉桂帶著人類才有的不耐坐在溜滑梯入口等我，我很開心。我快速換好衣服，拿起衝浪板。不管板蠟了，我只想盡快投入海浪的懷抱。鹹鹹的海水會把一切都沖走，就算沒有，也至少能夠把一切蓋住一陣子，讓我喘口氣。

我衝向沙灘。這是有史以來第一次，我和肉桂同時抵達海邊。天氣很冷，但是豔陽高照，海水聞起來清爽而生氣勃勃。我深吸一口氣，開始擺動雙臂划向浪點。遠方有幾艘漁船和觀光渡輪緩慢平穩的在海面上航行，更遠處的龜山島壯麗安穩的橫臥在地平線上。這個場景每次都讓我聯想到一隻蛇吞掉一隻大象的那幅圖畫。你知道的，就是穿著奇裝異服來自法國外星人 [4] 畫的那張。

夏天來臨前的週間最棒了，特別是星期一，幾乎沒有其他人在附近衝浪。今天我們特別幸運，因為除了高空中有一兩個人在玩滑翔翼以外，就只有我跟肉桂。我們不介意與其他人共享海浪，但當人的腦像一團漿糊，無法正常思考的時候，我覺得自私一點情有可原。肉桂長長的脖子在離海岸三十公尺處伸出海面，他在等我，我笑著加快划行的速度。

在我追上他之前，一個平滑巨大的圓弧形海浪自深色海面竄起。肉桂一看見這個巨大的浪，就開始朝沙灘的方向往回游。他游得非常快，但他的頭還是一直維持在海面上方。從我的位子剛好看得最清楚，高舉的湧浪就這樣將肉桂舉到半空中，有幾秒鐘，他看起來就好像飄浮在浪頭上方，白色的泡沫和水花簇擁著他。接著，他用前鰭淘氣的撥了幾下，便分秒不差、快狠準的衝出藍綠色水簾。

---

4 小王子

肉桂展現十足的爆發力，當海浪猶如一枚昏昏欲睡的花瓣逐漸捲曲，彈指之間，他已經優雅的翻過身去，仰躺在海浪上。這隻熱愛肉桂的烏龜開始沿著海浪平滑的表面快速的由高處往低處游，完美的平衡畫面十分動人。他的甲殼嵌入海水中，從逐漸捲起的花瓣一路到海浪的末端，沿途切出七條乾淨俐落的白線（每隻稜皮龜的背上都有七列脊稜）。不過還是婷婷的背比較漂亮。

雖然與海浪相比，肉桂顯得非常嬌小，但一切都在他的掌控之中。強而有力的浪壁以驚人的速度不斷往前倒落，但肉桂還是老神在在、不疾不徐，甚至還有時間逆時針旋轉個一兩圈，再靈活的傾斜身體，迅速的衝向右方，接著消失在一條藍綠色水道中。這條藍綠色水道衝浪人稱之為「浪管」，在浪管裡，時間會靜止，所有的思緒也都將消失無蹤。

我雖然不知道烏龜會不會笑，但我就是知道肉桂那時候眉開眼笑。我發現我也停止思考其他事情了。

第十一章／星期二／奶昔上鉤 P. 094

星期二那天，我覺得我和奶昔不可能迴避對方一輩子，我們都太固執、太幼稚了。上次他整週沒跟我說話是我們六歲的時候，那時，我用橡皮槌敲爛他的魔術方塊，沒有辦法修理好。總之，我知道我們不能再這樣下去。再固執下去，我們遲早會悶死。再說，這樣也不是很成熟，對吧？對於這件事，我應該要試著敞開心胸，打破我們之間的沉默。我想，這就是擁有一隻會衝浪的烏龜的另一個好處了吧，這讓我願意試著用比較客觀的角度看待事情。

他懷疑我喜歡婷婷，而我知道他愛婷婷，但我們不該讓這個小小的糾葛破壞一段完美的友誼。唯一能解決問題的方法就是去烏石港釣魚。據我所知，釣魚顯然是不用透過任何言語就能夠談心的最好方式。對男生來說這個方法通常很有用，一起釣魚，一句話也不說，就可以彌平兩人之間大部分的鴻溝。好吧，也不是每次都有用，但還是值得一試。

每週二奶昔都不用去飲料店幫忙，所以那天國文課一下課，大夥兒準備離開教室時，我決定採取行動。

「嘿，阿昔……等一下！」我朝著向外衝的人群大喊，奶昔慢吞吞的轉過來。
他努力不讓自己的聲音聽起來很驚訝。
「口筆……怎麼了？」
他還在忙著把中文古詩課本收進他的海賊王書包裡。
「沒事、沒事，阿昔。」我說，擺出友善的臉。「嘿，你今天下午有事嗎？」
奶昔的眼神飄向別處，他很實際，不確定我是要邀請他去某個地方，還是要跟他約架。

「我下午要……呃……幫狗洗澡，我媽碎碎念一百年了。」

「那先跟我去釣魚。回來後我們再一起把奧斯卡洗個乾淨。我會帶餌。」

我們到的時候，已經有幾位釣客坐在碼頭上嘻嘻笑笑的談天說地。他們的牙齒都掉光了，頭髮也已斑白，但笑起來就像出來露營的頑皮學生，像剛在叢林裡找到胸罩的小童子軍。毛毛雨並沒有澆熄他們的興致，他們看起來比在汽水罐裡的螞蟻更快活。

「幾十年後的我們就是那樣，口筆！」我們沿著碼頭往他們的方向走去時，奶昔開玩笑的說。

他看起來心情好多了，他知道我們沒有要打架。

至少今天沒有。

「對啊，幾十年後魚都還是你釣走的。」我笑著說。

奶昔輕輕的笑，一手拉著他皺皺的蝙蝠俠上衣，另一手的拇指放在鼻子上，另外四根手指朝天擺動。他喜歡別人提到他是多麼會釣魚。

「別擔心，口筆，數十年後，海浪都還是你追走的。」奶昔說。

我們經過幾艘準備停泊的漁船。最後，終於在水邊找到合適的位置。我們打開摺疊椅，奶昔打開裝滿各式釣具的小箱子。我們小心翼翼把餌穿到釣鉤上，花點時間檢視海水。那天的海風平浪靜，猶如巨大的湖泊，碼頭就像在一個巨型魚缸裡載浮載沉。水面上一紙晴空和三兩雲朵的倒影清晰可見，甚至還能看見幾個閃著鱗光的模糊影子在水面下東奔西竄。

我們將釣線拋進水裡，安穩的坐進摺疊椅，用膝蓋支撐釣竿。兩位老翁坐在我們右側，仍舊嘰嘰喳喳、歡天喜地講個不停。幾隻海鷗在頭頂上盤旋，仔細觀察底下的四個人，其中一個老翁帶來一台小收音機，不斷播放著經典台語老歌。我和奶昔就這樣在碼頭上談天說地，時間也就過了。我們講的話比我預期中來得多了。

整整一小時後，一隻海鷗為我們帶來那天下午最精彩的演出。這隻海鷗十分大膽，不停飛向老翁裝魚餌的盒子，無論老翁拍手、發出噓聲或大吼，他都只有受到輕微的驚嚇，隨即繼續進犯。最後，其中一位老翁忍無可忍的跳起來，開始揮舞雙臂，他的雙腿瘦削且滿是皺紋。他看起來就像發瘋的樂隊指揮，企圖加快一首交響曲演奏的速度。徐先生跟我說過大猩猩的手臂比腿長，酷斃了！我們等一下再來談徐先生，現在沒有時間。

揮舞雙臂還是無法成功嚇跑海鷗，因此老翁一把拿起釣竿，狂暴的左戳右刺，咄咄逼人。但是這招還是沒有嚇到海鷗，這可憐的老傢伙就這樣繼續胡亂戳刺。然而，最後一下戳刺力道過猛，老翁脆弱的膝蓋瞬間癱軟，像個笨拙的芭蕾舞者向右轉了一圈，順勢將兩個裝著魚餌的盒子，外加他的釣魚夥伴都踢倒，製造出一

個老骨頭和釣魚裝備混合的小型龍捲風。那隻海鷗最後毫髮無傷的飛到安全高度後，發出勝利的啼叫聲。

我們的釣竿戰士試著扶他朋友起來時，兩位老人家很快便糾纏在一塊兒。我和奶昔無法克制的笑了出來。我們想必笑得太誇張，超出社交禮儀可以接受的範圍，我會知道是因為當我們再抬起頭時，兩支釣竿不再是朝著海鷗，而是衝著我們而來！老翁無法報復那隻可惡的鳥，無論如何一定會轉嫁到其他人身上！我們當然不是故意要嘲笑兩位老先生，沒有時間道歉或為自己辯解！當下毫不猶豫地投降了，馬上抓起所有東西，用年輕力盛的雙腿盡全力沿路狂奔，完全不敢回頭看。我們實在不用犧牲自己製造任何額外的娛樂，完全不需要。我們一路笑到家，沒有抓到魚，但老翁也沒有抓到我們。

平安抵達奶昔家後，我們拿幾個海綿和水桶到戶外，準備用庭院裡的水龍頭幫狗狗奧斯卡洗澡。要在所有鄰居養的狗都看得見的地方洗澡，奧斯卡當然覺得很丟臉，這就是為什麼我們得無限制的給他狗餅乾，還要幫他抓背，好賄賂他，否則他不可能乖乖就範。多虧有零食和摸摸，他有尊嚴地洗完了澡。

「老兄，你會把他寵壞。狗會不會得糖尿病啊？」那天下午，奶昔伸手拿第六次餅乾要賄賂奧斯卡時，我問。「就算不會，他成天吃這些零嘴，也可能會飲食失調。」
奶昔暫停他的動作，調皮的揚起左眉。
「這是唯一能防止他逃跑的辦法，口筆。沒有餅乾，沒有服從。你知道的，跟他玩拋接遊戲的時候，我都得一直拿著一袋小紅蘿蔔棒，不然不管我丟什麼東西出去，他都會一直吠，甚至尿尿在我靴子上！」
「你在開玩笑吧。」我打斷他的話。
「我當然是認真的，不這樣做真的沒辦法。我知道某方面來說這樣不好，但管他的。還有，你對肉桂也滿慷慨的啊，口筆。我看過只要肉桂要什麼你就會給他。他甚至不用像奧斯卡一樣要拜託你或玩拋接或洗澡，更不用說你還為他打造滑板溜滑梯和游泳池了。他要不是在泡水、衝浪或大啖美食，就是在曬太陽，跟蜥蜴一樣……抱歉，拿比較低等的動物來比較。他基本上就是住在一間五星級的爬蟲類飯店！怪不得他每次都會回來！」

我無法反駁肉桂的一席話，連試都沒試。事實上，我覺得世界上最大的海龜願意一直回來，是我莫大的榮幸。我也很高興他可以在我們家後院盡情享樂，很高興他是我朋友。
「朋友優先，friends come first，對吧？」我大笑，「FCF！」
「是的，FCF！」奶昔也笑了。

現在，我們的毛朋友全身都覆蓋著白色肥皂泡，是時候提起婷婷的事了。當然，

我必須非常有技巧的提起這件事，一不小心，就可能會讓奶昔尷尬或激怒他，或以上皆是。這樣一來，我們花在釣魚上的時間就徹底浪費，即便我們沒有釣到任何東西。當我確定奧斯卡的腳掌和耳後黑色的捲毛已經徹底清洗乾淨後，我便停止搓揉奧斯卡，清清喉嚨，抬起頭。

「我覺得奧斯卡需要一個女朋友，阿昔。」我說。
奧斯卡垂下的耳朵瞬間豎起來，他察覺到現在這個話題十分有意義。
「女朋友？」
「對。餅乾很讚，但我覺得只有餅乾不夠。狗就像他們的主人一樣。他需要的是……伴侶。愛情上的伴侶。」
「伴侶？愛情？」奶昔的臉像苦瓜一樣扭曲。

「是啊，你知道的，朋友啊、五星級待遇啊，都很棒，但他真正需要的是一個女性伴侶。」
「女性？」奶昔的音調似乎不斷上揚。
我微笑，半開玩笑的說，「你知道什麼是女性吧？」
就算奶昔已經開始懷疑接下來要聊些什麼，或者我究竟在暗示什麼，他都沒有表現出來。他反而也對我笑笑，回答，「當然知道，就是你在這世界上最害怕的東西，對吧？」

當我們終於都停止假笑後，奶昔又把水龍頭打開，拿起水管，把奧斯卡身上的泡沫沖掉。白色泡沫捲逐漸變回乖巧又胖嘟嘟的奧斯卡。我下定決心一定要說出來，機不可失。
「阿昔……我在想……我在想或許我也會試著找一個。」
「找啥？狗嗎？」他問，「不管怎樣，千萬不要養有毛的動物。你看，洗一隻狗要花一百年的時間。不不，你要相信我，養烏龜好多了。你只要……」
「呃……不是。」我打斷他，「我在想的是我也要找一個……伴侶。」

這次說出伴侶這兩個字聽起來好奇怪。伴侶。好像什麼可以郵購的東西或去一趟診所後不小心就會傳染到的疾病。
「你的意思是女朋友嗎？」
「嗯哼。」我點頭，「嘿，我們是不是還要把奧斯卡弄乾？」我問，試圖緩和氣氛。等奶昔把全身溼透的奧斯卡身上的泡沫徹底沖乾淨，又過了整整兩分鐘。（我一定要記得等一下要告訴你們另一個關於肥皂泡泡的故事！）
「你有喜歡的人嗎？」最後，他裝作不在意的問。他暫時徹底忘記要把狗擦乾一事。
「呃……我不知道……可能水果行那個女生吧。你覺得如何？」

海水沖上岸的故事多到令我驚訝。無論是老舊的襯衫鈕釦、泡麵的包裝、缺了輪子的玩具車，還是死掉的螃蟹，都帶著各自的故事。這些東西都從某處來、都曾經待過某處、都做過一些事。我喜歡想像它們的故事，這樣我就不用去想自己的了。人總是花費太多時間在想自己的故事。

隔天一早醒來，我有種幾乎整晚沒睡的感覺。我做了一個非常逼真的夢，在夢裡我的舌頭上夾了一堆曬衣夾，但我的手太短，沒辦法把曬衣夾拿掉。我試著告訴大家發生什麼事，但沒有人了解我在說什麼。實在太恐怖了。看來我還是對於水果行那個女生下午要來我們家感到很緊張，擔心我會不知道要跟她說些什麼。這是緊急狀況。

想要做好心理準備只有一個方法，那就是去圖書館跟郭阿姨聊聊。她很特別，有些人會說她很怪，但在這種情況下，她是唯一能夠讓我冷靜下來的人。另外，在我所認識的人當中，我最看重的大概就是她的意見。所以，快速的擁抱爺爺，輕拍幾下肉桂的左鰭後，我拿了幾個熱呼呼的饅頭就衝出門了。我還差點忘記穿學校的皮鞋。

我並不打算再冒險抄捷徑穿越吳先生的花園，至少在完成他交給我的任務之前不打算。現在，不管我多晚出門，他的地盤萬萬不可進入。我用力地跑，繞了一大圈到圖書館。沿路上，我超越了準備去麵包店買早餐的徐先生。徐先生是五金行老闆，他的早餐永遠是肉鬆蛋餅配上一杯薏仁漿。

「徐先生早！」在斑馬線上與他擦身而過時，我說。
好吧，其實我們都亂穿越馬路，但那不重要。（重要的是你們不要告訴王警官！）我速度太快，差點弄亂他的假髮，不過還好沒有，因為徐先生非常注重外在形象，他時髦的法式假髮隨時都是由右往左，梳成一個完美的大波浪，肉桂都可以在這波浪上旋轉六七圈以上了。這個大波浪的尖端通常會剛好觸碰到他左邊的眉毛，他的左眉永遠上揚著，好像在質疑別人是否用了自己的牙刷。

我有點嚇到他，所以他只能簡短回答一聲「嗨」，同時急忙轉身扶住頭頂。在看到是我之後，他笑了笑，隨即開始瘋狂尋找最近的一台機車，用後照鏡查看自己的模樣。他的波浪假髮歪掉了。比起真髮，大家似乎比較在意假髮。
「嘿，徐先生，鱷魚是唯一不會吐舌頭的動物！掰掰！」我大喊。

我們喜歡偶爾交換動物知識考驗對方的生物常識。我們可以說是旗鼓相當，因為徐先生的緣故，我念的生物相關書籍一定比大部分同儕多；也因為我的緣故，徐

先生花超多時間在看《動物星球頻道》。

幾秒後，遠方傳來徐先生的回答：『蟾蜍可以用皮膚呼吸……』但那時我已離太遠聽不見了。

我抵達圖書館的小鐵門時，郭阿姨正在開啟所有的門。她穿著時髦的粉紅色上衣和黑色裙子，脖子上圍著一條亮粉色絲巾。她可樂色的頭髮整理得十分整齊，像位優雅的新聞主播。我興奮到喘不過氣，幾乎講不出話。

「郭阿姨！」我大喊，朝圖書館建築飛奔而去。

「是口筆嗎？你怎麼一大早跑來這裡，我的乖孩子？」她抬起頭，驚訝的問。

我一路跑到門口，差點撞倒她。

「郭阿姨！我有件非常重要的事想請教！」

「冷靜，孩子，你會昏倒的。」她平靜的說，「你知道的，如果你在我的門前激動而死，別人就會怪我。先喘口氣，我再讓你進來。」她笑道。

我丟下書包，把雙手放在膝蓋上，大口喘氣。郭阿姨輕拍我的背。

「這樣好多啦。現在，努力試著不要流汗，再進來告訴我到底是什麼事這麼重要。我先去煮熱水……」

粉紅色襯衫進去不久後，我拿起書包也走進圖書館，舊書的氣味撲鼻而來，依舊如此熟悉。我已經平靜許多。

「要喝茶嗎，親愛的？水剛煮好。」

「不用了，謝謝郭阿姨。」

「還是要喝點新鮮的米漿？我可以分你一點，只要你不跟別人說我喜歡把米漿跟咖啡混著喝。」

（我的天，奶昔不知道對這種飲料有什麼想法？！）

她對我眨眨眼，伸出手指放在嘴巴前，示意我對於這奇怪的飲料組合保密。

我用微笑答應她這件事一定是最高機密。郭阿姨很滿意。

「噢，還是你想喝果汁？」她接著說，「這裡也有果汁……但要找找。」

我聳了聳肩，太多選項有時讓人難以抉擇。

「喂，小夥子，不要像木乃伊一樣呆站在那！」她說，「跟我來，我們可以一起吃早餐。」

圖書館後面有間小廚房。這間廚房其實是集廚房、書房和辦公室於一身的房間，裡面有幾件家電用品、一張小木桌、三張椅子、一些 DVD，以及一台老舊的 CD 播放機。郭阿姨只需要這些就夠了，因為坦白說她廚藝不怎麼好，連煮個泡麵都有問題。其中一張椅子上放著一台壞掉的打字機。對了，郭阿姨以前是報社編輯，她說她之所以辭職，是因為她的獨家社論大多都是對當地人士的對牛彈琴。

她又說，即使是這樣，當地人還是完全不感興趣。她也當過音樂老師，所以總喜歡在吃早餐時，轉到她最喜歡的古典音樂頻道。很快的，房間裡充滿鋼琴音符，瀰漫著米漿、咖啡、饅頭、炸蘿蔔糕和醬油的香味。郭阿姨總說生活就像一幅畫，要讓生活充滿色彩，絕對不能少了好音樂。

「Bon appetite，口筆！你知道我們的黃金法則吧？」郭阿姨一邊隨著德布希的《阿拉貝斯克第一號》鋼琴曲搖頭晃腦，一邊提醒我。

郭阿姨的黃金法則是吃飯時要閉上雙眼。她說，如果我們的眼睛太忙碌，大腦和舌頭就會怠惰，因為視覺輸入很容易讓人分心。她認為張開雙眼就是清空大腦。總之，我不介意遵守這個法則，不知道為什麼，這樣食物真的會比較好吃。這讓人覺得很愉快。而且，閉上眼睛用餐讓我能夠想出一些抽象，而且很不錯的點子。你知道的，就是那些張著眼睛不會想到的事情，像是大象要怎麼吃義大利麵，或地球上第一個選 surf 這個字來表示瀏覽的人是誰。

不久前，我說過想跟你們分享一連串驚人的巧合，我發現我正在思考這件事。我想著兩年前，不知為何全宇宙的力量同心協力的確保廖哥會救爺爺一命。我想說的是，我想著廖哥如何在睡眠中，全身赤裸的騎著別人的機車，騎上錯誤的小巷，而救了爺爺一命。

這件事發生在一個陰雨綿綿的午後。爺爺那時正走在一條窄巷，準備去找他的老朋友阿呆下暗棋。雨不停下著，爺爺撐著一把黃豆顏色的雨傘。走著走著他的鞋帶掉了，所以他就在路的右側蹲下來綁鞋帶。

你們一定會想，只是綁個鞋帶哪會發生什麼嚴重的事，但是……突然間，一輛藍色小卡車，就是速度比山崩還快，逢人就按喇叭的那種，你們知道吧？反正，就是有這麼一輛藍色小卡車，飛也似的急轉彎。不幸的是，雨滴咚咚咚，大聲的打在爺爺的雨傘上，使得可憐的爺爺沒有聽到有危險靠近。藍色小卡車火箭的駕駛也沒有看到爺爺，他正忙著打開蠻牛的瓶蓋。而且，他實在是開太快了，就算他有看到爺爺，也不可能來得及踩剎車。

當他開著他的藍色子彈逐漸靠近，透過滿是雨水的擋風玻璃看見一把模糊的亮黃色雨傘時，已經來不及了。他馬上意識到他即將輾過一把亮黃色雨傘以及雨傘下矮小的主人。（爺爺那時還蹲著，所以雨傘十分靠近地面。）駕駛用僅剩不到一秒的時間急踩剎車、緊閉雙眼，快速的向快餓死的紅臉關公祈求。

說時遲，那時快，這起趣聞的英雄人物廖哥登場。那天中午他喝太多啤酒，裸身騎著別人的機車，從反方向疾馳而來，一邊享受午睡時光。七福神一定很喜歡爺爺，因為那天發生在那條命定窄巷中的事實在太不可思議。想想看，那天午後，醉醺醺的廖哥在還沒有醒來的情況下離開床舖，拿著他心愛的枕頭，步履蹣跚的

離開房子。他在睡眠狀態下抱著枕頭，跟跟蹌蹌的一路往前走，像隻跛腳的鴨子，最後跳上離他最近的機車。那台車是吳先生的，那天他很不巧的沒有拔下鑰匙。廖哥脫光衣服，騎上機車，緊閉雙眼，往一條「錯誤的小徑」騎去。

接著，他加快騎車的速度。當他抵達爺爺蹲下來綁鞋帶的那個急彎時，他的速度也過快。由於吳先生時常騎機車追趕入侵者和野狗，他機車輪胎的胎面有點破舊，因此，那時胎面就像肥皂一樣滑落到潮濕的地面上，機車瞬間變成一輛雪橇，在柏油路上滑行，像個可樂罐。廖哥則飛上細雨紛飛的空中，他的啤酒肚提供了十足的動能，他就像太空人一樣飛越大氣。有人說接下來發生的事違反常理，但對我而言這簡直是奇蹟。熟睡中的廖哥還是緊緊抓著他的枕頭，在飛越天空後掉了下來，掉在毫無防備的爺爺身上，把爺爺撞到路邊，撞離藍色小火箭的航道。

當藍色小火箭的駕駛睜開眼，腿上都是蠻牛。他的卡車壓在吳先生的機車上，廖哥則躺在爺爺身上，兩位倖存者中間夾著一把黃傘和一個凱蒂貓枕頭。如果把這段影片放到 Youtube 上，一定會爆紅！

非常神奇的，現場唯一受到傷害的就是吳先生機車旁路面上凹凸不平的刮痕以及卡車底部。廖哥的枕頭一根羽毛都沒少，甚至連爺爺的雨傘都幾乎未折損。然而，最不可思議的就屬爺爺和廖哥都沒有受到嚴重傷害。事實上，幾乎毫髮無傷！他們差點就要頭骨碎裂了。

總之，廖哥的枕頭吸收了著地的衝擊力，可以說是凱蒂貓阻止了一場驚天動地的災難。爺爺除了腳踝扭傷、褲子破了個大洞以外，一點擦傷都沒有！廖哥的歪鼻子流了點血，下顎稍微瘀青。他的鼻子會流血是因為他著陸的時候，雨傘尖端不偏不倚的插進他左邊的鼻孔裡。他的下顎瘀青則是他在終於清醒過來後，朝自己的臉揍了一拳，確認自己不是在作夢。藍色小卡車的駕駛也沒有受傷，只是褲子上沾滿了蠻牛有點黏黏的。

我聽見收拾筷子、刀叉、空盤和容器的聲音，我緩緩睜開眼，往下一看，我美妙的早餐不知何時，像一團煙霧一樣消失無蹤。我的肚子意外的充滿飽足感。
「口筆，剛剛真是太棒了。我剛剛想到義大利麵和大象。真是渾身舒暢。」
「真的嗎？我剛剛……」
「但是你可能要留待下次再告訴我你在想些什麼了。」郭阿姨打斷我的話，俏皮的眨眨眼。
「郭阿姨，可是……」我試著抗議。

但是抗議無效。
「我們必須擇日再繼續討論，親愛的，不然你要遲到了！別擔心，這樣你有更多時間再想想。」

「可是……」

「下次我會陪你走到你的靈魂深處，口筆，但不是今天。就這樣說定了，好囉？」

「可是……」

「沒有可是，小朋友。我下次彌補你。你要去上學，我要去染頭髮，結束後我要冥想，冥想後去慢跑，慢跑完還要去高爾夫俱樂部更新會員資料。」

「吼，可～是～」

「口筆，你再堅持、你的『可是』再長也沒用，你該走了！聽話，快點！把握當下！我說了算。而且就算我想，我的時間也不允許。」

我當然知道我不可能辯贏伶牙俐齒的郭阿姨，但我這年紀的人，只要敢辯，都有希望。

我往門口走去時，我的鞋重得跟鉛塊一樣。

「噢對了，還有一件事。」郭阿姨說。

「什麼事？」我充滿希望地回頭。

「我要請你幫我轉達一個緊急訊息給林小姐。」

「噢。」我失望的回答。

郭阿姨完全忽略我的失落。

「麻煩你請她跟我聯絡，好嗎？最新一期的《指甲保養二三事》週刊剛來。」

我揚起眉毛，「這很緊急？」

「不要那樣看我，口筆。如果你知道這些雜誌多有用，就會明白的。看過林小姐的指甲，你就知道什麼叫做緊急。」

我再度薄弱的拗了一下，試著延長我們的會面時間，但郭阿姨已經非常巧妙的陪我到門口，並在我無助的站在門口時，迅速關上門。

第十四章／星期三下午／計畫和道歉 ......P. 122

星期三下午終於來了，但我還沒準備好。那天早上去圖書館對我一點幫助都沒有，雖然郭阿姨熱情招待我，但我來不及跟她分享我的秘密。我整天悶悶不樂。除此之外，我知道奶昔還深愛著婷婷。我怎麼知道的呢？這還不簡單，我昨天輕描淡寫地提到「水果行的那個女生」後，奶昔馬上把濕答答的海綿砸向我。當他又拿起一桶水丟過來時，我早已像一匹馬般飛躍圍籬，跑到馬路上。看來最近的難題我可是一題都解決不了。

你們可以試想我當時的心境：婷婷隨時都可能會來，成千上萬個想法像一大群野牛般在我腦中奔馳，其中之一還是曬衣夾夾在我舌頭上那件事。說來可笑，怎麼有人可以喜歡一個人喜歡到很怕見到她？好吧，可能我有點誇大其詞，但我真的從來沒這麼焦慮過。拋開這些事不說，我還得思考該如何完成吳先生交代我的詭

異任務，以免他折斷我全身的骨頭。既然水果行的天使婷婷還沒來，我先跟你們說吳先生的獨特要求到底是什麼好了。畢竟，距我上次提起這件事已經有段時間了，加上我需要分心才能不去想我有多緊張。

其實也沒什麼，就是吳先生要我幫他報仇。仇人一是廖哥，因為廖哥亂騎他的機車。仇人二是王警官，因為王警官每次看到處炫耀他開了多少罰單給吳先生。
「口筆啊，這叫做『一石二鳥』。」吳先生星期日來找我的時候說，「一石，兩隻壞鳥。」

好了，其實沒有那麼簡單。責任、友情、血緣，以及王警官是警察，都增加整件事的複雜度。我必須承認某方面來說我有義務補償吳先生，一來我經常穿越他的土地，這對他的菜園和血壓都不好；二來在陰雨綿綿的小巷裡救了爺爺一命的，不正是吳先生的機車嗎？如果不是因為他倒楣，機車給一個裸男騎走，或機車的輪胎沒有壞掉，爺爺可能就難逃一劫了。身為爺爺的孫子，我欠他一份人情。

然而，另一方面，我也欠廖哥一個莫大的人情。那天醉到不省人事的裸男廖哥不也在那條下著雨的小巷救了爺爺一命嗎？怎麼說呢，如果他沒有在那關鍵的一刻抱著枕頭，橫越天際，爺爺的命可能就不保了！廖哥絕對是英雄，自成一格的英雄。除此之外，他還彩繪我的香蕉衝浪板呢！我怎麼可能假裝沒這回事？！

吳先生還是廖哥？廖哥還是吳先生？你們應該看得出來這是多麼大的道德兩難。我知道不管怎麼樣，無論決定要或不要幫吳先生實踐他縝密的計畫，我都會良心不安，我根本沒得選。雖然我為了兩個不可能的選項天人交戰，我們不妨先稍微深入來看這個計畫。計畫包含兩大部分，第一部分，把廖哥灌醉；第二部分，把王警官的機車騎到廖哥家門口放。如果計畫進行順利，運氣又不錯的話，王警官的機車最後會停在紅線上，壓在一台藍色小卡車下。

吳先生會負責實行第一個步驟，他打算跟廖哥打賭，隨意輸幾場，再到萊爾富買幾罐啤酒請廖哥喝。這樣比請廖哥去酒吧來得便宜許多，如果還打算擾人更烈的酒，這樣也比較划算。第二個步驟則交由吳先生的共犯口筆來搞定。雖然我真的很想好好跟我的鄰居合作，但我不得不承認一想到要偷警察的機車（太太是學校校長的警察），我就不禁背脊發涼。然而，只有這樣做，才能阻止吳先生把我的背脊毀掉。

有人敲門。我的心撲通撲通狂跳，像在我胸前打鼓。我試著想出一句最酷最帥氣的話，可以在開門時跟婷婷說，但我只想到……
「我正在開門……」
看到站門外站著的不是婷婷，我一方面有點失望，一方面又暗自鬆了一口氣。還好沒有讓她聽到我講出這麼蠢的話。

「奶昔？嘿……嗨。呃……你怎麼會來？」
我緊張的瞥向奶昔後方，確定附近沒有婷婷……或水桶和海棉。奶昔向來不認為暴力能解決問題，但昨天過後，我就不這麼確定了。如果他知道婷婷等一下要來，他一定會用比海棉更真材實料的武器丟我，可能是球鞋或芭樂那類的。光用想的就覺得好痛。

奶昔忸怩地用左手調整眼鏡，看上去有點羞愧。他右手拿著一根小樹枝，輕輕戳著腰。

「口筆……」他終於開口。「我……呃……嗯，那個，我對這種事不太在行。」
「嗯？」
「但是，那個，我想要……呃……要怎麼說？我想要為昨天的事道歉。」
「噢，奶昔，你認真嗎？」
「我認真的，口筆，我……我不是故意趕你走。或……」
「阿昔，真的沒關係。不用想太多。」
「我也不是故意要朝你亂丟那些危險的東西，你知道我不怎麼相信暴力可以解決事情。」
「我沒受傷啊，奶昔。真的沒事。說真的，我們就把昨天的事忘了吧！」

我希望我的不耐煩沒有顯示在臉上。當然，我很高興奶昔向我道歉，但我只希望他的速度可以加快。婷婷隨時都可能會來！
「我們就忘了這件事吧，奶昔。覆水難收，事過境遷。真的沒事啦。」我笑著說，「而且你丟東西跟老人一個樣。」
奶昔也笑了，「真的嗎？我們還是朋友吧？你人真的太好了，口筆。真的非常好，謝謝，謝謝你原諒我！」

我們和好了，再度變回好朋友。現在我只要把他趕回家就好了，但他偏偏還沒有要走的意思。他遲疑了一會兒，用沾著茶漬的手半掩嘴巴，「呃……口筆？」
「嗯？」
光聽他的語氣，就可以猜出他接下來要說的話八成裡古怪。
「呃……口筆，我的好兄弟，我還想問你……那個……嗯……不知道可不可以先給我一個機會。」
「給你機會？」一陣奇怪的感覺從我肚子深處傳來。
奶昔左搖右晃，看起來好像有毒蟲跑到他褲子裡一樣，手中的樹枝比剛剛更用力的戳著腰，感覺下一秒就要從他另一側的腰穿出來。
「對。」他慢吞吞地說，「我希望你可以給我機會，讓我先約她出去。你知道的，就是面對面出去約會。我……我只是想確認她喜不喜歡我。」
「先約她出去？」我沒聽錯吧？！

現在輪到我渾身不自在了。我的樣子應該有點像我原本已經做好心理準備要吃橘子了，張口咬下去後卻發現自己吃的是葡萄柚。一股酸味在我嘴巴裡漫開。

「嗯，你知道，就是在你跟她告白前。」

「噢，阿昔，哇。」

我瞬間看見我跟婷婷之間冒出一條萬里長城，我覺得我不太能夠消化這件事。

「哇。」我重複，這次酸溜溜的感覺蔓延全身。

我們就這樣僵在那，尷尬沉默 30 秒。雖然很難，但我終於還是整理好思緒。振作啊口筆，我對自己信心喊話，婷婷隨時都可能出現，你別無選擇，你現在該做的就是盡所能以最快的速度結束這段對話。我的大腦不斷催促我快點妥協。

「當然沒問題啊，阿昔。」我盡所能用最溫和的語氣說。「畢竟是你先說你喜歡她的，這很公平。去吧，在這段時間內，我盡量不做出破壞你機會的舉動。加油啊！」

奶昔瞬間鬆了一口氣，感激和滿足之情溢於言表。

「真的嗎？你說真的嗎，筆兒？哇，謝了，真是太棒了！」奶昔說著說著，將樹枝拋向不遠處的玫瑰叢。「我就知道如果問你的話，你不會恨我！」

「恨你？怎麼可能啦。」我掛上吳先生的招牌笑容。

「口筆，你真是個好人！」奶昔喜孜孜的說。「我就知道根本沒啥好緊張的，我們都認識這麼久了。」

奶昔肩膀上的重擔終於放下，喜上眉梢。

「對啊，開什麼玩笑。」我說，「FCF 耶，記得嗎？」

「沒錯，FCF ！」奶昔拍拍我的肩膀。

「口筆，謝謝你，你人最好了！所以，就這麼說定囉？」

奶昔伸出手，我們好像從沒握過手，這感覺就好像剛簽下一份正式合約。

「一言為定！」我說，伸出手用力握住他的右手。

我從來沒有看奶昔這麼開心過，所以沒錯，如果婷婷在這時出現，用美妙的嗓音大喊「嗨，口筆！」，可就不好了。但很不幸的，這件事偏偏就發生了。

第十五章／星期三下午之二／誰先誰後？ P. 132

從奶昔昏倒那天開始，婷婷和奶昔就沒說過半句話。事實上，婷婷發自內心不想見到奶昔，所以他們幾乎不會碰到對方。奶昔非常疑惑的轉頭，臉上的笑容逐漸消失。婷婷看見一點都不「暗」的暗戀者奶昔，表情同樣錯愕。這真是有史以來最尷尬的場面，甚至比剛剛更尷尬。我們三人都恨不得自己可以瞬間縮小成頭皮屑，隨風飄散無蹤。

「嘿……奶昔。」婷婷終於開口說話，尷尬的搔搔她精緻小巧的手肘。

平時應對如流的奶昔，這時默不吭聲，我開始擔心這段長到不可思議的沉默會像

氣球般無限膨脹，最後失去控制，將我們吞噬。

「厂……厂……嗨，婷婷。」奶昔終於從乾澀的嘴裡擠出幾個字，「是我沒錯。」看來他也來不及事先擬好稿。
但他可不是泛泛之輩，不出幾秒馬上整理好心情，試圖緩解這個微妙的局面。
「妳……妳怎麼會來？」
奶昔說這句話的時候語氣非常友善，但他把像椰子又像鳳梨的頭轉過來，惡狠狠的盯著我看。等他轉回去看婷婷時，她也整理好自己了。
「噢，我要來做美術作業。口筆人很好，答應要讓我畫肉桂。」婷婷說，甜甜的對我笑。
「哦，他真是體貼到爆炸啊！」奶昔對著我說，語氣充滿諷刺。我敢發誓，他左顧右盼試圖找東西丟我。接著又是一段很長的沉默。

就在這個時候，我們的明星模特兒，也就是這一切的罪魁禍首肉桂，從我和爺爺幫他特製的鹹水游泳池中緩緩浮上來，他正在享受午後戲水時光。婷婷一看到肉桂，整張臉像舞廳球燈般亮了起來。
「哇，口筆，他比我印象中大好多！你都餵他吃什麼啊？」婷婷興奮的問。
肉桂好像聽得懂婷婷在說什麼，他奮力撐起短腿將身體抬高，把小鴕鳥一樣充滿皺褶的老脖子伸長。婷婷開心的拍手叫好。
「這一定會是我有史以來最美的一張素描！口筆快點啦……我可以開始畫他了嗎？」

不等我回答，婷婷已經在附近找到一顆平滑的大石頭自顧自的坐下，快速翻找她的包包，準備好素描用具。不出幾秒鐘，她已經拿出各式文具，其中最特別的是一支大鉛筆，她隨即開始努力的削著那隻鉛筆。肉桂耐心的等待，順便練習幾個他最得意的姿勢。我和奶昔不約而同的受到婷婷對畫畫的熱忱和活力迷住，差點就忘了我們現在遭遇的困境可比當年我砸碎奶昔的魔術方塊嚴重得多。不過，我們很快就回過神來，目光沒有停留在這位天賦異稟的藝術界明日之星身上太久。奶昔這次轉過頭來，眼神冷若冰霜。如果他當下哭出來的話，大概會有兩座冰河沿著他的臉頰滑落。

「那我就不打擾你們這對愛鳥囉！」他諷刺的眨眨眼，但婷婷深受她完美的模特兒吸引，似乎沒聽到奶昔說的話。
「阿昔……等一下。」我叫住他，試著挽留他。
「不了不了，口筆，我很討厭叨擾別人。你們忙你們的吧，不用管我，好好招待你『親愛的』客人。還有，GCF，對吧？」
他冷冰冰的瞪著我，像西部片裡警長瞪著罪犯那樣。有那麼一秒鐘，我真的覺得他的目光足以讓我鼻血直流，或像雷射一樣射穿我。

「阿昔，事情不是你想的那樣，我發誓！」

「隨便啦，我對你那些小情小愛的故事沒興趣。」奶昔連想都沒想就打斷我。

他的語氣中明顯透露出不屑與憤怒，「祝你自個兒釣魚順利。」

在我攔住他之前，奶昔和他受損的自尊心早已轉身，迅速的朝沙灘奔去。如果他找我單挑，鬥個你死我活也罷，但他竟然就這樣離開了，留下我自己一個人站在那。

「喔天啊。」我自言自語著，低頭望望我親愛的客人，再望向離我遠去，我卻沒有追上去的朋友。「這下可好了。」

如果是在其他時候，我一定會由衷感謝宇宙賜予我跟婷婷獨處的機會，但在這個情況下我一點都無法感激，只覺得非常愧疚。這實在太不公平了，我終於有完美的藉口可以跟我暗戀許久的女孩獨處，而且是在沒有任何衛生紙的地方，我卻高興不起來。命運何其殘酷！我上輩子造了什麼孽？

「口筆，你要看我畫畫嗎？」婷婷問，依然低著頭看著畫紙。

肉桂也不動如山，看得出來他樂在其中。終於有人發現他有多性感，願意花時間創作一件以他為主角的藝術品，終於有一個有畫畫天分的人能夠將他性感的一面忠實呈現在畫紙上。

正當肉桂快樂地擺 pose，我看著婷婷豆腐般白皙柔嫩的手輕盈的在紙上揮動，就像一隻蝴蝶在飛舞，右手腕上的玉鐲不時輕叩畫板。她跟所有藝術名家一樣不疾不徐地勾勒出肉桂性感的身形，肉桂的肖像畫在她緩慢沉穩的筆下一點一滴逐漸在白紙上浮現。

「婷婷，妳為什麼很佩服肉桂？」當肉桂的輪廓完整出現在白紙上時，我問她。

「嗯？」婷婷的視線依然沒有離開紙面。

「妳上次說妳要畫妳很佩服的人。」

「對啊。」

「所以為什麼？」

「什麼為什麼？」婷婷的手繼續在紙上飛舞。

「就是妳為什麼喜歡肉桂？」

這一次婷婷終於抬頭，她什麼都沒說，但我從她的眼神中看出答案就和燈塔的燈一樣明顯，也意識到 EQ 過低的人才會問這種問題。我有預感如果我當時敢抬頭看肉桂，他的眼神一定也訴說著一樣的事。

最後，婷婷嘆了一口氣。她連嘆氣都好美！她把紙上的碳粉吹掉，用對小孩子解釋事情的口吻說道，「肉桂可以到處旅行，想去哪裡、就去哪裡，甚至還可以環遊世界，不用受疆界限制，也不用煩惱國籍問題。我很羨慕他。」

「哦……？」

「我真的很羨慕他，而且他如果不想說話的時候就可以不說話。別人總期待我們

說些什麼，真的很煩。我們總覺得自己應該要說些什麼，或等著別人說些什麼，我很討厭這樣，很累人。我很喜歡肉桂，因為他享受安靜，也不會一天到晚想要趕走安靜。不管其他人希望他怎麼樣，他依然保有安靜的能力。我希望自己也能這樣。」

婷婷轉頭面向大海，眼神飄向遠方。
「噢，還有，肉桂不需要吃水果。我受夠大家永遠都在買水果，都不自己種。來買水果的人都只會消費，不事生產，這樣很自私也很浪費。」
我有想過要告訴婷婷其實還有很多動物也不需要吃水果，但我不想要破壞這美好的一刻。還有，我從不把肉桂當成動物。
我過了好一陣子都沒有答話。婷婷低下頭，繼續埋首作畫。
「他也是我心目中的英雄。」我終於開口，望著我們四隻腳的模特兒。
婷婷突然抬頭看我，露出她最美的笑容。我終於說出一句像樣的話了！我對於打破沉默以及時常到婷婷家買水果感到很抱歉，但我終於說出一句帥氣的話了。
「我知道你很愛他啊，不然我早就綁架他了！」婷婷笑著說。
聽到婷婷用她完美的嘴唇說出『愛』這個字，我的臉瞬間漲紅發熱，幸好她又繼續畫畫，沒有發現我的臉跟天燈一樣光亮起來了。
「口筆，你有很會自己單獨釣魚嗎？還有，什麼是 GCF 啊？」

第十六章／星期四／牙齒和自由 ·········· P. 141

講到「佩服」，就讓我想起另一個我最佩服的人。星期四下午放學後，我決定去找我們當地的一位牙醫慶醫師。慶醫師跟郭阿姨一樣都會給我可靠的建議，會告訴我該做什麼、不該做什麼。這次，我有很重要的事要尋求建言。另外，我也想知道爺爺還能活多久。

慶醫師的助理陳小姐忙著用手機壓碎糖果[5]，完全沒注意到我來了，更不用說提供任何協助。我覺得現代人總是低頭看手機，對周遭置若罔聞，這樣的惡習儼然已成為傳染病。人與人之間連四目相交的時間都少得可憐！要看到另一個人的雙眼只有兩種情況，一是你惹他生氣，二是他 LINE 你他最新的照片。這真的讓人笑掉大牙。

總之，既然陳小姐忙著玩遊戲，我就直接溜進慶醫師的辦公室。我知道隱私神聖不可侵犯，對於無所事事的人來說更是如此，但已經沒有時間可以浪費了。慶醫師坐在電腦後方，現今大多數的醫生都是這樣。爺爺說，現在連健康都電腦化了。

「口筆，你不能把這裡當自己家一樣到處亂走！」
「別擔心，慶叔叔，我有超重要的事要跟你說。」

---

5 玩 Candy Crush

「你左上側的臼齒蛀牙嗎?」他語帶興奮的問。
「比這更糟。」

慶醫師聽到我來找他最主要的目的是要問爺爺還能活多久後,有點震驚。
「口筆,你知道我是牙醫吧?」他面有難色。
他緩緩地把手移開電腦鍵盤,向來紅潤的臉龐變得有點蒼白。開業 14 年以來,從沒有病人問過他這個難以回答的問題。

大家都知道慶醫師是全宜蘭縣最強的牙醫,搞不好也是全國最強的牙醫,但他始終非常謙虛。大家也都知道他是鎮上第二聰明,也是第二明理的人,就只落後郭阿姨一點點。
「慶叔叔,我知道你一定知道。我上次讀到說只要看一個人的嘴巴,就可以知道他健不健康,還有只要看一個人的牙齒,就可以知道他幾歲。他們說這很準,就像數烏龜背甲上的生長輪和測量印度大象耳朵的尺寸,就可以知道他們幾歲。」

慶醫師揚起左眉,雙手交握。
「你知道你爺爺有裝假牙吧?」
「嗯?」
「嗯,如果我沒記錯的話,你爺爺的假牙只有五歲!」他看著我,用充滿智慧的口吻說道,好似這是經過一連串精密的計算所得出的答案。
「沒錯,五歲或六歲。我親手放進他嘴裡的,手術神乎其技,非常順利。」
偷偷跟你們說,就是這種令人不知所云的回答,讓我有自信有朝一日能打敗慶醫師在我們村裡聰明人排行榜的名次。
「慶叔叔,你應該像達文西或郭阿姨一樣,隨身攜帶一本筆記本。這樣下次你要診斷病人的健康狀況或回答其他重要問題時,聽起來才會比較有說服力。」
我來回踱步,焦急的補充道,「慶叔叔,你知道我在說什麼。拜託你!我要開始……開始計畫……」
我的聲音透露出滿滿的恐懼。慶醫師瞬間皺起眉頭,博學多聞的眉毛皺成一團,看起來憂傷而嚴肅。
「口筆,你坐一下。」他說著,翹起腳。接著他一下決定翹腳、一下決定不翹腳、一下又決定翹腳,總共變換了兩三次,看起來像是在測試雙腿。最後他決定不翹腳。我坐下,發現自己在模仿他詭異的動作。

等到我們倆的雙腿終於都停止變換動作後,他直視我的雙眼,捏捏鼻子。
「我覺得你們年輕人不必提前為這種事做計劃,或為此感到喘不過氣。年輕就是本錢,不該把時間浪費在這上面。還有,我們都不該提前規劃 inevitable(無法避免)的事,你這個年紀不該為這些事煩心。」

「慶叔叔,我已經不小了。我已經 16 歲了好嗎!我會煮飯耶。(其實不太會)」

「我知道民進黨跟國民黨的差別。（50% 是實話）」
「還有，我可以畫一張圖分析細菌的結構。（實話，如果沒有分心的話）」
「哈，而且我快把簽名練好了！（我最近真的花很多時間在這上面）」

「然後以最近種種跡象看來，我可能還快交到人生中第一個女朋友了。（我先說，昨天我跟婷婷之間什麼事都沒發生，但我覺得我必須用一些聽起來比較成熟的事來支持我的論述，而且我根本不知道「inevitable」是什麼意思）」

然而，提到政黨和未來女朋友沒有我想像中有用。慶醫師對著我笑，大部分的大人會對著自以為小大人的青少年這樣笑。
「口筆，以爺爺的年紀來說，他的牙齒算是非常健康的。」他說著用手輕輕揉著左邊的太陽穴，「他常常運動，所以身體非常強健。加上爺爺平常吃很多新鮮的蔬果，這些好習慣對免疫系統都非常好。如果我沒記錯的話，他沒有動過任何大手術，也沒有在吃藥。最重要的是，他是個非常平和的人，我認為人要長壽，這一點比什麼都來得重要，光靠運動和吃有機農產品都不見得這麼有效。再來，他積極樂觀的生活態度——我剛有提到這點嗎？樂觀的生活態度讓世界變得不一樣。總之，這些因素都要列入考慮中。」
學醫的人通常在沒有人打斷他們或反駁他們的情況下，可以一連講上好幾個小時，但我可沒有這麼多時間。
「叔叔……」我語氣中的焦急讓他直接跳到結論。
「總而言之，乖孩子，沒有什麼事情，也沒有什麼人是不朽的，就連人工牙齒也有壽命。不過，多虧現代科技和我精良的醫術，這些牙齒簡直堅不可摧。不過，我認為在沒有受到任何嚴重傷害的情況下，你爺爺一定可以再活好久好久。」
我搖搖頭，「我覺得有不好的事情快要發生了，我有預感。」

慶醫師沉思良久才回答我。他眼神凝重，但我可以看見他一口完美的牙齒。
「嗯，人沒有保存期限，所以我恐怕得說抱歉，我真的沒辦法判斷你爺爺的壽命。」
「叔叔覺得爺爺離開後會去哪裡？」
在回答我的問題之前，慶醫師沉默好一段時間。
「那你呢？口筆，你覺得我們死後會去哪裡？」
「什麼？」
「意思就是說，我們離開物質世界後……」
「嗯，我也不知道。可能到土裡吧？」
「關於這個問題，我也無法給你確切的答案。」慶醫師說，「但要我說的話，我會說我們比較像是『經過』土裡。」
「經過？」
「是的，這有點不一樣。我相信，不管一個人信奉什麼宗教，死後都能決定自己要去哪裡。人越好選擇越多。有人會經過土，有人會經過火，有人會經過水，也

有人會經過木或金。基本上就是經過可以掌握人類生死的物質當中。」

我不是很懂最後一句話的意思，但其他部分聽來還滿合理的。我望著窗外，心想，可能慶醫師的口袋裡其實有筆記本吧。等我把頭轉回來，看見慶醫師的眼睛雖然張著，但看起來就像身處一個很遙遠的地方。我想，人的雙眼大概也可以隨意離開物質世界吧。

「以我對你爺爺的認識，他一直以來都是個很棒的人，所有認識他的人也都這麼說。因此，就算他真的離開我們，你也不須要太擔心。為什麼呢？因為他會有很多很多地方可以選擇。他應該會到最好的地方，以後你離開世界時，或許也可以選擇再去找爺爺。你知道選擇特別的地方是什麼嗎，年輕人？」
「也可以致我們於死地？」
慶醫師睜開眼，放聲大笑。他眨眨眼說道，「你真的長大啦！」

我很高興慶醫師終於認定我已經長大，但我還是不確定我有沒有答對剛才那個問題。他從外套的口袋裡拿出手帕，重新調整他的眼鏡，他想要結束對話的時候都會這樣做。他笑著總結，我從來沒看過他笑得這麼開心過。
「選擇的特別之處在於，你有越多選擇，你就越自由。因為選擇，我們得以自由。如果我們自由了，那麼年輕人，我們就可以得到快樂，就算死後也一樣。千萬不要小看自由的重要性，也不要小看它對快樂的影響力。隨時隨地都能夠來去自如，就是得到快樂的關鍵。下次來之前記得先預約。」

第十七章／星期五、星期六、星期六早上／色彩 ⋯⋯⋯⋯⋯P. 151

週末終於到了。我好希望奶昔已經原諒我，會來找我放風箏或一起做別的事。我在家裡附近等到午餐時間，但他還是沒有出現。為了打發時間，我坐在肉桂的游泳池旁邊，試著跟他說明我和慶醫師的對話。他看起來一點都提不起興趣，身為一隻天不怕地不怕的爬蟲類，他顯然不需要煩惱死亡啊、選擇啊，或其他哲學問題。肉桂大概很清楚他之後要去哪裡吧，動物聰明得很，他們什麼都知道。他們一定也知道我們以後會去那裡。

肉桂看起來對這個話題興趣缺缺，我又還不想泡水，只好改成問他我該拿奶昔和婷婷怎麼辦。這個話題似乎引起他的注意，他用前鰭拍打水面，濺起些許水花，朝我坐著的地方游過來。我就知道「婷婷」兩字八成可以激起他的興趣，畢竟那天下午他們倆看起來如此合拍。昨天在學校的時候，婷婷拿上次那張畫的彩色影本給我，畫裡的肉桂趴在沙灘上，面向海洋。當然，我愛這幅畫的程度跟我愛圖畫作者的程度不相上下。林老師只給她 80 幾分，但愛已經蒙蔽我所有的專業判斷力，這幅畫對我來說完美無缺。

婷婷在右下角的「頭城2013」旁簽上自己的名字，這是整張畫裡我最喜歡的部分。爺爺也很喜歡，所以我們將畫貼在電視上方的牆壁上，原本牆上的米色油漆有點斑剝。但我們再怎麼喜歡這幅畫，都比不上肉桂對這幅畫的愛。我發現他只要一有機會，就會全神貫注的檢視這幅畫的每個細節，《海洋動物圖誌》裡面說道，稜皮龜是少數能夠看見所有色彩的海洋生物。現在回想起來，在這件敏感的事上面或許不該問肉桂意見，因為他大概不是最客觀的人。

是時候下水了。我潛到水裡後，幾乎可以確定奶昔當下只看到兩種顏色，紅跟綠，因為憤怒跟嫉妒。我決定下午要去飲料店找奶昔理論，試著跟他和解。他大概還是不想理我，但至少在公共場合，又是在他的工作場所，他比較不可能用鏈子敲我或拿其他東西丟我。結束後，我想去水果行找婷婷，有個禮物想給她，只是一個小小心意，謝謝她送我們畫。接下來，我必須去偷王警官的機車，再把機車停到廖哥家門口。真是忙碌的一天。

第十八章／星期六下午／異國巧克力、耳朵和英文 ⋯⋯⋯⋯⋯⋯⋯P. 155

我到飲料店的時候，不少客人排隊等著買當週特調哈密瓜菊花茶。我不知道奶昔要怎麼從他的便當中找出菊花和哈密瓜形狀的米粒，不過沒有時間深究了。我跟著排隊，耐心等候隊伍往前，心裡反覆琢磨要跟奶昔說些什麼，像出國到飯店報到時，要邊排隊邊練習等一下要說什麼。奶昔已經用眼角餘光瞄到我，但他決定假裝沒看到，這將會是一場硬仗。突然間，有個陌生嗓音從我左肩傳來。
「恰克粒？」那個聲音問。

我通常不會一聽到陌生人的聲音就跟袋鼠一樣跳起來，但這個聲音在講英文。徐先生說過貓的兩隻耳朵各有32條肌肉。嗯，我一聽到英文，耳朵裡所有的肌肉，姑且不論有幾條，全部都跟橡皮筋一樣瞬間繃緊。我不討厭英文，我只是討厭講英文。也因為這樣，每當我在海灘上遇到來衝浪的老外，我都不敢跟他們說話，即使他們都很和善，也很喜歡笑。為什麼每次要說外文的時候，總是這麼容易覺得尷尬？我猜是因為我們會擔心如果講不順的話，對方會覺得我們很像白痴。真是想太多了！

不管了，回到陌生的嗓音。我慢慢轉過頭，暗自希望我會看到一台電視或其他東西在我背後，只要不是在跟我說話就好了。不過，我看到的是一副巨大的雙筒望遠鏡，以及一台比望遠鏡大的相機。我將頭抬高，看見對方雪白的脖子，一半覆蓋在紅色的大鬍子下。我再把頭抬更高，終於看見一個親和力十足的微笑和一雙橄欖綠的眼睛。喔不，是老外！排隊的人這麼多，為什麼他偏偏要選我！我真不懂我這陣子是在倒楣幾點的？！

「要不要來點『恰克粒』？」他再次用英文問，舉起手中咖啡色的巧克力棒，看起來很可口。

「呃……」

「哈，不騙你，這真的超級無敵好吃。這是從瑞士漂洋過海而來的巧克力。瑞士出口……咦，還是進口？算了沒差，反正就是有白雪皚皚的山，盛產世界名錶的那個瑞士。」

他看起來對於巧克力來自風景如畫的瑞士感到自豪，所以我盛情難卻。我忙著思考 Switzerland 和 Sweden 哪個是瑞典哪個是瑞士，我一直都搞不清楚哪個的山有較多白雪覆蓋。

「謝……謝。」我用英文答覆，扳下一小塊巧克力，放入口中。

「在瑞士，『謝謝』是『Danke Schön』。」他笑得比口琴還燦爛，直到他把超大一塊巧克力放進嘴巴。

他真的很親切，但他的滿口黃牙讓我不禁思考他現在幾歲，又會活到幾歲。

「你講一次看看，『當可……許問』，Danke Schön！」

「溫開……遜。這樣嗎？」我小聲的問。

唸完後，我忍不住笑了出來，跟他念的感覺相比，我念的簡直怪到不行啊。

「哈哈，厲害！念得非常好。」他笑道。「我從來沒遇過一個人第一次念就這麼標準。你只要再稍加練習，很快就可以講得跟瑞士人一樣溜。」

「你……你根本是詐騙達人！」我也咧嘴笑。

「Danke Schön！」

我從沒吃過這麼好吃的巧克力。口筆，小心點，天下沒有白吃的午餐，我提醒自己。爺爺跟我說過，他小時候鎮上有很多德國傳教士，只要爺爺在他們附近，他們就會給他糖果。爺爺說，一旦拿了糖果就會覺得自己星期日應該上教會。但是話說回來，或許分享零食給陌生人就是老外交朋友的方式，我們也會這樣啊，不是嗎？我們不也都會送外國人一堆鳳梨酥和月餅那類的東西。如果外國旅客沒有胖個幾公斤再回國，那我們真要舉國哀悼了。

我讓巧克力停留在嘴裡，用舌頭細細品味。這巧克力真好吃。

「年輕人，不知道你能不能幫我一個忙？」從瑞士來的紳士問道。

我就知道！天下鐵定沒有白吃的午餐！所以他用巧克力傳福音。這太不可取了，巧克力的威力無窮，沒有任何一個年輕人可以抵擋巧克力的誘惑。星期日我會坐在教堂最前面。

他好像有讀心術，我心中的千頭萬緒把他逗樂了。

「呃……菜單。」他微笑著說，揚起濃密的眉毛。他指了指奶昔頭上的大板子，「都是中文。」

「噢……好！」我轉過去看菜單。所以這就是他要的嗎？我有點不好意思。我們

總是太快下定論，嗯，至少我是這樣。真是壞習慣。

我決定從最簡單的開始翻譯。
「所以你喜歡綠茶還是⋯⋯紅茶？」我問。
「綠茶吧⋯⋯有時候⋯⋯應該吧。」他回。
大人有時候真的很難摸透，他們總喜歡把事情複雜化。
「要加鮮奶嗎？」
「Nein。」他用德文說「不用」，這次比較確定一點，「紅茶就好了，我的醫生要我注意我的 cholesterol（膽固醇）。」
我壓根聽不懂什麼是 cholesterol，所以我就微笑，像啄木鳥一樣猛點頭。接著我開始掃視菜單上其他選項。

「噢，然後不要太甜。」他邊說邊低頭看看左手上的巧克力。當他想到這個次要條件時，額頭上跑出幾條愧疚的皺紋，活脫是個逃學的小孩，藏身之處被校長發現。
「我的醫生說我不該攝取太多糖分。她說如果地球面臨的是碳危機，那我面臨的就是血糖危機。」

「噢，這聽起來有點⋯⋯嚴重。」
「哈，她說我要想辦法克制自己，糖分就像癌症。」
「天啊！」
「哈，小朋友，別擔心啦。」他安慰我，「我覺得她只是在嚇我。她也跟我說可樂像硫酸，還有吃太多葡萄乾遲早會死掉！」
深層的憂鬱籠罩他的臉，從他的表情⋯⋯以及他的肚子可以看出過去他和糖的情感是多麼深厚。

不過憂鬱的神情很快就一掃而空，他馬上恢復興高采烈的樣子。
「所以，你們真的都要把這些一個一個小小的中文字都背起來嗎？」他再次指向菜單，不可置信的搖頭。
我點點頭。
「這真的太不可思議了。」他說，「如果說要念這些字我可還以理解，但要怎麼寫出來？用一堆蜘蛛腳一樣細細的線條拼在一起，寫出『茶』、『綠』、『奶』這些字。我真的無法想像，真是厲害！中文母語者的腦袋一定比較大，不知道你們把腦放在哪，因為你們的頭看起來沒有比較大。但我就是確定你們的腦一定比較大，或是比較重，哈，我猜大概重一到兩公斤有吧。能記得這些蜘蛛字的人，鐵定是 ingenious（聰明絕頂）！」

我不是很確定 ingenious 是什麼意思，但他看起來很羨慕我們，所以一定是個好字。徐先生跟我說過，一隻蜘蛛有 48 個膝蓋。

「我們小時候都要反覆練習寫這些字無數次。」我害羞的微笑，「但我有時候還是會寫錯。」

「唉，你太謙虛了！」他說，「嗯，我覺得你根本是天才啊，小朋友。我真不敢相信你腦中裝滿這些字，頭還是比我小，而且小超多。怎麼會有這種事！」

我搖搖我比他小很多的頭，笑著提出一些建議，「還是你想喝……百香綠？我幫你跟店員說不要加太多糖漿。」（還記得糖漿的英文是「syrup」，我實在是太厲害了，甚至還花了 1.5 秒幻想我以後要當翻譯。）

「哈，聽起來很不錯！」他說。

「你想要小杯、中杯，還是大杯？」

他得意的拍拍他的大肚皮，咧嘴微笑，「當然是大杯囉！」

他真是個充滿熱情的人。他的眉毛、粉紅色小耳朵和圓滾滾的大肚子都抬高了一點點。我從來沒有看過有人可以為了即將要喝到一杯不怎麼甜的百香綠如此歡天喜地。

「Danke Schön，還要幫我女兒點一杯。」

我沒看到有別人跟他一起來，但我一聽到「女兒」兩字，精神就來了。正常的青少男都是這樣，光這兩個字就足以引起我們這年紀男生的好奇心。

「她很喜歡喝奶茶。」他說著，又扳下一塊巧克力，「蜂蜜奶茶之類的，越甜越好，然後也可以加一點奇怪的黑色彈珠進去。Hannah 超愛嚼彈珠。」

「你說珍珠奶茶嗎？」（別問我怎麼記得珍珠的英文怎麼說，這天下午我的表現真是令我自己驚艷萬分。）

在他回答之前，另一個陌生的嗓音忽然從我另外一個肩膀冒出來。這次的聲音比較年輕，比夜鶯的叫聲還要甜美。

「沒錯，我要很多珍珠的奶茶！」那個聲音大叫。

我轉過頭，看見一個擁有一頭長捲髮的美麗仙子站在我面前，她的頭髮跟維大力罐的那種金色一樣閃閃發亮，我幾乎要瞎掉了。她的雙眸就跟海水一樣藍，像從 MTV 走出來的人。你們知道的，MTV 裡盡是那種瘦到不像話的人，每個都長得很好看，隨時活力充沛。那些人一定都很清楚每種食物有多少卡路里。怎麼會有這樣的……女兒。

她的臉蛋是倒金字塔型，非常完美；雙腿修長，猶如蚱蜢。她長得好像明星或皇室成員喔！我猜她跟我和奶昔年齡相仿，但有時候女生的年紀很難判斷，特別是外國女生的年紀。

「哈，這是我美麗的女兒 Hannah。」老外精力充沛的說，指了指金髮仙女，看起來與有榮焉。

天啊，她真的長得跟她老爸一點都不像耶！我心想，這是好事。接著，這位老爸

用手指點點自己的臉頰，示意女兒親親他的臉。他女兒隨即調皮的輕啄一下他的臉，她這麼做的時候，脖子上的金色十字架項鍊晃呀晃的。她緊接著把美若天仙的臉轉向我。

「嗨，我叫 Hannah。」她說著伸出手，「Ｈ－Ａ－Ｎ－Ｎ－Ａ－Ｈ，倒著念回來也是 Hannah，這樣你就不會忘記啦！」

她開心的咯咯笑。

「哈……哈囉，Hannah。」我回握她細嫩白皙的手，「我叫 K……Kobi。Ｋ－Ｏ－Ｂ－Ｉ。從後面到著念回來會……呃……沒事。」

Hahaha 笑得更開心了。

不要跟別人說，我其實有想過要學她自豪的老爸點點我的臉頰。搞不好真的會成功喔！但如果她真的親我的話，我大概會跟奶昔一樣昏倒在地。Hannah，漢娜，好酷的名字。雖然跟「女兒」一樣都是兩個字，但卻好聽得多。而且你從前面或從後面開始拼，都能拼出同一個字！我覺得我的名字馬上遜掉了。好吧，我沒有這個麻煩需要跟這兩位友善的瑞士人說我名字跟阿爾卑斯山的少年一樣叫海地，但為什麼我不能也來個回文的名字？我希望 Hannah 沒有發現我的手心都是汗，我的聲音在顫抖。這是我生平第一次觸碰外國女子的手。

我忙著緊張，都沒注意到我們已經來到隊伍的最前方。當我們在思考別人怎麼看我們時，時間總過得飛快。我們都轉向奶昔，他看見如此奇怪的客人組合，自然很意外，不過他馬上恢復生意人應有的專業態度。

「今天想喝什麼呢？」他有禮貌地用中文問。

「Hannah，這是 Milkshake，奶昔。奶昔，這是 Hannah。」我用英文介紹他們倆給彼此。

「奶昔？這真是我聽過最可愛的名字了！」Hannah 興奮地叫道。我猜熱情也是會遺傳的。

我從小就認識奶昔，但我敢保證這是我第一次看到他臉紅。

「這是我幫他取的綽號！」我笑著說，試著解救奶昔。「他不知道為什麼從小就很喜歡去搖動乳牛，而不是擠牛奶，所以我才叫他 Milkshake。」

話一出口，我就發現我說這些大概也無法緩解奶昔的尷尬。然而，至少金髮碧眼的少女短暫的將眼珠轉向我，確定我所言非假。

她不知道該不該相信我，隨即笑開，「總之，我超愛這名字！很高興認識你，奶昔。」

接著，我轉向 Hannah 的父親，「奶昔，這位是……呃……先生不好意思，我還不知道您的大名。」

「哈，我叫 Hans Kloss。」他充滿自信的說，「我是攝影師、天文學家、亞洲骨董商，也是新任外交官和業餘律師，還是業餘喜劇演員！」他笑著說。「奶昔，

幸會，幸會。我聽說這是台灣東部最讚的飲料店！」

奶昔更尷尬了，一部份原因來自 Kloss 先生的讚美，另一部分則是因為 Kloss 先生精采絕倫的自我介紹他有聽沒有懂，他也無法理解為什麼東部會有洞（hole）。Kloss 先生其實是說「『whole』east coast」，也就是整個東部的意思啦。

然而，奶昔還是勉強擠出兩個字，「3……3Q。」

可憐的奶昔，他看起來就好像他的拖鞋黏在地上、電線纏住他的雙腳、舌頭黏在上顎。他目不轉睛的盯著 Hannah 看。

我很擔心奶昔的狀況並沒有好轉，即便 Hannah 和 Kloss 先生已經開始看奶昔身後的彩色菜單。這也是我第一次看到奶昔跟稻草人一樣一動也不動。事實上，我開始憂心他會永久癱瘓，終身行動不便。幸好，在我點了一杯不要太甜的百香綠、一杯珍珠樂活奶茶，以及一杯每日特調之後，他馬上機械式的跳起來，開始運作。除了「3……3Q」以外，他還是什麼話也沒說。然而，接下來一連串震耳欲聾的聲響由櫃檯後方傳來，飲料杯與冰塊碰撞，發出的喀啦喀啦聲，冰箱門砰砰作響。我差點以為有位鐵匠或一隻河馬在裡面。所有的喀啦聲、砰砰聲、人工和機器攪拌聲，就這樣持續了四分半鐘。奶昔專業迅速的完成例行公事，輕快的一跳，重新出現在櫃台前，手上拿著三杯可口的飲料。

Kloss 先生露出驚嘆的表情，依然很有禮貌。他隨即手忙腳亂的翻找口袋裡的一大堆零錢。

「no、no，over the house，我請客！不用錢！不用錢！」奶昔咧嘴微笑，把世界上最好喝的百香綠、珍珠樂活奶茶和哈密瓜菊花茶放到櫃台上。「口筆，快，快幫這兩位可愛的客人把飲料放在桌子裡面。」[6]

奶昔忘記請客的的英文是 on the house，不是 over the house，也忘記他再也不想跟我說話這件事了，但他一點也不在意，我也是。

第十九章／星期六晚上／展開危險任務 ···················· P. 171

整個下午，我都和 Kloss 先生和 Kloss 小姐待在飲料店。他們倆都很活潑也很健談，我第一次講這麼多英文。我們喝著飲料，又說又笑，天南地北聊個不停。他們說的話我沒有全部聽懂，我的英文也不怎麼流利，但我人生第一次感覺到一切都沒關係了。

整個晚上奶昔當班的時候，一直進進出出，端來各種好喝的茶飲讓我們試喝。很快的，我們都喝飲料喝到飽了，沒有人覺得渴，但我們也無法拒絕奶昔的好意。奶昔已經奇蹟似的從一開始的尷尬狀態恢復，沒有客人的時候，他會加入我們，

---

6 按照奶昔的英文

他講的英文遠比我印象中他學過的還多。對一個念英文字母都有困難的人來說，他真的算是非常善於交際。

聊一聊才知道，Kloss 先生是來這裡度假的，再過幾週，他就會搭車去機場準備回國。他說因為他真的太喜歡亞洲，已經延後回程時間一兩次，真的不能再延後了。他開玩笑的說，他如果再延後，他的老婆，也就是 Hannah 的媽媽，一定會用麵包刀削掉他的鼻子。

Hannah 是交換學生，她會在台灣待上一整年。奶昔知道後喜出望外，雖然他試著不表現出來，但還是失敗了，他跟我一樣都不是好演員。他對 Hannah 一見鍾情，早把婷婷拋諸九霄雲外。他甚至馬上原諒我曾經跟他喜歡過同一個女孩。健忘有時候也是好事。

最讚的是，看來 Hannah 也喜歡奶昔。嗯，這樣說好了，我覺得短期內都不用擔心她會想家，或在她爸爸回去瑞士後覺得無聊。你懂我意思吧（眨眼）？

今天諸事順利，我甚至對於晚點要偷警察的機車多了點自信。我因為介紹金髮美眉給奶昔，而重新獲得他的信任。一切都回到原位，我甚至考慮要招募奶昔一起去完成這個危險的任務。然而，我後來還是決定不要把他拖下水，免得到時候發生無法挽回的事。如果我在同一個星期內跟他愛上同一個女孩，又害他入獄，那就真的太過分了。友情也是有界限的，你們懂。

所以，等 Kloss 先生和 Hannah 回民宿休息後，我糗了奶昔一眼就看上外國人這件事，接著便慢慢朝王警官家前進。王警官家在章魚街上，我走著走著，胃絞成一團，喉嚨裡好像卡著一隻大肥蛙。我好緊張。你們不覺得緊張的感覺很討人厭嗎？緊張的時候就好像騎在一頭野犀牛背上，你醒著，神智清楚，但你無法控制自己。我沒有誇大，有偷過警察機車的人就知道我在說什麼了。無論我多麼努力，我都擺脫不了緊張的感覺，緊張跑去哪，我的心思就跟去哪。這個當下，緊張和我的心思正攜手往槍口和監獄走去。噢，對了，如果你發現有任何人買犀牛角製成的產品，記得指定他去踐踏某人的菜園哦（眨眼）。

當我轉進章魚街的時候，兩位小學生正巧走在路上。其中一個邊走邊拍打橡皮球，另一個在玩扯鈴，這對我緊張的胃一點幫助都沒有。他們經過時，完全沒有注意到我的存在。等他們離開我的視線範圍後，我停下來，從外套口袋裡拿出一雙亮紫色洗碗用的塑膠手套和一頂軟趴趴的帽子。手套是我從家裡廚房的洗碗槽旁偷拿來的。我很少戴帽子，因為我不是很適合，但為了這次行動，我特地向爺爺「借」了一頂他平常蒔花弄草時戴的帽子。我先說喔，我平常沒事也不會戴紫色手套，但我電影和偵探節目看多了，知道犯案不能留下指紋。

我從另一邊的口袋拿出一個灰色口罩，就是可以在任一家 7-11 買到的那種 20 塊口罩。我拿口罩的時候，有個東西跟著被拉了出來，掉到地上。我彎腰撿起那個東西，喔我的媽呀，我完全忘記要送婷婷禮物這件事了！還記得嗎？我本來計畫要在稍早之前拿去水果行給她。我很快地把禮物放回口袋，不管了，我決定之後再拿給她。當然啦，前提是我沒有入監服刑。再怎麼樣，我現在都不可能去見婷婷，我已經坐在野犀牛背上，我可不想激怒他。我腦中浮現之前沒想過的事：如果警察拘留我、判我罪、判我無期徒刑，那我就再也見不到婷婷了。現實無情，如果我成為罪犯，她一定再也不想跟我說話。還好我當下根本沒時間煩惱這個，不然我大概早就哭得跟嬰兒一樣了。

帽子有了，手套有了，口罩有了。變裝完畢。去飲料店之前，我特地換上顏色較深的海軍藍毛衣和深藍色牛仔褲。我不是很喜歡穿牛仔褲，因為我覺得穿牛仔褲行動很不方便。我想罪犯就跟一般人一樣需要作出犧牲吧。我把初次搶劫我想得到能穿的都穿在身上，這是我的第一套犯罪服。

我把我的外表改造成適合進行本次冒險行動的樣子後，小心翼翼的進行下一步。我緩慢穩健的走近 83 號，就像一隻踮著腳尖跟蹤獵物的豹。好笑的是，雖然我全副武裝，但感覺起來大家都可以一眼就看到我。不過至少他們應該認不出我的身分才是。我猜就算東窗事發，王警官發現有人在他家門外，他們也認不出是我。

我走到上面寫著大大的 83 的白色棒球型信箱前，停了下來。屋裡的燈還亮著，傳出電視烹飪節目的聲音，「先把洋蔥和大蒜放進去，接著放入蝦仁，再……」王校長銀色的豐田汽車停在王家柵門旁的路上。我四處搜尋王警官的機車，不料卻看見那台機車停在院子裡，正對著王警官家，就在王校長有著紫色籃子的粉紅色腳踏車旁，我瞬時萬念俱灰。喔不！我還得打開柵門，溜進前院才能偷到機車。光想到這要背負這麼大的風險，我就不寒而慄。「加油，口筆，你可以的！」我試著對自己信心喊話。「至少他們沒有養體型龐大又凶猛的狗，不會在你打開柵門的那一瞬間就把你撕成碎片。」嗯，印象中是沒有。

還有另外一點，就是柵門可能有生鏽，也就是說我打開柵門的話，門會發出吱吱嘎嘎的聲音。老實說，我真的不想冒這個險。王先生和王太太的耳朵有超能力，他們受過特訓，隨時可以察覺哪裡有頑皮青少年和壞市民。在那個當下，我不巧兩者皆是，所以我必須更加小心，只要發出任何一丁點聲響，我就必死無疑。我必須跟老鼠一樣敏捷，不然就沒戲唱了。我伸出顫抖的手，準備打開柵門的門閂……

第二十章／星期六晚上／幾秒後。危險任務持續中…… .... P. 179

這裡比半夜的墓園還可怕。圍繞著庭院的柵門和圍牆感覺就和摩天大樓一樣高。

我體內的每根神經都警告我不要再往前，我只想跑回家，忘記整件事，但不知道為什麼我沒有這樣做。我小心翼翼的用右手拇指和食指將門閂抬起。

接著，我輕輕的把門閂撥到另一側，深吸幾口氣，慢慢打開柵門，溜進庭院。我壓低身子，輕手輕腳的行走。當我緩慢的接近機車時，我發現有一頂白色的安全帽掛在機車右把手上，鑰匙沒有拔掉！噢，真是天助我也！至少現在我不用再闖入校長和警官家偷機車鑰匙，不然我一定會崩潰或抓狂或去自殺，任君挑選。

我心想，這把鑰匙是一個徵兆，告訴我可以繼續前進了！但就在我開始對這次冒險有點信心時，發生了一件事，讓我瞬間僵住、冷汗直流。正當我躡手躡腳，快要走到藍白相間的機車旁時，王校長的聲音突然冒出來，打斷電視裡專業的烹飪建議。

「嘿，老公！你又忘記把柵門關上了，你這隻健忘的老狒狒！」
「蛤？」我聽見王警官從房子另一側發出疑惑的聲音。
「是啊，我親愛的蠢驢，我真不知道究竟該擔心你的記憶……還是視力！」
我轉過頭，剛好看見一隻手正要把客廳的窗簾撥開，我迅速蹲到機車後方。王校長老鷹般的眼睛從窗戶後冒出來，注意力集中在打開的柵門上。
「不要再轉台了，不相信的話你自己過來看，鴿子腦！」
她拿著要價不斐的廚具朝柵門方向揮了揮。她就跟所有賢妻良母一樣，酷愛用高檔廚具指出親愛的老公所犯的錯。

她的手勢奏效了，因為過了幾秒，王警官不耐煩的走到窗邊。
「奇怪了。」他說，抓抓他巨大的右耳後剃得短短的頭髮。「我敢發誓我剛剛進家門前有把門關上。」
「嗯，親愛的，你老了。」王校長說。
「哼。」王警官不以為然的哼了一聲。
我聽見門鎖開啟的聲響，整個人背脊發涼。
接著王校長的聲音再度傳來，「等一下！你要去關門的話，順便把垃圾提出去丟。」
她就像任何賢妻良母一樣，擅長指點老公。

接著，屋裡傳來男性含糊的說話聲和一陣窸窸窣窣的聲響。30 秒後，廚房的門敞開，一位脾氣暴躁的警察走了出來，手裡提著一個黑色大垃圾袋。他離我非常近，我的心臟快跳出來了，口筆，如果他看到你，一定會把你殺了！到時你就準備進這種袋子裡！我跟自己說。謝天謝地，外面很黑，他也沒有把庭院裡的燈打開。但是，他一旦轉向他的左側，應該就會看到我蹲在他的機車後方。我屏息凝氣，一動也不敢動。

正當我心想情況已經無法更糟的時候，王校長的聲音再度傳來，「親愛的，我去

幫你開燈，可不能讓你一個人在外頭摸黑做事。有時候我真的覺得你還得穿尿布呢。」

王警官試著反駁說他還沒瞎，也不是嬰兒；但過了幾秒鐘，院子裡的燈亮了起來，明亮強勁的「頑童探照燈」照亮整個庭院。我現在真的完蛋了，毀了，我的人生到此結束，監獄，我來了。我已經做好最壞的打算，只能不停祈禱。

幸好，王警官忙著把垃圾拿出門，一邊幻想要跟他老婆離婚，沒有餘暇看他的左邊。我聽見他嘀咕著王校長每次都多管閒事，幸好他的自尊心如此脆弱，讓我多爭取到一點寶貴的時間，提醒自己不要驚慌，以及思考要躲在哪裡好。我快速環顧四周，不禁打了個寒顫，因為院子裡除了一些種花的工具和幾個三、四十公分高，破破醜醜的盆栽以外，什麼都沒有。我下定決心待會要盡情抱怨自己運氣怎麼如此背，但現在不該是抱怨的時候，而是行動的時候。

因此，我做了唯一能做的事，那就是繼續躲在警察的機車後面，盡可能把身體縮到最小，像一隻犰狳。我開始祈禱拜託有個神仙把我變成透明人，或者賜給我一雙蝗蟲般的腿，這樣我只要縱身一跳，就能跳出圍牆。我坐在地上，蜷縮成一團犰狳捲，清楚感受到焦慮啃噬著我。我敢發誓王警官一定可以聽到我的肺不停膨脹、收縮。徐先生跟我說過螞蟻沒有肺，這時候最適合當螞蟻了。

王警官慢慢走到垃圾桶旁，把黑色垃圾袋放進去，再走進柵門內，口中依舊念念有詞。當他準備把門關上時，我突然靈機一動。我當下沒有在吃白飯，所以我真的不清楚這股靈感從何而來，但效果是一樣的。我安靜地把手伸進褲子口袋裡，摸到一些剛剛準備拿去買飲料的錢，有八個大小不一的硬幣，總共是 77 塊錢。雖然數目不大，但我突然領悟到這筆錢還是買得起逃走的機會。真的有用嗎？我走投無路，非用不可。

沒有時間猶豫了，我慢慢站起來，把左腳向前伸，緩緩彎曲膝蓋，接著舉起握著銅板的右手，擺出投球的姿勢，練習一兩次，讓自己保持鎮定，同時也小心不讓手中的銅板因相互碰撞而製造出搖晃小豬零錢筒的效果。王警官把門閂推回原位，準備轉向我的藏身之處，他的自言自語越來越大聲。我深吸一口氣，舉起右臂，瞄準王家大門對面左側的路燈，閉上眼睛。我默默祈禱，將手中的硬幣高高拋入夜空中。

彷彿過了一世紀之久後，我聽見硬幣掉落在柏油路和水泥人行道上，傳來一陣叮咚聲。硬幣全都掉在我的目標物周圍。我睜開眼睛，看見王警官也停在原地，雙眼緊盯地面，頭稍微傾斜，轉向不明聲響傳來的方向，他身體裡每一個細胞好像都醒了過來，進入警戒狀態。這聲音從哪來的？我嗅到他警察腦袋開始加班的氣息。他跟麻雀一樣靈敏的轉身，再像爆米花一樣迅速的彈回柵門前。

「外面有人嗎？」他小心的把門閂打開。

接著他再度靜止不動，靜靜等候。

幾秒過後，唯一的答覆只有電視的聲響，他只好打開柵門，走到街上。他再度停下腳步，狐疑的左顧右盼。先是被迫承認自己忘記關門，現在又聽到街上有隱形人製造怪異聲響，王警官逐漸惱羞成怒。
「被我知道是誰就罪加三等！」他斬釘截鐵的說。
接著，他老練的檢視方圓 20 公尺內任何可能的藏身之處。
「就算要老子用一整晚巡邏整條街……我也會找到你！等著受到法律制裁吧！」

王警官發現虛聲恫嚇並沒有引起任何騷動、調皮的訕笑聲，或其他更進一步的行動後，嘆了一口氣，朝銅板散落的地方走去。我從柵門間隙裡看見他彎下腰仔細察看從天而降的神祕 77 元硬幣。很快的，他的注意力看起來全數放在硬幣上，他甚至拿起幾個硬幣嗅聞，還用舌頭舔了其中一個。他的五感全都投入判斷這些硬幣究竟從何而來。

我知道是時候進行下一步了。海浪在我眼前慢慢升起，是時候轉身，開始划水了！我一旦錯過這個追上自由之浪的黃金時刻，真的就要罪加三等了！我敏捷地跳上機車，順時針旋轉鑰匙。我用拇指按住啟動鈕，輕扭右腕，催動油門把手。引擎活了過來，像準備衝出牢籠的野獸般怒吼幾聲。我抬頭看見王校長再度伸出手撥動窗簾，「都幾點了，這隻狒狒老公又要給我去哪？」她八成在自言自語。她老公在同一時間跟她想著一模一樣的事。
「老婆？」他轉頭面對柵門，滿臉錯愕的問。
「你要去哪？」
好了，時間寶貴，電影特技表演時間。

我重催油門，加速朝柵門方向前進，機車就像從大砲裡發射出來。白色安全帽飛了出去，撞上一根排水管。野生動物本來就很難控制，你們知道的，何況我又戴著可笑的紫色塑膠手套。看來我沒有朝著我的目的地前進，我先是撞上幾個醜盆栽，我覺得撞擊過後盆栽反而變好看了。接著，我撞上腳踏車紫色的籃子、再撞上幾秒前掉到地上的白色安全帽。我實在太緊張了，所以就開始哈哈大笑，完全停不下來。我沒有騎出門，反倒是把王家庭院裡所有東西都撞過一遍。這感覺就好像這些東西都不知從哪蹦出來，自己撞上機車。儘管如此，我還是笑個不停。

不知道為什麼，我奇蹟似的保持住平衡。整個院子面目全非，我笑到肚子痛，但我還是穩穩的坐在機車上！雖然過程不怎麼順，但……別問我如何辦到，我終於在一陣碰撞之後衝出柵門，飛躍人行道，抵達空無一人的街上。我最後撞到的東西是那個巨大的棒球，撞得很大力，棒球跟蛋一樣裂開來，傳單和未繳的電費帳單全部飛散出來。擋我路的王警官卻是我唯一成功繞過的東西。我在他家院子裡橫衝直撞時，他遲疑往柵門走了幾步，現在，他已經可以清楚的看見剛剛那位破壞王不是他老婆。

「現在是怎樣？！」我從他身邊呼嘯而過時，他難以置信的大叫。

他下意識伸出手想抓住我，但沒有成功。我猛然將機車右轉，揚長而去，留下一陣藍灰色濃煙。我還是在灰色口罩下咯咯笑個不停。

我還沒騎出章魚街前，身後響起此起彼落的「喂！」「你給我停下來！」「給我回來！」「小偷！竊賊！」「侵入者！」光用聽的，就覺得這些鬼吼鬼叫在啃食我的腳後跟。我聽到的最後一句話是：「準備受到法律制裁吧！！！」

接著，我的罪犯人格（第一次知道我有這樣的人格）就出現了，它告訴我「口筆，騎快點！」我馬上照辦。不過一想到機車可能會拋錨，我終於不再笑個不停。如果這部機車的主人騎他老婆的腳踏車追上來怎麼辦？！如果他用那雙長手長腳追上我怎麼辦？！犯罪人格說，「再快一點！」我又再次催動油門。

我以最快的速度往西騎，不敢回頭看是否有人追上來。我的脖子一動也不敢動，用超音速在幾條狹窄蜿蜒的田間小路和黑暗巷弄上狂飆八、九分鐘後，我才知道沒有人在後面追我，可以剎車了。我慢慢減速，回頭看了幾次，沒看見任何人，終於把他甩開了。我在一個分岔路口停下來，往左轉是一座荒廢的小麥田，小麥田後面依稀是一座鋼鐵工廠的輪廓。往右轉，是一座單一車道的路橋，橫越一條小溪。

我焦慮地左顧右盼，側耳聆聽周遭是否有任何危險的聲響。我覺得自己就好像剛搶完自動提款機的小偷，正在等待銀行保全追上我。我靜止了兩分鐘，幾乎連呼吸都不敢，擔心聲音太大聲。我可以聽見寧靜的夜晚裡，微風吹拂樹葉發出的沙沙聲。四周唯一聲響就是蟋蟀偶爾發出的唧唧聲和遠方住宅區傳來的狗吠聲，這些每晚都會聽見的聲音十分熟悉，我的情緒緩和不少。最後，我終於鬆開鐵鉗般的手，放開握把，伸展伸展手指。我的手指十分僵硬，我拿掉一隻可笑的紫色手套，用手捏一捏。我只要想起我在庭院裡撞上多少東西，就忍不住微笑。你能在這裡真的很幸運，口筆，我心想。我用手指梳梳頭髮，深呼吸三次。呼吸，唧唧。吐氣，汪汪。沙沙沙……沙沙沙。鎮定，鎮定，鎮定。突然間，我渾身冰冷，非常冷。我打了一個寒顫，腸子傳來奇怪的不適感。爺爺的帽子不在我頭上了。

第二十一章／星期日早上／充滿罪惡感的胃和成功的邀約

隔天早上，肉桂喚醒我的時候，陽光從我房間的窗戶流瀉進來。他用沒有牙齒的嘴巴奮力拉扯我的棉被，我緩緩睜開眼，把臉埋在被子下，屏住氣，昨晚的一切緩慢清晰地湧上心頭。那是一場夢嗎？不可能，夢不會這麼真實。有人目睹我犯案的過程，然後揭發我嗎？我在監獄裡嗎？答案還是不可能，因為我在家。呼，真是鬆了一口氣。該不會有一群探長在床尾等著盤問我、逮捕我吧？我沒有聽到任何聲響，這下更放心了。爺爺是不是在我身旁盯著我，手裡拿著「正義天線」？

（「正義天線」是一台壞掉收音機的天線，我不乖的時候爺爺就會用這根天線打我屁股。比如說，我在晚餐前偷挖好幾勺冰淇淋來吃，或我把糖罐裡裝滿鹽的時候。）也沒有我沒有感覺到有人在打我。好的，我終於把氣吐出來，掀開棉被，從床上坐起來。

肉桂用他黝黑聰穎的眼珠盯著我看。房裡沒有其他人，沒錯，我是少帶一頂帽子回家，但是或許……只是或許，我能夠全身而退。「帥哥，我覺得應該是成功了！」我說著，低頭對我最好的朋友微笑，「看來我們可以暫時不用擔心被捕啊、審判啊、坐牢啊這些煩人的事了，你說是吧？」
肉桂緩緩地眨了眨慢動作的烏龜眼，我知道他在想什麼。他一定在想，沒錯，他就是帥，還有他才不要跟妨礙他人權利的少年罪犯扯上關係。事實上，肉桂顯然無法認同我做的事，就算我要終其一生待在監獄裡，他也完全不會同情我。他也在想我的棉被嘗起來像舊襪子。

他確定我已充分了解他的想法後，滿意地抬起皺巴巴的頭，慢慢爬向前門。他一心想著要馬上跟罪犯保持距離，以強調他的立場。我看著他爬出門，接著望向天花板，想起更多昨晚的細節。昨晚的行動總共有 79 位受難者：77 塊新台幣、一個巨型棒球信箱，以及一頂帽子。要不是我把帽子弄丟了，這次行動簡直是無懈可擊。我依約把王警官的機車停在廖哥家門口，接著神不知鬼不覺的回到家，嗯，應該沒有人看到我啦。英文有句諺語是什麼雞在生蛋前可以數自己下了幾顆蛋，我忘了，總之，那句話的意思就是說凡事不要高興得太早。

噢，至於廖哥有沒有如預期地在睡夢中把機車停在某輛卡車下，這我就不清楚了。不管後續發展如何都不干我的事，我已經完成我份內的工作，吳先生也沒有理由再說什麼。老實說，我甚至有點為自己昨晚的勇氣和機智感到自豪，或許也有創意的成分在內吧，很快便忘記我昨晚大部分的時間根本都在祈禱和發抖。

現在剩下兩大問題，第一，爺爺的帽子跑哪去了？第二，找到帽子的人會知道那是爺爺的帽子嗎？噢，還有，爺爺知道我跟他借帽子嗎？
這些問題的答案不在海裡，但我還是決定去海裡找答案。

衝浪完後，我讓肉桂坐在他的御用坐騎上把他拉回家，在外面迅速沖個澡，圍上浴巾就衝進廚房。早餐時間到了，昨天驚心動魄的夜間行動，外加早上運動所耗費的精力一股腦兒全反映在我的胃口上。我像隻飢餓的狼，先是喝了兩大碗豆漿加麥片，又吃了一個饅頭。當我伸手拿起第二個饅頭，開始狼吞虎嚥，好像這饅頭是皇家宴會中最好吃的東西一樣，爺爺終於忍不住揚起濃密的白色眉毛，放下他剛剛一直在看的報紙。
「口筆啊，你是不是做了什麼事？」爺爺平靜的問。
我驚訝的抬頭看爺爺，差點噎到。

「快點說吧!」爺爺會心一笑,「我現在讀的這篇文章在說咖啡因的危險,很有趣,我想繼續看。」

「蛤?」我只有辦法發出這個聲音,嘴裡的饅頭碎屑到處亂飛。

「口筆、口筆、口筆呀……」爺爺搖搖頭,「上次看你餓成這副德性的時候,是你用衝浪板撞倒奶奶最愛的花瓶那次。那時你還怪到肉桂頭上。」

「可是……我……」

「這就是罪惡感啊,罪惡感會增進人的食慾。人喜歡用吃來掩藏自己的罪惡感,即便他們知道這沒什麼用。爺爺的爸爸以前常說啊,罪惡感讓人變得貪吃,或許這就是為什麼他這麼瘦,簡直是個無辜得骨瘦如柴。他一生清白,當然啦,他的心情、想法、見解跟天氣一樣多變,也一天到晚都在抱怨,但我可以毫不猶豫說,他一輩子都坦坦蕩蕩!」

我當下努力讓自己看起來比較瘦、比較不內疚,但不確定有沒有用就是了。

「呃……爺爺,應該是因為我在長高啦。」

我唯一能想到比較合理的解釋就只有這個,我發現要看著爺爺的雙眼好難。

爺爺微笑著,好似他的牙齦可以吸收所有懸浮在空氣中的真相。他再度隱身在報紙後面。「沒關係,我的乖孩子。」他就像一位無所不知的心理學家,得意洋洋的說,「等你把我的帽子找回來後,再好好告訴我你做了什麼壞事。我應該還有一頂備用的。」

最後一句話像一道閃電般穿透我,瞬間將我送回前一天晚上。我討厭欺騙爺爺,我知道如果爺爺發現我騙他會有多失望,因為他自己也很討厭欺騙。不誠實是爺爺一生中最瞧不起的事。他常說,謊言就像塑膠製品,當下看起來很有用,但最後都會變成無法溶解的廢物。(我覺得他應該是要說「不可生物分解」的廢物,但……嗯……你們知道的。)

我 11 歲那年,爺爺跟我說,人一旦說謊,就會忘不掉事情的真相;如果忘不掉真相,那麼晚上就會睡不著,就好像你把行李忘在月台上或後悔做了某件不該做的事那樣。那時我才 11 歲,所以花了幾個月去消化爺爺說的話 (也花了幾個月才能忘記那件想像中找不到的行李),但最後我同意爺爺的說法。一直記得真相只會讓人惡夢連連,這就是為什麼誠實是無價的資產。

最糟的是,就算爺爺知道我說謊,也不會處罰我。有些家長或監護人發現小孩撒謊後,就會用藤條、舊拖鞋或正義天線打他們,打到他們的屁股跟曬傷的斑馬屁股一樣紅。有些大人不會打小孩,但會禁止他們打電動、禁足一整週或沒收零用錢等等。爺爺不會這樣對付說謊的人,對他來說,這些處罰都只是身體上的處罰。不處罰更恐怖,這樣讓人更難受,而且過不了多久,你就會開始懲罰自己!太狡猾了!你大可以逃開全副武裝、火冒三丈的吳先生,也可以躲開酷愛體罰的王氏夫婦,但你永遠不可能躲避自己。沒有人有這麼快。

這下子，我胃口盡失。我再度走出家門，留下爺爺繼續在餐廳看報紙。我突然有個想法，不知道為什麼，我就是確定婷婷會知道該怎麼做。我深信她可以準確評估現況，並給我一些建議。這也可能是因為陷入愛河的人，都會相信所愛之人可以解決任何事情吧。無論如何，我還是想把禮物交給她。我當下就決定動身前往水果行，我不確定這次是宇宙還是我自己給了我一個理想的藉口，讓我可以去見她。不過說真的，我已經不太在乎了。

我 11 點左右抵達水果行的時候，當季第一批榴槤已新鮮上架，就放在店門口。我們家剝榴槤的技術可以說是一脈相傳，小時候，奶奶教我怎麼剝榴槤殼，再把榴槤果肉藏進冷凍庫，之後它們就會變成天然美味的冰淇淋，成為炎熱的春天和夏天最棒的好滋味。每次我看到榴槤金黃色的刺，就會想起奶奶。說不定她還坐她的小船上在大海某處漂流漂流，就像那位印度傢伙跟他故事裡暈船的老虎。[7] 誰知道呢？

婷婷一如往常忙進進出，她先是迅速把地板掃過一次，再到水果行後面整理紙箱。她抬起頭，從榴槤刺的縫隙中看到我就笑了。
「口筆，榴槤還沒熟，可能要再等一兩天喔。一兩天後剛剛好，但小玉西瓜應該已經熟了，真的超甜。」她邊說邊用手指輕彈幾個西瓜。「要我叫我弟幫你挑嗎？我跟你說，他每次都可以挑到最甜的那個，好像用手就可以直接吃到水果一樣。」
徐先生跟我說過，蝴蝶會用腳品嘗味道。當下我很想跟婷婷說她的腳就跟蝴蝶一樣漂亮，但我什麼都沒說。

「呃⋯⋯不用了，謝謝。」我說道，差點撞上放榴槤的架子。
「其實，我⋯⋯我只是來⋯⋯」
「嘿，你有聽說王警官機車的事嗎？今天早上他的機車被人從港口附近吊上岸！」婷婷打斷我。
「港口？！」我詫異的問。
「沒錯，看來廖哥昨晚就是把機車停在那！哈哈哈！就停在一台超大的豪華遊艇旁邊。」婷婷大笑，「這是我媽今早從她理髮師那聽來的。」
「哇，可是⋯⋯」
「噢，不用擔心啦，沒有人受傷，大家都沒事。但那台機車大概就報廢了，沒辦法。」

美容院是很可靠的資訊源頭，跟電鍋一樣可靠。你絕對可以把所有的錢都拿出來賭婷婷剛說的都是事實。
「真的嗎？」我喉嚨有點乾澀。
「是真的啦，這不是理髮師自己亂講的，每家報紙的頭條都在講這個。」

「報紙？」

「對啊，有些好像還有附上滴著水的機車勾在拖吊車後面的彩色照片！我從來沒聽過這麼好笑的事！」

我試著擠出幾聲符合情境的真笑，但聽起來應該滿假的。

「是不是超好笑！」婷婷說，「那個廖哥真的不是凡人，他超瘋欸！」

我知道婷婷說這番話沒有惡意，廖哥畢竟是藝術家啊。再加上她的眼睛閃閃發光，好像廖哥停車的地方是她聽過最酷炫、最有創意的地方了。

「對了……抱歉抱歉，你剛剛要說什麼？你要買什麼？」

幸好這個話題沒有延續下去，我鬆了一口氣。

「呃……其實我只是要拿東西給妳。」

婷婷試著不露出好奇的表情，但她上揚的眉毛出賣了她。她還是笑著，害羞的在圍裙上抹了抹手，從櫃台後走出來。

「我生日在七月，聖誕節在 12 月耶。」她走近我之後，開玩笑的說，「現在送禮物不會太早了嗎？」

「噢，這樣的話我七月再來好了。」我作勢要離開。

婷婷翻了個白眼，又笑了起來，「好啦！好啦！早點送我啦！」她非常好奇我究竟要送她什麼。

我故意讓她等了一會兒，才伸手到口袋裡拿出一個小東西，昨天差點要掉在章魚街了。婷婷把身體向前傾，眼睛望向我的手掌。

「妳知道這是什麼嗎？」我把手掌攤平，讓她看清楚我手中的東西。

「呃……應該知道。好美喔。」

婷婷遲疑的把右手伸向我的手。

「我在肉桂的便便裡找到的，是不是很酷！」

婷婷的手停在半空中，這次眉毛抬到波浪瀏海的高度。

「怎麼可能！」

「真的啦，我發誓，他一定是不小心把它吞下去了。郭阿姨說這是從紐西蘭來的。」

「肉桂會吃紐西蘭的大便？！」婷婷興奮的問。

接著她搖搖頭，開始笑自己怎麼會問這麼呆的問題。我也笑了。

等我們笑完後，她把手伸向我的手，我可以感受到她藝術家般的指尖輕拂過我的手掌心。她拿起跟著肉桂「內建行李箱」來到台灣的小木雕，這個木雕來自幾百萬公里遠的地方。

「紐西蘭？太神奇了！」

「對啊，你看背面有寫『AVE THE WHA』跟『KAI RA』，郭阿姨說『Kaikora（開庫拉）』，是紐西蘭一個以賞鯨聞名的小鎮。你不覺得郭阿姨真的什麼都知道嗎？」

「所以『AVE THE WHA』是『Save the Whales』，『拯救鯨魚』的意思嗎？」婷

婷問，仔細查看木雕背後糊掉的小字。

「郭阿姨是這麼說的。妳喜歡這個木雕嗎？」
「它很美。」
「那就送妳吧。」我微笑。
「不不不，這樣不……」
「不行說不！我想送妳啊。其實是肉桂先說要送妳的，他真的很喜歡妳畫他的那幅畫，他想跟妳說謝謝。我們覺得妳會喜歡這個，妳可以把它穿在項鍊上戴著。」

婷婷知道自己即將擁有這個充滿異國風味的潮流飾品後，烏黑的眼珠亮了起來。
「而且，妳戴項鍊一定比我們好看很多。」我補充道，「我們脖子太粗了，不適合。」
婷婷把頭往後仰，再次笑得花枝亂顫。店裡幾個客人紛紛轉頭看了我們一眼，才又繼續挑選完美的桃子和油桃。

婷婷尷尬的看了看四周，又往我靠近一點，悄聲問道，「是誰說你們脖子太粗的？」
「浴室的鏡子啊！」我咯咯笑。
婷婷微笑著，將木雕舉到燈下，意猶未盡從各個角度檢視木雕。「口筆，謝謝你的禮物，我很喜歡，真的很棒耶。還有我覺得你該換一面鏡子了。」她甜甜的笑。
「太好了，肉桂就說妳一定會喜歡！」
「幫我跟他說我真的很喜歡這個禮物，超級超級愛！還有我欠他一個吻。」
婷婷掃視水果行，似乎在用受過訓練的眼睛挑東西。「嗯，既然今年聖誕節比較早到，也不能讓你空手而回。你一定要嘗嘗這個……」她說。
婷婷走到水果行前面，動手挑選出五、六顆最大、最成熟多汁的火龍果，我可以感覺到我的粗脖子上冒出細小的汗珠。我試著跟她說不用，但她不理我，俐落的把火龍果放進袋子裡，再把袋子遞給我，給了我一個明艷動人的微笑。接著她好像說了什麼紫色果肉的會比白色果肉的甜之類的，但我一直在想龍啊，命運啊之類的事，都沒在聽。我的心臟撲通撲通狂跳，我深吸一口氣，心一橫……

「嘿，婷婷……」
「嗯？」
「妳明天下午會想見見一些有趣的龍……呃不是，我是說人……嗎？」
「呃……好啊，是誰啊？」她問道，繼續用細緻的手指撫弄毛利人的手工藝品。
「就一些從瑞士來的外國朋友，那天在奶昔的飲料店遇到他們。」
「哇！今天真的是國際日耶！」婷婷笑著說，「先是紐西蘭，現在又是瑞士，你還會變出什麼把戲？」
「很不幸的，就只有這兩個了。」我笑道。

我其實有點失望自己沒別的驚喜可以帶給我深愛的女生，但婷婷答應我的邀約

讓我快樂到不知所措。我的美夢成真，差點就要瘋狂的在水果行歡呼慶祝了（就像在海上六個月的水手，終於看到陸地那樣），但我沒有，這可以說是我一生中數一數二的偉大成就。

「太好了。」我說，不再想著要耍酷或一定要說出很酷的話，「這樣的話，妳可以明天下午五點左右來我們家。Kloss 先生和他女兒等不及要見肉桂一面了。噢，對了，我還有一件事想要問妳的意見。」

小時候，奶奶教我吹出我人生中第一個肥皂泡。我非常喜歡那個泡泡，它破掉的時候我哭成了淚人兒。奶奶說，為一個泡泡哭成那樣也太呆啦，因為泡泡其實沒有破掉，只是變成其他東西。我問她泡泡都變成什麼了，變成會讓我們打噴嚏的東西。她說，沒有東西會真的消失，它們只是變成另一種東西而已。直到現在，我每次打噴嚏時就會想到泡泡，還有誰最先開始吹泡泡，以及泡泡後來都變成什麼了⋯⋯

我在從水果行回家的路上順道拜訪吳先生，看他是否已經得知王警官的機車停泊在海港裡一事。我到的時候，吳先生正在菜園裡，一邊唱著朗朗上口的情歌，一邊採摘成熟的番茄。這位矮矮胖胖的太極拳手喜上眉梢，王警官機車騎進海裡這件事讓他樂不可支，所以他整個早上都在庭院裡引吭高歌，啜飲廉價香檳。他還特地買了一支雪茄，試著抽雪茄慶祝，但後來他一抽就狂咳狂嘔，只好打消當初購買時所懷抱的浪漫念頭。

我拍拍吳先生庭院外圍的鐵絲網，讓他知道我來了。一聽見熟悉的噹啷聲，他愉悅的抬起頭，我從來沒想過吳先生也會發出咯咯的笑聲，他看起來像是準備要出發去蜜月旅行或動身前往一場永生難忘的遠征。

「我的口筆來啦！請進！請進！」他說，「我剛好在採一些新鮮多汁的番茄要給你跟你爺爺！它們是不是很美？只要加一小撮鹽，包你的味蕾跳起祈雨舞。」
他舉起一個又大又圓的鮮紅色番茄，露出自豪而慈祥的笑容。

我想都沒想過一個沒辦法正常笑的人會如此友善接待我，所以我在柵門旁杵了一會兒，不知道該不該相信我的耳朵。
「孩子，進來啊，進來！不要像大理石雕像一樣站在那。」他開玩笑的說。「過來幫我把這兩個籃子裝滿，一籃給你跟你爺爺，一籃給廖哥。」

因為幫忙犯罪而得到獎勵，我當然會良心不安，但我還是幫吳先生裝了兩大籃滿滿的新鮮蔬果，裝這麼滿的籃子我還真第一次看到。此外，看著小黃瓜和菠菜，

我越來越覺得自己是清白的，等我們裝完後，我奇蹟似的完全說服自己收到獎勵當之無愧。我想我再怎麼開心也沒有吳先生來得開心，但在回家的路上，我還是沿路快樂吹著口哨。

我一到家後，快樂的心情瞬間消失無蹤。爺爺又開始大聲咳嗽，扶著他最愛的扶手椅，弓著背，咳到雙眼泛淚。我快步奔向他，輕拍他的背，這招似乎十分管用，爺爺終於停止咳嗽。我穩穩扶著爺爺的肩膀，讓他坐進熟悉的椅子裡，接著衝進廚房，拿了一杯水和一條小毛巾出來，放在扶手椅旁的小茶几上，打開電扇。我扶著爺爺，讓他坐正，再拿兩個沙發軟墊放在他背後，支撐他的背部。我拿起水和毛巾，湊到爺爺嘴邊。爺爺喝完水，喉嚨不再感到不適後，用毛巾擦拭嘴巴和眼睛周圍，虛弱地對我笑笑。

「口筆，你這傢伙不錯。」爺爺很感激我在他身邊幫他。「你是全世界最棒的孫子，每個老人都希望有你這種孫子。」
「爺爺，你不老。」我盡量讓聲音聽起來很愉快，「你只是累了。」
「我的好孩子，你說得對，我不老。我們都不會老，但身體會老。我的身體已經比我的心老很多很多。」
「不是啊……你只是……」
「爺爺很抱歉你父母都不在身邊。爺爺真的很抱歉。因為這樣，你的心比你的身體還要老，不該這樣的，爺爺對不起你。」

我突然想起前一晚以及早上吃早餐時我騙爺爺的事。
「爺爺，我才要說抱歉。我今天早上沒有說實話，請原諒我！」
爺爺揚起眉毛，點點頭，似乎在示意我繼續。
「我……我昨天晚上做了一件不好的事。我……我算是把一個不是我的東西移動到別的地方。」
爺爺眨了眨眼睛，用瘦弱的手撫平衣服上的摺痕，停頓一陣子沒有說話。
「沒關係。」最後他笑了，眼神飄向客廳的桌子，用手指了指桌子。桌子上放著我前晚借走的鬆軟帽子。

我不敢相信我的眼睛，我完全想不透帽子怎麼會出現在這。
「怎麼會……什麼時候……」
「這已經不重要了，財產並不重要。最重要的是你勇於認錯，選擇誠實面對自己做過的事。人一生當中，太常否認自己做過什麼，簡直到了氾濫的地步。沒有人願意承認自己做錯了什麼，要嚴以律己太難。所以承認做了你認為不光彩的事，比起做那件事或直接否認都要來得困難許多，簡直難上加難。」
「可是爺爺，我不是在說這頂帽子。我有點算是還移動了另一個東西。」
「乖孩子，沒關係。不管你做了什麼，認錯是改進的第一步。一旦你改進錯誤，」
爺爺對我眨眨眼，將雙手交握放在腿上，「你就會長大。」

爺爺看起來有點喘不過氣，所以我提醒他慢慢來。他短暫的停頓一下，又繼續說。
「這就是為什麼爺爺不擔心離開後留下你自己一個人，因為爺爺知道你隨時都在成長，你不會讓自己惹上麻煩，就算惹上了，也至少會試著從中學習。爺爺知道你能負起責任。你有無限的潛能，我的寶貝孫子……你可以成為任何你想成為的人……做任何你想做的事……愛任何你想愛的人。」
「離開我？」我問這句話的時候，肉桂緩慢小心的爬進客廳，好像知道接下來要發生什麼事一樣。
「我要去小睡一下，有點累，頭暈暈的。你到爺爺這把年紀……你的身體到爺爺這把年紀就會知道，會很容易沒電。」他開玩笑道。

「爺爺是不是生病了？你看起來很蒼白。要不要我去藥局幫你買什麼？要買什麼都可以，我說真的，我去去就回！」
爺爺看得出來我很擔心他的身體，他向我保證他只是「電力不足」。他笑著說，「真的沒事，爺爺只是想休息一下，突然覺得好累好累喔。全天下老人夢寐以求的孫子……可以幫爺爺拿個枕頭嗎？」

第二十四章／星期一／大海歡迎老朋友 P. 219

爺爺再也沒有醒過來。隔天早上我起床準備上學的時候，爺爺還躺在他最愛的扶手椅上，蓋著羊毛毯子。我呆站著注視爺爺好一段時間，整個人動彈不得，就好像雙腳罷工一樣。最後，有個聲音告訴我最好趕快打給慶醫師。慶醫師很快就趕來。
「口筆，請節哀。」慶醫師嚴肅的搖搖頭，「爺爺已經沒有脈搏了。」
我聽見醫師說的話，看見他的手指放在爺爺手腕上，但我所聽見的和我所看見的彷彿都沒有真的進到我腦海裡。脈搏是如此脆弱的一個詞，如朝露般易逝。某天你的脈搏就突然停了，像隻壞掉的手錶。我也沒發現自己在哭，但我就是在哭。我不確定烏龜會不會哭，但我確定肉桂也在哭，我不用看就知道。
「口筆，不用擔心。」慶醫師把手放在我肩膀上，「剩下的就交給我吧。」
「謝……謝謝叔叔，謝謝。我坐在這陪爺爺一下好了，他看起來很安詳。」

結果原本的一下不知不覺變成一天，肉桂一直陪在我身邊。我整個人呈現呆滯狀態，腦中一片空白，沒辦法去學校。奶昔一聽到消息，也馬上趕來我家陪我。我們一句話都沒說，什麼事都沒做。我一直沒有告訴他，但能有另一位朋友陪伴在我身邊的感覺真的很好，要一個人承受這種寂靜實在太困難了。

我不想從座位上移動半毫，因為爺爺可能會醒來。老實說，我知道他不會再醒來了。我知道爺爺已經離開了，或者應該是說，爺爺的肉體已經離開了。我試著記住他活了精采豐富的一生，接下來他不管去了哪，也都會過得很快樂。但我的內心還是非

常空虛。我想，為死去的好人擔心簡直是杞人憂天，但或許在內心深處，我們只是在擔心自己，不知道自己沒有了他們還能不能好好地過。

爺爺的遺願是葬在海裡。對大部分的人來說，這可能有點奇怪，但大部分的人在爺爺心中也很奇怪。對爺爺來說，他吃了一輩子的魚，套一句他的話，這次輪到他報答魚了。而且，他還得找到奶奶，帶她去天堂，不然奶奶跟她的小船會永遠找不到方向。

爺爺的遺願對我和認識他的人來說十分合理，他向來不喜歡龐雜瑣碎的程序，因為那樣會耗掉大家太多時間。他很珍惜時間，更不願剝奪其他人任何一點時間。他是個簡單的人，什麼事都喜歡簡簡單單，就連死亡也是。

那天下午，我們把爺爺的遺體裹在素色麻布床單裡，放到他最喜歡的小船上。全鎮的人都來到我們的小屋，燒香祈禱。奶昔告訴 Kloss 先生和 Hannah 這件事，他們也前來追悼。幾位爺爺最好的朋友在爺爺的船上擺放一束束鮮花以及許多貝殼，婷婷和 Hannah 兩人像在比賽誰哭得比較大聲。我放了幾片地瓜葉和一張爺爺的照片到他船裡，和肉桂站在一座沙子做成的中世紀城堡後面。爺爺在前往另一個地方的途中，會需要有個標的物可以看。

一位合格的護士告訴我們她在醫院找到爺爺的出生證明，她算了算，發現爺爺已經 99 歲了，10 月就滿 100 歲。她說我跟爺爺很像。太陽就要下山，我的眼淚已經哭乾了。

大家紛紛跟爺爺道別後，我們在船首綁上一條繩子，肉桂把繩子銜在嘴裡，從前面拉，我從後面推。我們跟著船一起游到海裡，海面平靜無波，就好像在歡迎一位老朋友的到來。碎浪一波波輕拍船身，跟爺爺打招呼，輕輕搖動漂浮在海上的棺木。海流將我們帶到更遠的海洋，我在距離海岸 100 公尺處左右停下來，鬆開手。肉桂繼續拉著繩子越游越遠，我望著越來越小的船身，繼續踩水。

「爺爺，晚安。看到奶奶以後替我擁抱她。噢，我答應你……我再也不吃魚了。」我轉身朝沙灘游去，中途回頭看了幾次，看見肉桂依然正在往龜山島前進。有那麼短暫的一瞬間，他看起來很開心我不再吃魚，但就只有那麼短短的一瞬間，因為他實在太難過了。儀式結束，我再也沒看過爺爺。

大家都離開後，我獨自坐在沙灘上，彷彿過了好幾個世紀。我打著赤腳，望向遠方的龜山島，內心很平靜。我們所愛的人不在時，時鐘便慢了下來，時間不再有意義，我們變得很有耐心。或許因為我們在等他們回來，不管要等多久我們都願意。

滿月的月光映照在無邊無際的海面上，儘管海水的顏色早已跟木炭一樣黑，我還是能隱約看見龜山島的輪廓，安穩的橫臥在地平線上，屹立不搖、靜謐永恆。

婷婷、慶醫師和奶昔就坐在我身後不遠處的沙灘上，他們也默不作聲，只是靜靜等著，等著我放手。

夜幕低垂，我終於看見遠處的海面泛起陣陣漣漪。一顆小小的頭從黑暗中冒出來，逐漸朝岸邊靠近，我的目光隨之移動。海浪一波接著一波拍打海岸，將白色泡沫潑灑到沙灘上。一看見肉桂有著七列脊稜的殼從白色海沫中冒出，我就站起身來，抓起肉桂坐騎，走到岸邊。

喪禮真是累人，對烏龜來說更是如此。但我覺得我最好的朋友看起來並不累，他只是看起來很難過，難過到沒有時間感疲倦。肉桂爬上他的專用車，我用右手拿拉起腳繩，將他拖回空無一人的小屋。慶醫師、奶昔和婷婷朝我們的方向走來。我停下來，讓慶醫師和奶昔摸摸肉桂的背，他們連聲讚美他的勇敢和聰明。婷婷一句話也沒說，她只是彎下腰輕摸肉桂的頭，再伸手拭去臉上的一行淚。接著她站起身來，握住我空著的那隻手。她的皮膚跟瓷器一樣光滑。

「口筆，千萬不要灰心喪志。永遠、永遠不要氣餒。」她悄聲說道，「我們會一直陪著你。」

我們手牽著手慢慢往小屋的方向走去，我邊走邊想起那些我永遠都會深愛著的人。

第二十六章／星期二、下星期二、下下星期二／尋找 .... P. 227

應該沒多少人知道衝浪可以讓人變得有耐心。有時候我們必須要等浪。等待。等待需要耐心，但不是每個人都有耐心。有時候我就只是坐在衝浪板上，望著底下的海水。海水其實還算清澈，雖然從遠看不太出來。晴天的時候，大部分時間都看到海底。如果海水非常乾淨的話，還可以看見白色小貝殼點綴黑色的沙子，看起來就像夜空中的星星。

聽說非洲人相信星星是他們的祖先。

爺爺一定會是一顆美麗明亮的星星。我坐在衝浪板上時，就在黑色沙子中尋找他，晚上則在黑色夜空中尋找他。

第二十七章／再兩個星期二／花開 .... P. 229

爺爺已經離開去找奶奶一個月了，我還是沒賣掉或丟掉任何屬於他的東西。現在還太早了，我做不到。他臉上的所有線條都還清楚的烙印在我腦海裡，我覺得我永遠都無法適應他不在的日子。不是因為我覺得寂寞，而是因為沒有人能夠取代爺爺。

我現在算是自己住，但其實永遠都不會只有我一個人待在家。奶昔幾乎每個晚上都會來小屋睡覺，基本上他可以算是跟我住了。婷婷也每天都來。Kloss 先生在回歐洲前來過好幾次，他說有任何需要都可以聯絡他。Hannah 只要一有空就會來找我們，現在她和奶昔幾乎是連體嬰，我和婷婷也是。好吧，有一次他們差點絕交，因為對於哪種茶跟檸檬最配有不同的看法。不過後來奶昔釋出善意承認自己錯了，他們很快就和好了。我覺得奶昔沒有真的認為自己錯了，但其實也沒差，因為 Hannah 非常友善寬恕了他。她真的很善良。

郭阿姨和慶醫師也三不五時就會來小屋，他們每次都帶一堆零食、飲料和很棒的對話。郭阿姨通常都會帶著她的 CD 隨身聽，這樣我們就可以一起聽她最愛的鋼琴曲。她、Hannah 和婷婷也很喜歡彼此聚會，她認為均衡教育非常重要，便開始教導 Hannah 和婷婷各類知識。舉例來說，她教她們如何編織、如何變魔術、如何透過冥想淨化身心靈；也教她們如何聰明與人談論各類主題，從電影、歌劇，到心理學和社會學，無所不包。噢，當然還有要如何分辨孟德爾頌、布拉姆斯和蕭邦。

郭阿姨也教過她們長得很美麗是愛漂亮的爛藉口，時時刻刻保持謙虛才是最好的；就算一個人長得跟日本盛開的櫻花一樣美（她們三位都是），還是老話一句，要謙虛為懷。兩個女孩想必都從郭阿姨的教誨中受益良多，我和奶昔原本還很擔心她們會突然變成熟，從此不屑與我們為伍，還好她們還是老樣子。徐先生說斑馬魚只要 10 至 12 週就可以達到性成熟。哇。

郭阿姨不時會從圖書館帶來一大疊書，這種感覺真的很好，我們會一起坐在戶外看書，與彼此分享在文學鉅著裡讀到的片段。慶醫師最喜歡紅樓夢，他每次都朗誦裡面的章節。奶昔則沉迷於偵探小說，裡面常講到鉅款啊，鉅額贖金啊等等的，非常吸引他。Hannah 的話，我覺得她以後一定會成為劇作家，她很喜歡莎士比亞的喜劇和木乃伊相關的故事。

我們也終於知道，吳先生最喜歡科幻小說。我們都非常驚訝，完全想不透為什麼總帶著駱駝微笑、擁有一座菜園的退休工程師會喜歡這類的小說。嘿，不過，青菜蘿蔔各有所好，對吧？有一次我們問吳先生為什麼喜歡科幻小說，他說時空旅行和可怕的外星人都讓他想起童年。聽他這麼一說，我們幾個在場的愛書同好感到十分震驚，頓時陷入一陣靜默，但沒有人敢問他的童年究竟發生了什麼事。聽完吳先生的分享，我們更好奇了，但他說有一天會自己寫一本書說明。我雖然不是什麼創意天才，但有一天也要寫一本自己的書。就算沒有人要看我也要寫。那本書會像日記一樣。每個人都該寫一本屬於自己的書。

說到吳先生⋯⋯他已經任命自己為我的主要贊助人。雖然他對烏龜過敏，但他每週最少還是會來兩次，對此我心懷感激。他每次來都會帶許多從自家菜園採摘的新鮮蔬果，他說這些蔬果是要提醒我們如果沒有均衡飲食，那麼人生會痛苦許多，我也非常感謝他的提醒。有時候他會教我如何栽種各式農作物，不只有地瓜而已。

有時候我們會聊上好幾個小時，主要是在講我不該再偷任何東西或「移動」任何東西。

他也喜歡說我應該要把童年拋諸腦後，一肩扛起家庭事務。他說，是時候成為「一家之主」了。他心情大好的時候，偶爾還是會讚嘆自己將一位盡責警察的巡邏車停在海裡，卻連碰都沒碰過那輛機車。時至今日，這件事仍然讓他津津樂道，外星人冒險故事都沒有帶給他這麼大的樂趣。

就我所知，王警官從來沒有把我視為這起機車消失案的嫌犯。就算他有好了，他也從來沒有對我說過什麼。現在我很常看到他，他偶爾會來看看我過得好不好。他來看我的時候，也不曾質問我或指控我什麼。奶昔說這只是因為他還沒有任何證據，他八成像貓頭鷹一樣暗中監視我。我覺得王警官像貓頭鷹一樣暗中監視每一個人。不知道為什麼，以前覺得他很可怕，現在卻覺得看到他很安心。

我還是對於騎走他機車一事感到有點愧疚，所以我免費教他衝浪。他真的很不會衝浪，但我從沒看過有人衝浪這麼開心。我覺得應該是因為只有在衝浪的時候，他才能完全忘記犯罪啊、罰款啊等等嚴肅的事情。每當他的腳碰到新手專用衝浪板上的泡棉時，就會瞬間變回一位小小孩。我希望他太太也可以看到這樣的他，但不可能。王校長就像多數台灣婦女一樣，只要一有陽光，就會馬上變成不能曬太陽的吸血鬼。等到時機成熟的那天，我會向王警官認錯，並將那天晚上在他庭院發生的事一五一十告訴他，到時爺爺星一定會以我為榮。

王警官和他的同事針對機車謎案進行多次徹底的調查，他們分析了各種可能。許多人證實廖哥在案發當晚離王警官家很遠，所以大家都懷疑騎走巡邏車的人跟把機車停在海裡的人是不同人。大家都深信一定有第三者參與這起事件，不過，只有五個人知道那位第三者就是我：我自己、吳先生、奶昔、肉桂和爺爺星。

最後，由於王警官沒辦法證實究竟是誰騎走機車，他對媒體發布的正式聲明中並沒有提及可能有第三者存在。奶昔對於此事最終的發展有一套合理的解釋，他可以說是對社會觀察入微。他說，對任何一位資深員警來說，先是機車遭竊，後又沒入太平洋中，這鐵定是醜聞一樁。如果偷機車的人又是青少年，而且最好的朋友還是一隻烏龜的話，那又更丟臉了。雖說機車被會夢遊又前科累累的酒鬼騎走也一樣丟臉，但至少這樣就不會扯到烏龜了。

奶昔還說，王警官更擔心的是一旦真相大白，他可能就要面臨炒魷魚的危機或必須退休的窘境。你們想想，王警官一直都視自己為英雄般的現代警長，或許對他而言，成為這種竊盜罪的受害者是奇恥大辱。因此，奶昔總結，王警官決定不大肆張揚實際上究竟有哪些人、有多少人必須為這樁醜聞負起責任，而是選擇對整件事保持緘默。他並沒有因此變成有史以來最文靜的警察啦，但的確再也沒有人

聽過他說「等著受到法律制裁」這句話了。

看得出來王警官還是對這件事很敏感，因為每當有人又開始分析事件的始末時，他就會使出許多不同的招數來讓大家覺得這件事沒什麼大不了，例如，他會在有人提起此事或努力壓抑自己的憤怒時，誇張的大笑。我必須說，衝浪也幫了他不少忙。

總之，廖哥後來用中樂透的錢，買了一輛新的機車和一個升級版的棒球信箱給王家，這件事才總算圓滿落幕。

噢，抱歉，我是不是忘了說中樂透的事？你們大概不會相信這個故事，但我還是要說。廖哥在經過把巡邏車停在海裡一事之後，算是洗心革面了。他突然意識到如果繼續戀酒貪杯，除了危害自身健康以外，遲早會被逮捕或死於非命，或者兩者皆是。因此，他發誓從此以後滴酒不沾，從那天開始，只做個堂堂正正的電視寶寶，就像他大多數的同胞一樣。

他能做出如此健康的生活選擇，我們都非常尊重他。命運向來樂於鼓勵願意治癒自己的人，因此命運之神看見他做出如此明智的決定，就對他笑了。也有可能是廖哥的原住民祖先在對他笑也說不定，我也不知道。無論如何，有一天廖哥去街角的萊爾富不是買啤酒或進口威士忌，而是買了一瓶水，命運之神那時第一次對他露出笑容。他把發票留著紀念自己改頭換面，並立誓從那一刻開始要成為一位體面的社會分子。兩週以後，全新的廖哥發現他留下的發票中了兩百萬。人生真是無奇不有。

這個戲劇性的轉變自然在我們村裡鬧得沸沸揚揚，爭論持續了好幾年，比起討論墮胎、種族歧視、種族淨化、同性戀婚姻、異性戀離婚、宗教信仰或政治腐化等議題都來得久，這是個熱門話題。村裡的人花了許多時間在爭論曾經如此缺德的廖哥是否應該得到這樣的祝福，因為這樣就好像命運在獎勵他所犯過的罪。廖哥似乎對於所有的議論不為所動，他可是百萬富翁！他瞬間變了一個人，在鎮裡四處閒晃，好似所有的生活開銷和道德批判從前朝末就已經與他無關。他一副世界上沒什麼東西是他買不起的樣子，甚至還慢跑和集郵，整個人煥然一新。我覺得人一旦成功，就會想要蒐集東西和多運動，不過我也不確定是不是大家都這樣。

他用這筆神奇的錢買了一台液晶電視給自己和母親，以及新的機車和信箱給王警官。王警官礙於自尊心，原本想要拒絕，但他太太不讓他拒絕。廖哥也用這筆錢大幅翻新他老舊的店面，打造一間台灣東岸最新最棒的衝浪用品店。他在店門外放了一個巨大的新鳥籠給嘴巴先生，店裡則放了幾張真皮沙發和幾個奢華的進口

軟墊供爪爪先生撕個稀巴爛。店裡牆壁的油漆由專業的婷婷操刀，她還在店裡擺了一些部落手工藝品，向廖哥的原住民血統致敬。廖哥自豪的將他的新店取名為「活水」，標誌是一隻烏龜乘著一個完美的浪，沐浴在夕陽餘暉中，他還把「活水」和烏龜標誌刺在左小腿上。奶昔沒有去刺青，但他有投資這間店，所以他應該也算合夥人吧。

廖哥的店開幕不久後，他問我要不要到店裡當兼職衝浪教練。這個提議太誘人，我連想都沒想就答應了，廖哥看起來很開心。我第一天上工的時候，他用他專屬的方式向我表達他很開心我到他店裡工作。
「口筆，你能來這裡工作算你走運。」他說。
「是的，老闆。」
「你知道我會讓你來，只是因為沒有其他人來應徵吧？」
「是的，老闆。應徵者不足。」
「就像肉桂好了，他比你更適任這個職位，但很可惜他沒有提出申請。」他抱怨道。
「是的，老闆，他沒有。」
「算你幸運。」
「我知道，老闆。」
「我也很幸運。再叫我老闆你就給我走人。」

我覺得我也有點像廖哥的學徒。他教我如何彩繪衝浪板、如何修補衝浪板上的裂縫和缺口，也教我在製造新衝浪板時要如何切割出精確的板型。教課一點也不難，我只要指導初學者如何像有鯊魚緊追在後那樣划水，以及如何像棒球打擊手一樣，把臀部往側邊擺站在衝浪板上。接著，我只要再跟他們分享一兩個衝浪必備技巧就可以了，像是要勇敢、需要幾年的時間練習，以及要尊重海洋等。可以有些額外的零用錢也很不錯，不然我可能隨時都在破產。我終於可以開始存大學學費了。

這樣一來，經濟學家奶昔也終於不會再煩我了，我已經有點受不了他一天到晚對我說教，告訴我資金流動有多重要，貧窮和失業又有多危險。廖哥也買了一些衝浪設備給我，我簡直欣喜若狂！他不要我出半毛錢，也不准我把這看作是日後要還的債。更棒的是，我全身上下都是衝浪店正式員工的行頭：活水短褲、活水上衣和黑色防水夾克，我甚至還得到一頂活水鴨舌帽，兩側分別繡上金色的「口筆」和「教練」字樣，正面則是衝浪店的標誌。對從不戴帽子的我來說，我真的超愛這頂帽子。

說到帽子⋯⋯一直到現在，我還是不知道究竟是誰將機車沉沒謎案唯一的物證安全歸還給爺爺。吳先生沒有提過，奶昔看起來也不知道，而且案發當晚他大概在忙著回憶他和 Hannah 初次見面的場景，不可能跟著我到章魚街，尋找任何我留下的線索。奧斯卡？畢竟是我向奶昔提議要幫他找個女朋友，他欠我一個人情。小淑？就像我說的，她什麼都知道，她無所不在。肉桂？！他會想保護他最好的

朋友吧？奶奶？她找到路回來幫她唯一的孫子嗎？還是王警官本人？難道爺爺要他保證在我自己認罪前都不要有任何行動嗎？到底是誰？就連我的福爾摩斯腦袋瓜也想不出一個所以然。

總之，事實還是擺在眼前，一定有人或有什麼東西找到那頂帽子，拿來還給爺爺。這真是一個謎。生活無奇不有、高深莫測，永遠都有太多無法解釋的謎團，就好像一個很大的拼圖遺失了很多片，我們必須摸黑拼拼圖。太認真的去分析謎團只會帶來頭痛和疑惑。有時候，我們都該滿足於我們已經擁有的部分。

我非常感激身邊有許多愛我的朋友願意陪著我、保護我。爺爺離開後，我似乎更珍惜他們了，我珍惜著每個與他們相聚的時光。有幾個夜晚，我們聚在一起，在沙灘上舉辦盛大的「素食燒烤宴」。我們的主食有烤番茄醃洋蔥三明治，還有自己做的臭豆腐，「特餐」則是用萵苣包著地瓜和一大朵日本香菇一起吃，真的超級好吃！

素食燒烤是我提議的，因為我答應爺爺再也不吃魚，我決定也不再吃其他動物，這樣我就不可能間接的吃到爺爺或其他人。再說，我最好的朋友就是動物，所以這樣做是對的。其他人都同意我用吃素紀念爺爺是很棒的決定，其實自從爺爺過世後，我就再也沒有看過他們吃肉了。肉桂是特例，畢竟他不會種菜，也不會烤香菇。此外，還是需要有人吃水母啊，不然水母可能會攻占地球呢。

「反正我也不想再吃死掉的動物了。」有天晚上，我們在享用冷凍香蕉點心時，吳先生說，「我猜外星人應該也吃膩了吧。而且我每次吃香腸就會頭痛，不知道為什麼。我有一次吃羊排的時候牙齒還碎掉。從現在開始，我會從堅果和豆類裡攝取蛋白質。沒錯，從明天開始，我要為動物爭取權益，特別是之前跑進我們肚子裡的動物！」
吳先生停頓了一下，讓我們為他高貴的情操鼓掌。
「我也是人，」他謙虛的補充道，「所以我會有點想念鮪魚和魚卵，還有酥酥脆脆的豬油和香嫩多汁的培根。但還好我很固執，不然任何人都可以拿這些引誘我犯罪！」
聽完吳先生破釜沉舟的宣言，婷婷捧腹大笑，她笑了一分半鐘後，瞥見吳先生臉色凝重，才發現他是認真的。
「我……呃……我想要當素食廚師。」她很快的說，把笑聲嚥了回去。
這句話好像起了作用，因為吳先生終於再度露出詭異的駱駝笑容。
我也不懷念吃死動物的日子。

月明風清的夜晚，我們吃完甜點後，會一邊聽 Hannah 彈吉他，一邊聽郭阿姨講世界各國的故事。有時候故事裡會講到星星和星系，不過這些故事大多跟希臘羅馬神話有關，沒有太空船的元素。可以感覺吳先生有點失望，但他看起來還是很

開心能聽郭阿姨講那些又長又複雜的故事。 慶醫師有一點不一樣，他在聽郭阿姨講任何的事情都好像很開心。我一直懷疑他們倆偷偷談戀愛，但過了好幾個月後我才證實我的想法。有一天，慶醫師終於訂了一間昂貴的餐廳，在那裡向郭阿姨求婚，兩天後，在成功說服他把小鬍子刮乾淨以及以後要負責煮飯後，郭阿姨說了我願意。

我沒有在看著講故事的郭阿姨時，就會仰頭看天上的星星，星星每次都讓我想起爺爺。他和奶奶一定正在前往天堂的途中，我希望他們可以往下看，看見我們聚在一起懷念他們。我也希望爺爺可以看到我不孤單，有許多朋友在他離開後照顧我、幫助我和支持我。我希望他知道我安然無恙，我一定會好好的。我也想讓他知道我很感謝他為我所做的犧牲。最重要的是，我希望他可以看見我和肉桂每天每天都很想念他。

第二十九章／星期三、星期四、星期五／一隻、兩隻、三隻、四隻？ ⋯P. 248

今天早上，有颱風要來的消息如野火般迅速傳遍全鎮。前一晚的氣象預報說，這個颱風將直撲宜蘭，預計在週六晚間登陸。夏天都還沒到，今年第一個颱風卻已經在路上。真希望快點有人發明取代煤和石油的東西，天氣真的一年比一年奇怪。

如果你們有人讀到這段，發現自己從來沒有體驗過颱風的威力，就讓我描述給你們聽吧。基本上，颱風一來，就會伴隨二至三天狂風驟雨的天氣，十分可怕。你可以先在腦海中想像風最大、雨最大、最多飛機停飛、窗戶瘋狂喀啦作響的兩三天，想好後再乘以 100 倍。

當然，運氣好的話，颱風天會放颱風假，不用去上學。但是這樣就必須擔心天花板漏水、一樓淹水和巨大的樹枝把汽機車像葡萄一樣砸爛。如果運氣非常非常不好的話，上述這三件事雖然同時發生了，颱風卻選在假日來。就像這次，我們運氣極差。

颱風來唯一的好處就是在它們抵達的前一兩天，幾乎都會先送來一些完美的海浪，就好像是為了即將帶來的破壞和不便先道歉。不過，颱風真的來的時候，海浪可一點都不完美，更別想要追上這些浪了。大海好像也很受不了颱風帶來的麻煩，怒氣沖沖的想把所有擋住他去路的東西都毀掉。大海也能夠輕而易舉的把我們都毀掉，所以如果我是你們的話，颱風肆虐時，我會離海遠遠的，否則很可能會造成無法挽回的災難。如果你們就是想要證明自己天不怕地不怕，我建議改成去偷吳先生菜園裡的青椒。吳先生很嚇人，但他不會像颱風一樣把你毀了。

昨天我們衝了幾個前所未有過的好浪。當然啦，主沙灘上的水平隊伍十分擁擠，衝浪客一個個排排站，等待第一波海浪崩潰，我數到第 58 個人就不知道自己數到哪裡了。不過大家都樂在其中，所以「交通壅塞」算不了什麼。那天慶醫師把數

位相機借給婷婷，婷婷和 Hannah 就坐在附近的防波堤上談天說地，拍攝眾人乘浪的照片和影片，度過愉快的時光。奶昔比較喜歡打羽毛球，再加上他不想衝這麼大的浪，剛好需要找個完美藉口，所以便自告奮勇要當兩位女孩的保鑣。他帶了兩本大二學生念的財經書、一本郭台銘傳記，以及一台計算機，以防萬一保護她們有點無聊，你們知道的。盡情預測通貨膨脹率或計算投資所獲報酬，絕對是奶昔排憂解悶的一帖良方。

肉桂一如既往在還沒下水前，就已經成為眾所矚目的焦點。幾位記者特地從台北過來，想親眼見見會衝浪的烏龜，噢，還有採訪他的孤兒主人。稜皮龜是瀕危物種，現今野外現存的成熟稜皮龜只剩幾千隻，所以還聽說有著名的電視節目製作人正準備來看我們。然而，聽到這個消息，我沒有很開心的感覺，因為我最不想要成為明星了，這會有點尷尬。

坦白說，我並不喜歡我和肉桂太常在媒體上曝光，可能是因為我擔心這樣會有人來把他從我身邊帶走吧。除此之外，我認為壞事常會發生在名人身上，阿扁啊、麥可·傑克森啊都是很好的例子。名氣只會把人拖垮而已，在我看來，名望和財富比喜怒無常的河馬還危險。奶昔建議肉桂去拍幾部廣告賺點錢，但光想到我最好的朋友去代言洗衣粉或洗髮精，我就快發燒了。不久後，廣告商和經紀人就會開始糾纏不清，我的生活、我的衣服和我的頭髮就不會再跟原來一樣了。

但我覺得婷婷說得沒錯，我們不可能逃避那些好奇想採訪我們的人和新聞媒體通訊社一輩子，畢竟，想一想，喜歡衝浪的寵物稜皮龜……有哪家媒體不愛這種新聞？一想到肉桂的故事很快就會在全國各地的新聞上出現，就覺得很恐怖。
「口筆，你不如趁機藉由媒體的報導，讓更多人知道稜皮龜所面臨的困境。」今天早上婷婷說，「還有水汙染有多嚴重等等其他事情。」
「婷婷說得對，你應該請記者務必告訴大家烏龜吃的是水母，不是人造垃圾！」Hannah 附和道。

下午的海浪更完美，越來越多人湧入沙灘。海裡有許多衝浪新手，我和其他在地人都會與他們保持安全距離。我覺得有心想學衝浪很棒，但不受控的衝浪板有時候也會帶來危險，特別是別人的衝浪板！廖哥常邊抽廉價香菸邊說，那些衝浪菜鳥就是未來事故來源。不過，在他自己發生幾次機車意外事故後，他就比較少提到「事故」兩個字了。

昨天衝完浪，今天我的肌肉還是有點痠痛，但我知道如果錯過這個絕佳的衝浪時機，肉桂一定不會原諒我。我將我的香蕉板徹底上好蠟，將腳繩牢牢綁在腳踝，再度跟在肉桂後面划水。不出所料，我又看見幾個外國人站在短板上衝浪，通常浪比較大的時候他們就會出現。然而，當我看見郭阿姨竟然就坐在一個亮粉色長板上，排在等待衝浪人潮的隊伍中間，我簡直不敢相信我的眼睛。

「郭阿姨！」我朝她划去，興奮的大吼，「妳會衝浪？！」

她轉頭給了我一個燦爛的微笑作為回答，接著又轉回去看有沒有適合起乘的海浪靠近。我快要靠近她身邊時，剛好有一個完美的浪出現，一眨眼間，她和她的亮粉色長板便加速離我遠去，朝沙灘方向前進，她輕輕擺動臀部，優雅的繞過衝浪新手。

我當下第一個反應就是偷偷捏自己一把，我必須確定我沒有在作夢或是幻想。圖書館員搖身一變成為水上運動迷，真是太厲害了。接著，我趴在衝浪板上，邊大笑邊加速前進。

等到我終於可以坐起身後，便忍不住拍手叫好，「嗚呼！郭阿姨！妳真的太猛了！」

郭阿姨一邊乘著浪，一邊用笑容回答我，得意的將雙臂高舉。她朝著她在水中經過的每個人揮手，不是政治人物在競選時跟陌生人揮手的那種揮，比較像是她沒辦法隱藏快樂，必須宣洩出來，想和大家分享快樂，就好像手中拿著一個大冰淇淋甜筒的孩子，或一隻狗看見主人回家了。衝浪手都稱這種感覺「stoked」，就是「爽呆了」的意思。他們說這能讓人回春，喚醒人的赤子之心。我覺得這樣說很有道理，因為當一陣尖叫聲和歡呼聲從排隊人群中傳出時，郭阿姨真的變年輕了，而且看起來比平常更有活力。我覺得肉桂有一點羨慕郭阿姨剎那間吸引這麼多人的目光，他不甘示弱，馬上也乘上屬於自己的浪，畢竟，身為地球上最好的衝浪手，他當然不能辜負大家的期望。

我的肌肉已經不再痠痛，是時候追浪了。今天大概是我有史以來衝浪最順利的一次，不知道是因為海浪狀況良好，還是因為我生命中最重要的兩個女子（當然是郭阿姨和婷婷）都在場看我衝浪的緣故。我當然還是沒辦法追上肉桂，但這是我第一次感受到我其實可以預期海浪的大小、形狀和方向。我以前大部分的時間都是被動的坐在衝浪板上，希望有落單的海浪會主動朝我前進。今天，我積極的觀察地平線，只要一發現乘浪的時機，我就會奮不顧身的游過去。我從來沒有一次追上這麼多好浪，這樣的感覺真是好極了。我很高興肉桂也能在場見證。

我整個下午都在海裡玩得非常盡興，直到太陽隱沒在雲朵後方還意猶未盡。海浪和救生員的口哨逐漸平息，衝浪和觀浪的人潮也逐一散去。黑暗開始蔓延，暮色緩緩將我們擁入寂靜的懷裡，使我們喘不過氣。最後，我看見郭阿姨追了最後一個海浪，她在岸邊朝我揮了揮手，我也揮了回去。天色已晚，沒辦法再拍照，婷婷和 Hannah 收好東西，在防波堤上叫喚我，要我跟她們一起去衝浪店。我舉起一隻手，比了一個五，示意她們我再五分鐘後就會上岸。

此時浪恬波靜，一點都不像有颱風要來的樣子。暴風雨前的寧靜。夜晚的第一批星星出來了，剩下幾位衝浪客零星的分布在海裡等浪。鎮上的燈火開始在遠方閃

爍。離我最近的衝浪客是外國人，他大約離我 20 公尺遠，他正朝沙灘划回去。他對我微笑，向我比手勢，要我跟他一起，並用帶著澳洲腔的英文說，不要太貪心。他說得對，今天應該到此為止了。

我從微弱的光線中依稀辨識出一個朝我靠近的浪，我告訴自己這真的是今天最後一個浪了。正當我準備出發時，我看見肉桂湯匙形狀的頭冒出深色的海面。至少我以為那是肉桂。幾秒後，他旁邊 30 公分處又冒出一個相似的頭，接著又有第三個，我猜那隻是女生。我不太確定，但我幾乎無法分辨他們。三隻肉桂？三隻烏龜！我身邊向來只有一隻烏龜啊⋯⋯

突然間，我感覺到有東西拂過我的右腳掌，我才發現肉桂一直都待在我旁邊。我低頭看他，他用熟悉的雙眼注視著我，眼珠的顏色比海水還要深。我看見他兩個眼珠各映照著一顆星星，但眼神再度透出哀傷，就像爺爺離開我們的時候一樣。

「他們來帶你回家了，對吧？」我柔聲問道。
鹹鹹的海水輕輕拍打衝浪板邊緣和我最好的朋友的下巴。我試著強忍住淚水，但淚還是撲簌簌的滑落我的臉頰。「他們要帶你去哪？離這很遠嗎？」
肉桂用前鰭扶著我的衝浪板，讓自己浮出水面一點點。他的同伴朝我們游來，繞著我們轉一圈，接著朝龜山島的方向游去。肉桂的嘴巴微張，看起來好像要一次回答我所有的疑問。他用臉頰輕拍我的衝浪板兩下，給了我一個最美的烏龜招牌笑容，接著緩緩消失在海中。我最後一次回頭時，看見四顆頭都朝著龜山島的方向前進。

我知道他會回來，只是現在還有別人需要他。

| 第三十章／另一個星期六／結尾。或許 | |

天氣好的時候，我和婷婷喜歡坐在沙灘上看落日。（對了，婷婷比以往任何時候都更美了。）她腿上總放著畫板，左手拿著畫筆。是啊，她正在打造下一幅巨作，畫的是世界上她最佩服的兩個人，肉桂與我，正在與海浪玩耍⋯⋯

我們面向龜山島坐著，我要在那等我最好的朋友回來找我。其實他長得就像那座島。如果你們看見他，請告訴我一聲⋯⋯